ଅବୁଝା ଏ ମନ

ଅବୁଝା ଏ ମନ

ଅନାମିକା ଦାସ

ବ୍ଲାକ୍ ଇଗଲ୍ ବୁକ୍ସ

ଭୁବନେଶ୍ୱର, ଓଡ଼ିଶା

BLACK EAGLE BOOKS

Dublin, USA

ଅବୁଝା ଏ ମନ / ଅନାମିକା ଦାସ

ବ୍ଲାକ୍ ଈଗଲ୍ ବୁକ୍ସ : ଭୁବନେଶ୍ୱର, ଓଡ଼ିଶା • ଡବଲିନ୍, ଯୁକ୍ତରାଷ୍ଟ୍ର ଆମେରିକା

BLACK EAGLE BOOKS

USA address:
7464 Wisdom Lane
Dublin, OH 43016

India address:
E/312, Trident Galaxy, Kalinga Nagar,
Bhubaneswar-751003, Odisha, India

E-mail: info@blackeaglebooks.org
Website: www.blackeaglebooks.org

First International Edition Published by
BLACK EAGLE BOOKS, 2022

ABHUJA E MANA
by **Anamika Das**

Cover : **Santosh Deo**
Interior Design: Ezy's Publication

ISBN- 978-1-64560-323-8 (Paperback)

Printed in the United States of America

ମୁଖବନ୍ଧ

ଅବୁଝା ଏ ମନ ଅନାମିକାଙ୍କର ପ୍ରଥମ ଲେଖା ବହି ।

ଏହା ଗୋଟିଏ ଗପବହି । ଲେଖକର ଯେମିତି ଦେଶ ନାହିଁ, ଲେଖାର ସେମିତି ସମୟ ନାହିଁ । ପୃଥିବିରେ ଏପରି ବହୁ ଲେଖକ ଅଛନ୍ତି, ଯିଏ ବିଭିନ୍ନ ବୟସରେ ବହିଲେଖା ଆରମ୍ଭ କରିଛନ୍ତି ଏବଂ ଯାହାଙ୍କର ପ୍ରଥମ ବହି ଅଜସ୍ର ପାଠକୀୟ ସ୍ୱୀକୃତୀ ଲାଭ କରିଛି ।

ଅବୁଝା ଏ ମନ ସମ୍ପର୍କ ଭିତ୍ତିକ ଲେଖା । ମଣିଷ ସୃଷ୍ଟି ଆରମ୍ଭରୁ ସମ୍ପର୍କର ସୃଷ୍ଟି । ମା, ବାପା, ପୁଅ, ଝିଅ, ଭାଇ, ଭଉଣୀ, ଜେଜେ ବାପା, ଜେଜେ ମାଆ, ନାତି, ନାତୁଣି... ଏମିତି କେତେ ସମ୍ପର୍କର ଡୋର ଲାଗିଛି । ଯା ଛଡା ବନ୍ଧୁ ବାନ୍ଧବ, ସାଙ୍ଗସାଥି ଆଉ ଧର୍ମ ସମ୍ପର୍କ ମଧ୍ୟ ଅଛି ।

ଏଇ ସବୁ ସମ୍ପର୍କ ମନଦ୍ୱାରା ଚଳେ । ଏଇ ମନ ହେଉଛି ଇନ୍ଦ୍ରିୟମାନଙ୍କର ରଜା । ଦେଖିବା, ଶୁଣିବା, କହିବା, ବୁଝିବା ନବୁଝିବା ଦ୍ୱାରା ମନ ସମାଜର ରୀତିନୀତି, ଚାଲିଚଳନ ଆଦି ସବୁକୁ ପ୍ରଭାଭିତ କରେ । ଅହଙ୍କାର ହେଇଗଲେ ତ କଥାନାହିଁ । ସମାଜ ବିଭ୍ରାଟ ପାଇଁ ଏହା ଦାୟି ।

ଅନାମିକା ପରିବାର ଓ ସମାଜ ପରିବେଶରେ ଏଇ ସବୁ କଥାର ସୁନ୍ଦର ବିଶ୍ଳେଷଣ କରି ଏତେ ଚମତ୍କାର ଗଳ୍ପ ଲେଖିଛନ୍ତି ଯେ ସେଥିରେ ସାମାଜିକତା, ମାନବିକତା, ମମତାବୋଧ ଓ ଭଲପାଇବା ମିଶି ମନକୁ ଆନ୍ଦୋଳିତ କରେ । ମୋର ମନେ ହେଉଛି, ଏଗୁଡିକ ଅଜସ୍ର ପାଠକୀୟ ସ୍ୱୀକୃତି ଲାଭ କରିବ ଏବଂ ତାଙ୍କ ଭବିଷ୍ୟତ ଚଳାପଥକୁ ଉଜ୍ୱଳ କରିବ ।

ଦେବୀପ୍ରସନ୍ନ ପଟ୍ଟନାୟକ
୨୭.୮.୨୨

ପଦ୍ମଶ୍ରୀ ଡଃ. ଦେବୀପ୍ରସନ୍ନ ପଟ୍ଟନାୟକ, Ph.D. (Cornell)

D. Litt. Honoris causa, SOA University and Ravenshaw University,
Prof. Emeritus Poona University & Utkal University of Culture Chancellor,
Centurion University, Andhra Pradesh, Chairman, Institute of Applied Language Sciences, Honorary Consultant IGNCA, Padmashree,
Former Jawaharlal Nehru Fellow, Head, Department of Odia,
Vidya Bhavan, Santi Niketan, Viswabharati Central University Chief Linguist,
American Institute of Indian Studies Founder Director, CIIL, Mysore (Retd.) Addl. Secretary, MHRD, Government of India (Retd.)

ବହି ବାବଦରେ...

"ଅବୁଝା ଏ ମନ" ବୁଝିବାକୁ ବହୁ ଚେଷ୍ଟା କଲି

କେହି କହିବେନି ଗୋଟେ କଞ୍ଚା ହାତର କଅଁଳ ଫସଲ ବୋଲି । ଲେଖିକା ସମସାମୟିକ ସମାଜ ଆଉ ସାମାଜିକ ପରିସ୍ଥିତି ପ୍ରତି ଗଭୀର ସଚେତନ । ଜଣେ ମନସ୍ତତ୍ତ୍ୱ କହେ, ପାରିବାରିକ, ସାମାଜିକ କ୍ରାନ୍ତିକାରୀ ଲେଖିକା । ଆମ ତେଲ ଲୁଣ ସଂସାର ଭିତରେ ଯୋଉକଥା, ଯୋଉ ଅନୁଭୂତି ମନର ତତ୍ତ୍ୱରେ ତତ୍ତ୍ୱରେ ରହିଛି ଅଥଚ ତାକୁ କାହାକୁ କହିହଉନି, ବୁଝି ବି ବୁଝି ହଉନି ।

ଅନୁଭବର ଏ କଥନ ଓ ଲିଖନର ସୁଅ ମୁହଁରେ ଲେଖିକାର ଏ ପ୍ରକାର ଅଭିନବ ଶାଖ୍ୟ ସ୍ୱରୂପ କିଏ କେମିତି ବୁଝିବ କେଜାଣି । ପ୍ରତି ଛନ୍ଦରେ ପ୍ରତି କାହାଣୀରେ ଅକୁହା କଥାର ସ୍ୱର । ବିଦଗ୍ଧ ପ୍ରାଣୋଛଳ ପ୍ରତିବଦ୍ଧତାରେ ପାଠକ ବିମୁଗ୍ଧ ହେବେ ।

ପରିବେଶରୁ, ସମାଜରୁ, ମନର ଅଭ୍ୟନ୍ତରରୁ ପ୍ରତି ନିୟତ ଘଟି ଚାଲିଥିବା ଛୋଟ ଛୋଟ ଘଟଣାକୁ ନିଜର ସମସ୍ତ ଅନୁଭବ ଓ ଅନୁରାଗ ଦେଇ ଭାଷାର ଖୋଳପା ପିନ୍ଧାଇ ପ୍ରତୀକ ଧର୍ମୀ ଗଳ୍ପଗୁଡିଏ, ସ୍ନିଗ୍ଧ, ଶୀତଳ ଓ ଜାଦୁକରୀ ଭାଷା ପ୍ରୟୋଗରେ ଜୀବନ୍ତ କରିଛନ୍ତି ଲେଖିକା ଅନାମିକା ।

ସେ ବଡପୁଅର ବ୍ୟଥା ହେଉ କି ଦୁହିତାର ଉତ୍ସର୍ଗୀକୃତ ମହ୍ଲାର ହେଉ ବା ଦାମ୍ପତ୍ୟର ପାର୍ଥିବତା ଭିତରେ ଅପାର୍ଥିବ ପ୍ରେମର ରହସ୍ୟ ସାବିତ୍ରୀକୁ ଚିଠିରେ ହଉ ଅଥବା ଏକ ଅଜଣା ବ୍ୟଥାରେ କିନ୍ନରର ବ୍ୟାକୁଳ ପ୍ରାଣର ବେଦନା ହଉ, ନହେଲେ ଆପଣାର ମଣିଷ ଗୁଡିକୁ ସବୁଦିନ ଲାଗି ଛାଡି ଆସିବାର ରୁଦ୍ଧ ଯନ୍ତଣାର ଅବୁଝା ମନ ହେଉ, ସବୁଥିରେ ଲେଖିକାଙ୍କର ସୃଜନର ଆରୋହଣ, ସମାଜର ଜୀବନ ଜଞ୍ଜାଳର ଜଣା କାହାଣୀକୁ ପାଠକ ନିକଟରେ ଖୁବ୍ ସହଜରେ ପହଞ୍ଚାଇ ପାରୁଥିବା ଏଇ ଉଚ୍ଚ ମୁଲ୍ୟବୋଧକ ପ୍ରୟାସ ଲାଗି ମୁଁ ଲେଖିକାଙ୍କୁ ଧନ୍ୟବାଦ ଜଣାଉଛି ।

ଡଃ. କାଳିପ୍ରସାଦ ମିଶ୍ର

ରାଜ୍ୟ ମୁଖ୍ୟ କମିଶନର

ଓଡିଶା ରାଜ୍ୟ ଭାରତ ସ୍କାଉଟସ୍ ଏବଂ ଗାଇଡସ୍

ମୁଁ କାହିଁକି ଲେଖିଲି.... ?

ଜୀବନର ସିଂହଭାଗ କର୍ମକ୍ଷେତ୍ରରେ ବୁଡି ରହି, ଅନେକ ପ୍ରତିକୂଳ ପରିସ୍ଥିତି ଦେଇ ଗତି କରି ହାଲିଆ ହେଇଯାଇଥିବା ବେଳେ ଆଗରୁ କିଛି କବିତା, ଗଳ୍ପ ଉପରେ ଆଖି ପକେଇଥିବା ଲେଖାଗୁଡିକ ପଢ଼ିଲି, ଯେତେ ପଢ଼ିଲି ସବୁ ଲେଖାରେ ମୋ ମନ ବ୍ୟାକୁଳ ହେଲା, ହଜାର ହଜାର ପିଲା, ଶିକ୍ଷକ-ଶିକ୍ଷୟତ୍ରୀଙ୍କ ସଂସ୍ପର୍ଶରେ ଆସି ଧୈର୍ଯ୍ୟ ବଢ଼ିଥିଲା ସତ ହେଲେ ମଣିଷ ପଣିଆ - ସମ୍ବେଦନଶୀଳତା ଆଦି ପଥର ହେଇ ସାରିଥିଲା, ବଡ ଭଉଣୀ ଅନିତା ଦାସଙ୍କର ଗୋଟେ କବିତା ଗଛଟିଏ ଭାଙ୍ଗିଗଲା ବେଳେ ସେଥିରେ ନିଡ ବାନ୍ଧିଥିବା ପକ୍ଷୀର ଲୁହ, ମୋ ସ୍ୱାମୀ ମିହିରଙ୍କ ଉତ୍ସାହ ଓ ଗୁରୁ କାଳିପ୍ରସାଦ ମିଶ୍ରଙ୍କ ଦୃଢ଼ ବିଶ୍ୱାସ ତୁ ଭଲ କହିପାରୁଛୁ, ତୁ ଲେଖିବି ପାରିବୁ, ମୋତେ ଲେଖିବା ଲାଗି ରାସ୍ତା କଢ଼େଇଲା । ମୋ ଝିଅ-ପୁଅଙ୍କୁ ଗପ ଶୁଣେଇଲା ବେଳେ ସତେକି ମତେ ତାଙ୍କ "ଭଲ ହେଇଛି ମାମା" ଧାଡିଟି ଆଗ୍ରହ ବଢ଼ାଇଲା । ତା' ପରେ ସବୁ ଜଡ ବସ୍ତୁ ଆଉ ଜଡ ସମ୍ପର୍କ ଭିତରେ ମତେ ଜୀବନ ଅନୁଭବ ହେଲା । ମୋର ଗୋଟେ ଲେଖା ପଢ଼ି ଯେତେବେଳେ ପାଠକ ମୋତେ ଅଭିମାନ ଭରା ସ୍ୱରରେ କହିଲେ "କି ନିଷ୍ଠୁର ଆପଣ.... ଗପଟିର ଏ କରୁଣ ଇତି କାହିଁକି କଲେ.... ? ଆପଣ ତ ଲେଖିକା ତ ଶେଷଟା ସୁଖଦ କରିପାରିଲେନି....." ଆଉ ସେମାନଙ୍କ କଣ୍ଠରୁଦ୍ଧ ସ୍ୱର ମୋତେ ଅନୁଭବ ଦେଲା ଯେ ମୋ ଉଦ୍ଦେଶ୍ୟ ସଫଳ ହେଉଛି । ମୁଁ ପଥର ପାଲଟିଯାଉଥିବା

ମଣିଷ ମାନଙ୍କ ହୃଦୟରେ ପୁରି ରହିଥିବା ସମ୍ବେଦନତା ହିଁ ତ ଜାଗ୍ରତ କରିବାକୁ ଚାହୁଁଥିଲି । ମୋର ପ୍ରତିଟି ଗପରେ ବାସ୍ ଭରିଛି ଅକୁହା ବେଦନା ଆଉ ଇଛା କରିଛି ପାଠକ ଛଳ ଛଳ ଆଖିରେ ପଢ଼ନ୍ତୁ ବୋଲି । ନା' ମୁଁ ଲେଖିକା- ନା' ସାହିତ୍ୟିକା, ମୁଁ ବାସ୍ ଆମ ସମସ୍ତଙ୍କ ମନର କୋଣରେ ଲୁଚିଥିବା ଭାବନାକୁ ଲେଖିଛି । ସବୁ ପ୍ରତିକୂଳ ଆଘାତକୁ ସାଉଁଟି ଗୋଟେ ଗୋଟେ ଅକ୍ଷର ଯୋଡି ଗପଗୁଡିଏ କରିଛି । ଆଉ ଲେଖୁ ଲେଖୁ ବହିଟିଏ ହେଉନି ଯେ, ମୋ ଥକ୍କା ମେଣ୍ଟି ଯାଉଛି । ମୁଁ ସମାଜର ହିତ ନୁହେଁ, ମଣିଷ ଭିତରର ମଣିଷ ପଣିଆକୁ ସମାଜ ଆଗରେ ଆଣିବାକୁ ଚେଷ୍ଟା କରିଛି । ମନଗଢ଼ା ଗପ ସବୁ, କିନ୍ତୁ କେଉଁଠି ନା କେଉଁଠି ଆମେ ସମସ୍ତେ ଏ ବହିର ଗୋଟେ ଗୋଟେ ଚରିତ୍ର ଭଳି । ଆଶା ମୋର ଏ ପ୍ରୟାସରେ ପ୍ରିୟ ପାଠକ ପାଠିକା ସାଥିରେ ଠିଆ ହେବେ । ଗପ ଗୁଡିକ ପଢ଼ି ମତା ମତ ପଠେଇଲେ ହୁଏତ ଆଗକୁ ଏ ଲେଖା ଜାରି ରଖିପାରିବି ।

"ପ୍ରଣାମ"

ଅନାମିକା ଦାସ

ସୂଚିପତ୍ର

ଅବୁଝା ଏ ମନ	୧୩
ଡିଜିଟାଲ ମୁଖାଗ୍ନି	୨୦
ଚିଠି....ମରିଗଲା	୨୭
ଦିଲ୍ଲୀ କା ଲଡ୍ଡୁ	୩୩
ପ୍ରହେଳିକା	୩୬
ବଡପୁଅ	୪୩
ମା	୪୮
ଦୁହିତା	୫୨
ସାବିତ୍ରୀକୁ ଚିଠି	୫୭
ତୁମେ ବି ମହଙ୍ଗା ହେଲ	୬୩
କିନ୍ନର	୭୦
ମୋ ରାଣ	୭୫
ବାପାଙ୍କୁ କାନ୍ଦିବା ମନା	୭୯
କଳିଯୁଗର ମା'	୮୨
ସମ୍ପର୍କ	୮୬
କର୍ତ୍ତବ୍ୟ	୯୦
ସରକାରଙ୍କୁ ଚିଠି	୯୩
ଆତ୍ମକଥା	୯୯
ପରିଚୟ	୧୦୧
ଦଶହରା ଆସୁଛି	୧୦୬

ଅବୁଝା ଏ ମନ

ଝରକା ପଟେ ଉଜ୍ଜ୍ୱଳ ଆଲୋକ ଦିଶିଲାଣି, ମୋ ପାଖରେ ଥିବା ନାତି, କାମ କରୁଥିବା ରୋଷେୟା କେହି ଦିଶୁନାହାନ୍ତି । ମୋର ବାର୍ଦ୍ଧକ୍ୟ ଓ ପିଲାମାନଙ୍କ ଭବିଷ୍ୟତ ଚିନ୍ତାରେ ବୋଧେ ଶେଷ ନିଶ୍ୱାସ ଯିବା ସମୟ।

ମୁଁ ଚେଷ୍ଟା କରୁଛି କହିବାକୁ 'ବଂଟି'ରେ ତୋ ମାମା, ମାମୁଁ ମାଇଁକୁ ଜଲଦି ଡାକ ପକା, ଯମ ଦୂତ ଯେ ମୋ ପାଖରେ ହେଲେଣି, କିନ୍ତୁ କିଛି କହିପାରିଲି ନାହିଁ ଆଉ ସେ ଆଲୋକ ମୋତେ ଧରି ଚାଲିଲେ.... ଚିନ୍ତା କି କିଛି ବି ଦାୟିତ୍ୱ ଅଧୁରା ନଥିଲା, ମୁଁ ବି ଯେମିତି ଏ ଦିନର ପ୍ରତୀକ୍ଷାରେ ଥିଲି ତ ଖୁସି ଖୁସି ଚାଲିଲି ।

ସେ ଯମଦୂତ ମତେ କହିଲେ ତମକୁ ଚବିଶ ଘଣ୍ଟା କିଛି ଦିଶିବନି କି ଶୁଭିବନି, କାଲି ଠିକ୍ ଏଇ ବେଳାକୁ ଏଇଠି କି ଆସିବା, ତମେ ଦଶ ଦିନ ତମ ଘରେ ରହିବ, ସବୁ ଦେଖିବ, ଶୁଣିବ କିନ୍ତୁ ଅଦୃଶ୍ୟ ଭାବେ । ଶ୍ରଦ୍ଧାରେ ତମ ପରିବାର ଦଶକ୍ରିୟା ପାଇଁ ଯାହା ସବୁ କରିବେ, ତମେ ଯମପୁର ଗଲେ ତଦନୁସାରେ ଆଗ ଜନ୍ମ କେଉଁ ରୂପରେ ହେବ ମତେ ଜଣେଇବାକୁ ହେବ । ମୋର ଝାପ୍‌ସା ମନେ ପଡୁଥିଲା ହଁ ଏମିତି କିଛି ଗରୁଡ ପୁରାଣରେ ଶୁଣିଥିଲି ତ ! ତଥାପି ଦମ୍ଭର ସହ କହିଲି ଆଜ୍ଞା ମୁଁ ତ ସୁଖ ମୃତ୍ୟୁ ପାଇଲି, ଜୀବନର ଏ ବିରାଟ ଅଠସ୍ତରୀ ବର୍ଷ ବାପା-ମା' ଆଉ ପିଲା, ସମାଜ ଲାଗି ମୋର ସବୁ କର୍ତ୍ତବ୍ୟ ନିଖୁଣ ଭାବେ କରିଛି, ଆଉ ମୁଁ ବ୍ରାହ୍ମଣ ପରିବାରର, ମୋର ପୁଅ-ନାତି ସମସ୍ତେ ସବୁ ନୀତି-ରିତି ଭଲ ସେ କରିବେ । ଯମଦୂତ ଟିକେ ହସି କହିଲେ ହଉ ଏ ଦଶଦିନ ଶ୍ରଦ୍ଧାରେ ଯାହା ପିଣ୍ଡ ବାଢ଼ିବେ ସେଇ ଅନୁସାରେ ତମ ଶରୀର ମା' ଗର୍ଭର ପିଲା ଧୀରେ ଧୀରେ ରୂପ ପାଇବା ପରି ପାଇବ ।

ତା'ପରେ ମୋ ପାଟି ଆଉ ଖୋଲିଲାନି, ଚେଷ୍ଟା କରୁଥିଲି ଏ ଚବିଶ ଘଣ୍ଟା ଯମଦୁତଙ୍କ ସହ କଥା ହେଇ କାଟି ଦେବି, ହେଲେ ନା, ସେଟା ବୋଧେ ତାଙ୍କ

ନିୟମରେ ନାହିଁ । ମୁଁ ସେମିତି ଚୁପ୍ ହେଇ ଅପେକ୍ଷା କଲି ଆଉ ଭାବୁଥିଲି ମୋ ଦୁଇ ପୁଅ ଆଉ ଝିଅ, ନାତି, ମୋ ଅଫିସ୍‌ର ସମସ୍ତେ କେତେ କାନ୍ଦୁଥିବେ ! ବଡ ପୁଅଟା ତ ଥିଲା ଭୁବନେଶ୍ୱରରେ, ସାନ ପୁଅ ଦିଲ୍ଲୀରୁ ବାହାରି ଆସିବଣି, ମୋତେ ସବୁଠୁ ବେଶି ଭଲ ପାଉଥିବା ଝିଅ-ଆଉ ନାତି କେତେ ଦୁଃଖ କରୁଥିବେ ! ନାତି ଟା ମୋର ଖାଇବା ପ୍ରିୟ, ବିଚରା ଟା କିଛି ଖାଇ ନଥିବ । ହଉ ଯାହା ନିୟମ ଅଛି ଆଉ ମୁଁ ବି ମୋ କର୍ତବ୍ୟ କରିବାରେ ତିଳେ ମାତ୍ର ହେଳା କରିନି । ଏମିତି ସବୁ ଭାବୁ ଭାବୁ ଚବିଶ ଘଂଟା ହେଇଗଲା ।

ଯମଦୁତ ମତେ ଧରି ମୋ ଘର ଭିତରକୁ ନେଲେ, ଆରେ ଏ କାର୍ ରଖା ଜାଗାରେ ତଳେ, ସେ ମାଧବ.... ମୋ ରୋଷେୟା ଶୋଉଥିବା ମଶିଣାଟାରେ ମୋର ଶରୀର ରଖା ହେଇଛି । ମୁଁ ବହୁ ବର୍ଷ କାମ କରିଥିବା ସଂସ୍ଥାର କିଛି ଲୋକ ମୋ ଶରୀର ପାଖେ କିଏ ଚେୟାରରେ ବସିଛି ତ କିଏ ନିଜ ନିଜ ଭିତରେ କଥାରେ ବ୍ୟସ୍ତ । ମୁଁ ମୋ ପିଲାମାନଙ୍କୁ ଖୋଜିଲି, ଶରୀର ଉପରେ ବେଡସିଟ୍ ଟେ ଆଉ ବେଶ୍ କିଛି ଫୁଲ ଲଦା ହେଇଛି, ଆତ୍ମ ସନ୍ତୋଷ ମିଳିଲା, ହେଲେ ଏବେ ଯାଏଁ ମୋର ଶେଷକୃତ୍ୟ କରି ନାହାନ୍ତି ଯେ! ବୋଧେ ସାନ ପୁଅର ଅପେକ୍ଷାରେ ଅଛନ୍ତି । ମୁଁ ଧଡପଡ ହେଇ ଘର ଭିତରକୁ ଗଲି ପୁରା ନିଶ୍ଚିତ ଥିଲି ମୋ ପିଲାମାନେ ମୋ ମୃତ୍ୟୁରେ ଭାଙ୍ଗି ପଡିଥିବେ । ଦାଣ୍ଡ ଘର ଅନ୍ଧାର, ଭିତରକୁ ଗଲି ମୋ ରୁମ୍ କବାଟ ଆଉଜା, ନାତିଟା ଡାଇନିଙ୍ଗରେ ବସିଛି, ମୋତେ ଝୁରୁଛି ବୋଧେ, ତା ପାଖକୁ ଗଲି....ଆରେ ଏ କ'ଣ ସେ କାନ୍ଥ ଆଡେ ମୁହଁ କରି ଗୋଟେ ପିଜା ପ୍ୟାକେଟ୍‌ଟେ ଧରିଛି..... ପିଲାଟାକୁ ଭୋକ, ହେଲେ ନ ଖାଇ ଧରିଛି, ମୋ ଶେଷକୃତ୍ୟ ସରିନି, ମୁଁ ବାହାରେ ପଡିଛି, ଆଉ ବଡମାନେ ରୁମ୍‌ରେ କିଛି ଚର୍ଚ୍ଚା କରୁଛନ୍ତି ବୋଲି ପିଲାଟା ଏମିତି ବସିଛି । ମନ ହେଲା ତାକୁ ଟିକେ ଆଉଁସି ଦିଅନ୍ତି, ମୁଁ ହାତ ବଢ଼ାଇଲା ବେଳକୁ ନାତିଟା ମୋର ଠିଆ ହେଇ ଡାକ ପକାଇଲା, ତା' ସାନ ମାମୁଁ ଝିଅକୁ ରିଧୀ ଆସେ ଜଲଦି ନ ହେଲେ ଶେଷ ଖଣ୍ଡ ପିଜା ବି ମୁଁ ଖାଇଦେବି! ଓଃ ମନ ଟା ପିତା ହେଇଗଲା..... ବ୍ରାହ୍ମଣ ପରିବାର ଆମେ ...... ।

ନାତି ମୋ ଝିଅର ପୁଅ ତା' ବାପା ପର କରିଦେଲା ବୋଲି ତାକୁ ଆଉ ତା' ମା'କୁ ମୋ ପାଖେ ଖୁବ୍ ସ୍ନେହ-ସମ୍ମାନରେ ରଖିଲି ଆଉ ଏମିତି ମତେ ବାସ୍ ଚବିଶ ଘଂଟାରେ ଭୁଲିଗଲା । ମନ ବୁଝିଲାନି ସେଇଠୁ ଫେରିଆସି ମୋ ମଡା ପାଖେ ଠିଆ ହେଇ ରହିବାକୁ, ଯମଦୁତ ମୋ ପାଖେ ପାଖେ ଥାଆନ୍ତି କାଳେ ମୁଁ ମୋ ଶରୀରରେ ପ୍ରବେଶ କରିଯିବି କି; ପିଲାମାନେ କ'ଣ କରୁଛନ୍ତି, ଯାଏଁ, ଭିତର ଦୃଶ୍ୟ

ଦେଖି ମୋ ଆତ୍ମା କାନ୍ଦିବାକୁ ଲାଗିଲା । ଦୁଇ ପୁଅ ଗୋଟେ ବୋହୁ ଆଉ ବଡ ଝିଅ, ମୋ ଗେହ୍ଲା ଝିଅ ଭିତରେ ବାକ୍ ଯୁଦ୍ଧ ଚାଲିଛି, "ନନା ତାଙ୍କ ଉଇଲ୍‌ରେ ନାନୀ ଆଉ ସୁଧୀର (ସାନପୁଅ)କୁ ବେଶୀ ସମ୍ପତି ଲେଖିଛନ୍ତି, ତ ଏବେ ତମେମାନେ ସବୁ ଖର୍ଚ୍ଚ ତୁଲାଅ । ମୋ କାମ ବାସ୍ ମୁଖାଗ୍ନିଟା ଦେବି । ବାକି ମୁଁ କିଛି ଜାଣିନି, ବଡ ଝିଅ କହୁଥିଲା ତା ଭାଉଜକୁ କି ନନା ତାଙ୍କ ବାପା ବୋଉଙ୍କୁ ପୁରୀ ସ୍ୱର୍ଗଦ୍ୱାର ନେଇଥିଲେ, କେତେ କ'ଣ ନିତି ସବୁ ପାଳି, ତାଙ୍କ ମୁର୍ତି ବସେଇ ସବୁଦିନ ଗାଧୁଆ-ଖିଆ କରୁଥିଲେ, କେତେ ନନ୍ ପ୍ରାକ୍ଟିକାଲ ଲୋକ ଯେ ଆମ ନନା, କ'ଣ କହିବି" ।

ମଲାମଣିଷ ତ ଗଲା ତା' ପରେ ଏସବୁ କ'ଣ ପିଣ୍ଡ, ପୁଷ୍କର ଛଡା ସବୁ ଅନ୍ଧ ବିଶ୍ୱାସ । ସୁଧୀର ଆଉ ମୋ ବଡ ବୋହୁ କହିଲେ ସେ ପାଗଳ ବୋଲି ଆମେ ପାଠଶାଠ ପଢ଼ି କ'ଣ ପାଗଳ ? ଏଇ ସତ୍ୟନଗରରେ ଇଲେକ୍ଟ୍ରି ଚୁଲାରେ ପୋଡି ଆସିବା । ଖାଲି ମାମୁଁ ଟିକେ ଆସି ଯାଆନ୍ତୁ, ଆଉ ଏ ଅଫିସ୍‌ବାଲା ଦେଖୁନ କେମିତି ଉପଦେଶ ଗୁଡା ଦେଇ ପକାଉଛନ୍ତି । ହଉ ଛାଡ ଭାଇ ସେ ଉଇଲ୍ ପଛେ ବୁଝିବା, ବ୍ୟାଙ୍କରେ କେତେ ଅଛି ଦେଖିଲୁ । କଂଜୁସ୍ ନନା ନିଶ୍ଚେ କୋଟିଏ ଦୁଇକୋଟି ଜମା ରଖିଥିବେ । ଜୀବନ ସାରା ନା ଭଲ ପିନ୍ଧିଲେ, ନା ଖାଇଲେ, ତଥାପି ଦେଖୁନ ଅଠସ୍ତରୀ ଯାଏଁ ଟାଣି ଗଲେ । ଝିଅର ଉତର ବି ବେଶ୍ ଥିଲା....କହିଲା ତମେ ସବୁ ତ ବାହାରେ ରହିଲ ମୁଁ କିନ୍ତୁ ତାଙ୍କ ପ୍ରବଚନ ଶୁଣି ଶୁଣି ପଚିଶ ବର୍ଷ କେମିତି ଚଳିଛି ମୁଁ ଜାଣେ । ତମକୁ ଲାଗୁଥିବ ନାନୀ-ଆଉ ମୋ ବଂଟି ନନାଙ୍କ ପଇସାରେ ମଜାରେ ଅଛନ୍ତି ।

ମୁଁ ଧୀରେ ଧୀରେ ମରୁଥିଲି ଶରୀରରୁ ଆତ୍ମା ଛାଡିବାଟା ମୃତ୍ୟୁ ନଥିଲା, ଏସବୁ ମୋର ମୃତ୍ୟୁ ମୋ ଆତ୍ମାର ମୃତ୍ୟୁ । ଆଉ ଧର୍ଯ୍ୟ ରହିଲାନି, ଦାଣ୍ଡ ଘରେ ଝରକା ପଟୁ ମୋ ମଡାକୁ ଦେଖୁଥିଲି । ବହୁ ବର୍ଷ ଯେଉଁ ସଂସ୍ଥା ଲାଗି କାମ କଲି, ଅନେକ ପିଲାଙ୍କୁ ତାଙ୍କ ସ୍ୱପ୍ନ ପୁରା କରିବାରେ ସାହାଯ୍ୟ କଲି, କାହିଁ କେହି ତ ଆଗେଇ ଆସୁନାହାନ୍ତି କି ଆମ ଗୁରୁଙ୍କୁ ଆମେ ସ୍ୱର୍ଗଦ୍ୱାରା ନେବୁ! ବାପା ବୋଉଙ୍କ ମୁର୍ତି ଯେମିତି କାନ୍ଦୁଥାନ୍ତି ମୋର ଏ ଅବସ୍ଥା ଦେଖି ।

ବୋଉକୁ ମୁଁ ପଚାରୁଥିଲି, ବୋଉ ତୁ ଆଉ ବାପା ଯେଉଁ ସଂସ୍କାର ମତେ ଦେଲ ମୁଁ ତ ଆଖି ବୁଜି ସବୁ ଗ୍ରହଣ କଲି, ହେଲେ ମୋ ପିଲାମାନେ ? ମନେ ପଡୁଥିଲା ମୋ ପିଲାଦିନ, ଶିକ୍ଷକଙ୍କ ପୁଅ, ପୁଣି ଖୁବ୍ ନୀତିବାନ ଆଦର୍ଶ ଶିକ୍ଷକ । ବୃତି ପାଇବା ଯାଏଁ ବହି କାହାଠୁ ମାଗି ଆଣି ଖରା ଛୁଟି ସାରା ଖାତାରେ ପୁରା ବହିଟି ଲେଖିବାର ନିର୍ଦ୍ଦେଶ ସହ ଉପଦେଶ ଥାଏ, ଲେଖିଲେ ଅଧା ପାଠ ମନେ ରହିଯିବ ।

ଏମିତି ନଥିଲା ବୋଉ ବାପା ତାଙ୍କର ଏକମାତ୍ର ପୁଅକୁ ନୂଆ ବହି, ନୂଆ ଡ୍ରେସ୍ ଦେଇପାରିବେନି, କିନ୍ତୁ ତାଙ୍କ ଆଦର୍ଶ ଥିଲା ପିଲା ଦିନୁ କଷ୍ଟ କରିଥିଲେ ଭବିଷ୍ୟତରେ ଭଲ ମଣିଷଟେ ହବ । ବର୍ଷରେ ଦୁଇଥର ମୋର ଡ୍ରେସ୍ ହୁଏ, ତାହା ପୁଣି ବୋଉ ହାତରେ ତିଆରି କରେ ସ୍କୁଲ ଡ୍ରେସ୍ । ସାଧା ହାପ୍ ପ୍ୟାଂଟ-ସାର୍ଟ ବର୍ଷରେ ଥରେ ମାମୁଁ ଘରୁ ମିଳେ । ସ୍କୁଲରେ ସବୁ ପିଲା ଖେଳଛୁଟିରେ ସାହୁ ବୁଢ଼ା ପାଖେ ଘେରି ସେ ଲାଲ୍ ଟହ ଟହ ଆଳୁ ଦମ୍ ଆଉ ପିଆଜି ପତ୍ର ଠୋଲାରେ ଖାଉଥାନ୍ତି, ଆଉ ମୁଁ ଝରକା ବାଟେ ଚାହିଁ ରହିଥାଏ । ଚାରି ଅଣା ପାଖରେ ଥିଲେ ବି ଶ୍ରେଣୀର ମନିଟର ଭାବେ ଗଣେଶ ପୂଜା ଆଉ ସରସ୍ୱତୀ ପୂଜା ବେଳେ ସମସ୍ତଙ୍କ ଠାରୁ ଅଧିକା ଚାନ୍ଦା ଦେବା ଲକ୍ଷ୍ୟରେ ମୁଁ ସାହୁ ବୁଢ଼ା ଆଡୁ ଆଖି ଫେରେଇ ଆଣେ । ପଂଚମ ବୃତି ପାଇବା ପରେ ଶିକ୍ଷକମାନେ ମତେ ଆହୁରି ଅଧିକା ସମୟ ସ୍କୁଲରେ ରଖି ପଢ଼ାଉଥିଲେ, ମୁଁ ଯେ ସ୍କୁଲର ନାଁ ଉଜ୍ୱଳ କରୁଥିଲି । ଏମିତି ପୁଣି ସପ୍ତମରେ ବୃତି ପାଇଲି, ନିଜ ପଇସାରେ ଖାତା କିଣା ହୁଏ ହେଲେ ବହି ସେଇ ପୁରୁଣା ଉପାୟ । ଭଲ ପଢୁଥିଲି, କେବେ ବାପା-ବୋଉଙ୍କ ଗୋଟେ କଥା ବି ତଳେ ପକାଉନଥିଲି । ବଡ ହେବା ସହ ନିଜ ପଢ଼ା ଦାୟିତ୍ୱ ସଂପୂର୍ଣ୍ଣ ମୋର ହେଇଗଲା । କିଛି ପିଲାଙ୍କୁ ଟିୟୁସନ ପଢ଼ାଇ ମୋ ପଢ଼ା ଖର୍ଚ୍ଚ ପୁରା କରୁଥିଲି । କଲେଜ ଆଉ ତା'ପରେ ୟୁନିଭରସିଟି, ତା'ଭିତରେ ସବୁ ଯୁବାଭଳି ମୋତେ ବି ଝିଅ ସାଥୀଟିଏ ମିଳିଥିଲା । ସେ ପ୍ରେମ ଏତେ ପବିତ୍ର ଥିଲା କି ସେଟା ଆଜିକାଲି ପିଲା ବୁଝିବେନି । କଥା ଦିଆ ବି ହେଇଥିଲୁ ଆମେ ଜୀବନ ସାଥୀ ହେବା ଲାଗି । ହେଲେ ଆଦର୍ଶ ମୋ ବାପା-ବୋଉଙ୍କ ଆଗରେ କହିବା ଆଗରୁ ସେମାନେ ଶୁଣେଇ ଦେଇଥିଲେ କି ସେମାନେ କଥା ଦେଇଛନ୍ତି ମାନସୀଙ୍କୁ ବୋହୁ କରିବେ ବୋଲି ଆଉ ସେମାନଙ୍କ କଥା ଆଗରେ ନା' କରିବା ମୁଁ ଶିଖି ହିଁ ନଥିଲି ।

ବାହା ହେଲି, ଦୁଇ ପୁଅ, ଗୋଟେ ଝିଅ ବାସ୍ ସେମାନଙ୍କ ଭବିଷ୍ୟତ ଚିନ୍ତାରେ ନିଜକୁ ହଜେଇ ଦେଲି, ବୋଉ ମୋର ସବୁ ବୁଝୁଥିଲେ ବି ତା' ସ୍ନେହ ଆଦରରେ ମୋ ହୃଦୟକୁ ଶିତଳତା ଦେବା ଛଡା ଆଉ କିଛି ବି କରିପାରୁନଥିଲା । ମେସିନ୍ ଭଳି ଦିନ ଦିନ କାମ କରି ଭଲ ନଖାଇ, ଭଲ ନପିନ୍ଧି ଭୁବନେଶ୍ୱର ଭଳି ସହରରେ ତିନି ମହଲା ଘର ତୋଳିଥିଲି । କଂଜୁସ୍ ବୋଲି ନୁହେଁ..... ମୋ ପିଲାଙ୍କ ଭବିଷ୍ୟତ ଲାଗି ସଂଚୟ କରିବାଟା ମୋର ପ୍ରଥମ କର୍ତ୍ତବ୍ୟ ବୋଲି ନିଜ ସ୍ୱପ୍ନ ସବୁ ଭୁଲିଗଲି । ମୋତେ ପିଲାଦିନେ ଯେଉଁ ସ୍ୱାଧୀନତା ମିଳିନଥିଲା ସେ ସବୁ ମୋ ପିଲାଙ୍କୁ ଦେଲି । ବାପାଙ୍କ ପଦ୍ଧତି ଥିଲା ବଢ଼ିଲା ପାଣିରେ ଛାଡିଦେଲେ ବଳେ ପହଁରା ଶିଖିଯିବ । ଆଉ ମୁଁ ମୋ ପିଲାଙ୍କ ପାଦରେ କଂଟା ଟେ ବି ଫୁଟିବାକୁ ଦେଇନଥିଲି ।

ହଠାତ୍ ମୋ ବଡପୁଅର ପାଟିରେ ମୁଁ ଭାବନା ରାଇଜରୁ ପ୍ରକୃତିସ୍ଥ ହେଲି, ବାହାରେ ଅପେକ୍ଷାରତ ସମସ୍ତେ ଚଳଚଂଚଳ ହେଇଗଲେ । ବଡପୁଅ ମୋର ବାହାରେ ନିଷ୍ପତି ଶୁଣେଇ ଦେଲା କୋକେଇ ବାନ୍ଧ ଆମେ ସତ୍ୟନଗର ନବା, ଆମ ନନା ତାଙ୍କ ଇଛା ପତ୍ରରେ ପରା ଲେଖି ଯାଇଛନ୍ତି ତାଙ୍କୁ ପୁରୀ ନେଇ ହଇରାଣ ନ ହେବା ଲାଗି । ଆରେ ମୁଁ ତ ଏମିତି କିଛି ଲେଖିନି.... ଯମଦୁତ ମୋ ପାଖକୁ ଲାଗି ଆସିଲେ, ଖୁବ୍ କମ୍ ସମୟରେ ସବୁ ସଜଡା ହେଇଗଲା, ପିଲାଙ୍କ ମାମୁଁ ପହଂଚି ଯାଇଥିଲେ । ମୁଁ ପୁଣି ଟିକେ ଉତ୍ସାହିତ ହେଇ କାନ ଡେରିଲି, ଭାଇନା ନିଶ୍ଚେ ରାଗିବେ, କହିବେ ମୋ ଶରୀର ସ୍ୱର୍ଗଦ୍ୱାର ଯିବ । ହେଲେ ଏ କ'ଣ ! ଭାଇନା ପିଲାଙ୍କୁ ଭିତରକୁ ଡାକି ନେଇ କହିଲେ ମତେ ଅପେକ୍ଷା କାହିଁକି କରୁଥିଲ, କାମ ସାରିଥାନ୍ତ ସିନା, ହଉ ଭୋକ ଲାଗିଥିବ ମୁଁ ବିନା ପିଆଜ ଆଲୁଚପ, ବରା ଆଣିଛି ଖାଇଦିଅ । ଆଉ ଭାଇନା ପକେଟ୍‌ରୁ କିଛି ଅଚଳ ରେଜା କାଢ଼ି କହିଲେ ଝିଅକୁ ନେ ସେ କଏନଗୁଡା କାଢ଼ି ଦେ, କଉଡି ନାହିଁ ଯଦି ଚଳିବ ମ, ଖାଲି ଖଇ ଆଉ ଏ ପଇସା ପକେଇ ଦବା ମୁଁ ଯମଦୁତଙ୍କୁ ବିନିତ ହେଇ କହିଲି ମୋତେ ଏବେ ନେଇ ଯାଆନ୍ତୁ ମୁଁ ଆଉ କିଛି ଦେଖିବାକୁ ଚାହେଁନି ।

ସେ ମୁଣ୍ଡ ହଲାଇ କହିଲେ ନା' ଦଶ ପତ୍ର ପିଣ୍ଡ ନଥୋଇ ବା ଯାଏଁ ନେଇ ପାରିବିନି । ଆରେ କ'ଣ କାନ୍ଦ ଶୁଭିଲାଣି, ମୋ କୋକେଇ ଉଠା ହେଉଥିଲା । ପୁଅ-ବୋହୁ କାନ୍ଦୁଥିଲେ, ନାତି ନାତୁଣି କାର୍‌ରେ ବସି ସାରିଥିଲେ । ବ୍ରାହ୍ମଣ କହିଲେ ଶେଷ ଯାତ୍ରା ଗାଡିରେ ପ୍ରେତ ସହ କିଛି ଜଣ ବସନ୍ତୁ । ଭାବିଲି କେହି ନହେଲେ ମୋ ପୁଅ ଆଉ ବଂଟି (ନାତି) ଆଗେଇ ଆସିବେ ହେଲେ ପୁଅ ଯାଇ ଡ୍ରାଇଭର ପାଖେ ବସିଲା, ମୋ ମର ଶରୀର ପାଖେ ପୁରୁଣା ଅଫିସର କିଛି କର୍ମଚାରୀ, ପଛରୁ ପୋଷା କୁକୁରଟି ଜୋର୍‌ରେ ଭୁକୁଥିଲା, ବୋଧେ ମତେ ଦେଖି ପାରୁଥିଲା । ତା'ଆଡେ ବୁଲିପଡି ଦୁଃଖ କରିଲା ବେଳକୁ କି ତା' ଖାଇବା ତ କେହି ବୁଝିଲେନି । ନାତିଟା ତାକୁ ବହୁତ ଭଲପାଏ, ମନ ମାନିଲାନି କାର୍ ପାଖଯାଏଁ ଦୌଡିଲି, କାଚରେ ହାତ ବାଡେଇବାକୁ ବଢ଼ିଛି କି ଦେଖିଲି ନାତି, ମୋ ସାନପୁଅ, ମୋ ଶାଳକ ସମସ୍ତେ ମୋବାଇଲ୍‌ରେ କିଏ ଗେମ୍ ତ କିଏ ମୋ ମଲା ଦେହ ଫଟୋ ପୋଷ୍ଟ କରି ଲେଖିଥିଲେ ବହୁତ ବଡ କ୍ଷତି ମୋ ଜୀବନର...... ।

ଅପେକ୍ଷା କରି ବସିଲି, ବାପା-ବୋଉଙ୍କ ମୁର୍ତି ପାଖେ, ଫେରିଲେ ସବୁ ନିତି ନିୟମ କରିବେ । ମୁଁ ମୋ ବାପା ବୋଉଙ୍କ ଲାଗି ଯାହା କରିଛି ସେମାନେ ଦେଖିଛନ୍ତି । ସେମାନେ ଥିବା ଯାଏଁ କେବେ ସେବାର ମୌକା ଦେଇ ନଥିଲେ ତ ତାଙ୍କ ଅନ୍ତେ ମୁଁ

ମନ ପ୍ରାଣ ଦେଇ ସେବା କରିଥିଲି, ଶୁଧିକ୍ରିୟା, ଦଶାହ, ଶ୍ରାଦ୍ଧବାର୍ଷିକି ସବୁ ତ କରୁଥିଲି, ମୋ ପିଲାମାନେ ତ ସବୁ ଦେଖିଛନ୍ତି, ଜାଣିଛନ୍ତି ଶୁଦ୍ଧିକ୍ରିୟା ଠିକ୍ ସେ ନହେଲେ ଆତ୍ମା କଷ୍ଟ ପାଇବ । ନା ମୋ ପିଲା କରିବେ ।

ଆଧୁନିକ ହେଲେ କ'ଣ ହେଲା, ସେ ତାଙ୍କ ନନାଙ୍କୁ ହରେଇ ଟିକେ ବିଚଳିତ ବୋଲି ଏମିତି ଭୁଲ୍ ଭାଲ୍ କରୁଛନ୍ତି । ସନ୍ଧ୍ୟା ହେଲା, ସମସ୍ତେ ମଶାଣିରେ ଇଲେକ୍ଟ୍ରି ଚୁଲାରେ ମତେ ପକେଇ ଫେରି ଆସି ଯେଝା ରୁମ୍‌ରେ ଶୋଇଗଲେ ହଁ ବହୁତ ହାଲିଆ, କାଲିଠୁ ସବୁ କରିବେ । ମୁଁ ନିଜ ମନ ବୁଝେଇବାକୁ ଯମଦୁତଙ୍କୁ କହୁଥାଏ, ସେ କିନ୍ତୁ ଚୁପ୍ ।

ସକାଳ ହେଲା ବ୍ରାହ୍ମଣ ଆସିଲେଣି, ମତେ ବି ଭାରି ଭୋକ ଶିଘ୍ର ପିଣ୍ଡ ପତ୍ର ବାଢ଼ିଲେ ମୋ ଆତ୍ମା ଶାନ୍ତି ହବ । ହେଲେ ଏ କ'ଣ ବଡପୁଅ ବ୍ରାହ୍ମଣଙ୍କୁ ଦୁଇ ହଜାର ଟଙ୍କା ନୋଟ୍‌ଟେ ଦେଇ କହିଲା ଭାଇନା ଆପଣ ଏ ଦଶଦିନ ଗୋଟେ ଗୋଟେ ବ୍ରାହ୍ମଣଙ୍କୁ ଖୁଆଇ ଦେବେ । ଆମ ନନା ତାହାହିଁ ଚାହୁଁଥିଲେ । ବ୍ରାହ୍ମଣ ବି ଚୁପ୍.... ଆଉ ମୁଁ ହତବାକ୍, ସେ କହିଲେ ଆଛା ଯାହା ବାବୁଙ୍କ ଇଛା କିନ୍ତୁ ଦଶାହରେ ତୁଠ କାମ ହେବ, ପିଣ୍ଡ ବଢ଼ାହେବ ନହେଲେ ଆପଣଙ୍କ ନନା ମୁକ୍ତି ପାଇବେନି ଯେ, ପୁଅ ଆଉ ଗୋଟେ ହଜାର ଟଙ୍କା ବଢ଼େଇ କହିଲା ଆପଣ ସବୁ ସମ୍ଭାଳିବେ । ମୋର କର୍ପୋରେଟ୍ ଚାକିରି ଲଣ୍ଡା ହେଇ ଯାଇ ହେବନି, ଖାଲି ଟିକେ ଖୁର ଲଗାଇ ଦେବା । ଆଉ ସେଦିନ ଦଶ ଗରିବଙ୍କୁ ଖୋଇ ଦେବାନି ! ବ୍ରାହ୍ମଣ ବି ଛାଡିବା ଲୋକ ନୁହେଁ, କହିଲେ ହଉ ହବ ଯେ ଏକୋଇଶି ହଜାର ଖର୍ଚ୍ଚ ହେବ । ସେ ପୂଜା ହେବ, ପୁଷ୍କର ଛଡା ହବ, କେତେ କାମ, ପୁଅ ମୋର ହଁ ଭରି ଉଠିଲା ଭିତରକୁ ଯିବାକୁ ।

ଆଉ ପଛରୁ ବ୍ରାହ୍ମଣ ଡାକ ଦେଇ କହିଲେ ବାବୁ ସବୁଦିନେ ଟିକେ ପତ୍ରରେ ଆପଣଙ୍କ ବାପାଙ୍କ ପ୍ରେତ ଲାଗି ଖାଦ୍ୟ ବାହାରେ ରଖି ଦଉଥିବ । ପୁଅ ହଁ ଭରି ଚାଲିଗଲା । ମୁଁ ତଥାପି ଆଶା ଛାଡିପାରିଲିନି, ଭିଷଣ ଭୋକ......ଘର ଭିତରୁ ଖାଦ୍ୟର ବାସ୍ନା ଆସୁଥିଲା, ଭିତରେ ଟେବୁଲ୍‌ରେ ପୁଅ-ଝିଅ-ବୋହୁ-ନାତି-ନାତୁଣୀ ବସି ପୁରୀ-ତରକାରୀ ଖାଉଥିଲେ । ମୋର ପିଲାଦିନ ସେ ଝରକା ବାଟେ ସାହୁ ବୁଢ଼ାର ଆଳୁଦମ୍ ପିଆଜି ମନେ ପଡୁଥିଲା । ତଫାତ୍ ଅନୁଭବ କରୁଥିଲି ।

ଏମିତି ଆଶାରେ ଆଶାରେ ଦଶ ହେଲା, ହେଲେ ମୋ ଆତ୍ମା କଷ୍ଟ କାହାରି ମନେ ପଡିଲାନି, ଏଥର ଯମଦୁତଙ୍କ ପାଳି, କହିଲେ ପ୍ରେତ ଚାଲ ଏବେ ଯମାଳୟ....ମୁଁ ବାପା-ବୋଉଙ୍କ ମୁର୍ତିକୁ ଦେଖୁଥିଲି, ପଥର ମୁର୍ତିର ଆଖି ବି ଲୁହ ଭରି ରହିଥିଲା । ପୋଷା କୁକୁର ବି ବହୁତ ଦୁଃଖି ଥିଲା ।

ଯମଦୂତ ଟିକେ ଜୋର୍ ଦେଇ ଟାଣିଲେ, ମୁଁ ତଥାପି ପଛକୁ ବୁଲି ଦେଖୁଥିଲି ଘର ଭିତରୁ କେହି କାଳେ ବାହାରି ଆସି ମୋ ଲାଗି କ୍ଷୀରି, ଖେଚୁଡ଼ି ବାଢ଼ିଦେବେ, ଅବୁଝା ମନଟା ଜମା ମାନୁନଥିଲା..... ମୋ ବିରାଟ ଘର ଆଖି ଆଗରୁ ଅଦୃଶ୍ୟ ହେବା ଯାଏଁ ମୁଁ ବୁଲି ବୁଲି ଦେଖୁଥିଲି ମୋ ନିଜ ଲୋକମାନେ ନିଶ୍ଚେ ମୋ ଆତ୍ମାର ଡାକ ଶୁଣିବେ...... ।

ଆଉ ମୁଁ ଯମାଳୟ ପହଂଚିବା ଯାଏଁ ମନ ସେମିତି ଅବୁଝା ରହିଗଲା ।

■

ଡିଜିଟାଲ ମୁଖାଗ୍ନି

ସକାଳୁ ମନଟା ଖୁବ୍ ଘାଂଟି ହେଉଛି ମାନସୀର, ସତେ ଯେମିତି ଏ ବୟସର ସାୟାହ୍ନରେ ବିରାଟ ପରୀକ୍ଷାର ସାମ୍‌ନା କରିବାର ଅଛି । କୋରାପୁଟର ସୁନ୍ଦର ବଣ ଜଙ୍ଗଲ ବେଢ଼ା ଜାଗାରେ ସ୍ୱାମୀ ମନୋଜଙ୍କ ସହ ଅନେକ ଗୁଡ଼ିକ ବର୍ଷ ବିତାଇବା ପରେ ନିରିହ ଆଦିବାସୀମାନଙ୍କଠାରୁ ସ୍ନେହ, ସମ୍ମାନରେ ପୋତିହେଇ, ମନୋଜ ବାବୁ ଫରେଷ୍ଟର ଚାକିରୀରୁ ଅବ୍ୟାହତି ପରେ ବି ମାନସୀଙ୍କ କଥା ଆଡେଇ ନପାରି ସହରର ଚାକଚକ୍ୟ ଠାରୁ ଦୂରରେ ଜାଗାଟିଏ କିଣି ସୁନ୍ଦର ଘର, ଘର ନୁହେଁ ତ ପ୍ରାସାଦଟେ ତୋଳି ରହିଯାଇଛନ୍ତି । ଏକମାତ୍ର ପୁଅ ଶ୍ରବଣକୁ ଯେତେ ସମ୍ଭବ ସୁବିଧା, ସୁଯୋଗ ସହ ଲାଳନ ପାଳନ କରୁ କରୁ କେତେବେଳେ ଯେ ପୁଅ ସ୍କୁଲ ଯିବା ବୟସରେ ପହଂଚିଗଲା, ଜାଣିପାରିନଥିଲେ ଫରେଷ୍ଟର ବାବୁ-ବାବୁଆଣୀ ।

ମାନସୀ ଖୁବ୍ ଉଚ୍ଚଶିକ୍ଷିତା, ସ୍ୱାମୀ ମନୋଜଙ୍କ ପ୍ରତି କଥାରେ ତାଳ ମେଳାଇ ସେ ନିଜେ ମାତୃ-ପିତୃ ବିହିନା ଥିବାରୁ ଶାଶୁ-ଶ୍ୱଶୁରଙ୍କୁ ନିଜ ପୁଅ-ଝିଅ ପରି ଆଦରୀ ନେଇଥିଲେ ମାନସୀ । ମନୋଜ ବାବୁଙ୍କ ଟ୍ରାନ୍ସଫର ପରେ ଭୁବନେଶ୍ୱର ଛାଡି ମାନସୀ ଚାଲିଯାଇଥିଲେ କୋରାପୁଟ । ଛାଡିଯାଇଥିଲେ ଭୁବନେଶ୍ୱରରେ ଶାଶୁ-ଶ୍ୱଶୁରଙ୍କୁ କେବଳ ସେମାନଙ୍କର ଜିଦି ଆଗରେ ହାର ମାନି ।

ପୁଅ ଶ୍ରବଣ ନାମଟି ଶାଶୁ ଦେଇଥିଲେ । ମୋର ପୁରା ମନେଅଛି ମା' କହିଥିଲେ ଆମପୁଅ ମନୋଜ ଏ କଳିଯୁଗର ଶ୍ରବଣ କୁମାର, ଠାକୁର କରନ୍ତୁ ନାତିଟା ମୋର, ତା ବାପା ପରି ହେଉ । କୋରାପୁଟରେ ତିନିବର୍ଷ, ତା'ଭିତରେ ବାରମ୍ବାର ଭୁବନେଶ୍ୱର ଯିବା ଆସିବା ଲାଗିଥାଏ । ସବୁଦିନ ଭିଡିଓ କଲ୍‌ରେ ଶାଶୁ-ବୋହୂ ଘଂଟାଟିଏ କଥା ନହେଲେ ମନ ବୁଝେନି ଦୁଇଜଣଙ୍କର ।

ସ୍ୱାମୀଙ୍କୁ ଖୁବ୍ ଭଲ ପାଉଥିବା ମାନସୀ ହେଲେ ମା' ହେଲା ପରେ ନିଜ ହୃଦୟକୁ ପଥର କରି ପୁଅର ପାଠ ପଢ଼ା ଲାଗି ଭୁବନେଶ୍ୱର ଚାଲି ଆସିଲେ । ଖରାଛୁଟିରେ ଯାହା ଆସନ୍ତି କୋରାପୁଟ । ଦିନ ଏମିତି ଗଡି ଚାଲିଥାଏ, ପୁଅର ଦଶମ ଶ୍ରେଣୀ, ମୋର ଇଛା ଥିଲା ପୁଅ ଓଡିଶାରେ ହିଁ ପାଠ ପଢ଼ି ତା ଭବିଷ୍ୟତ ଦେଖୁ, ହେଲେ ସେ ଶାଶୁ-ବୋହୁ ଯେମିତି ବି ହେଉ ତାଙ୍କ ଅକାଟ୍ୟ ଯୁକ୍ତିରେ ପାଟି ବନ୍ଦ କରିଦିଅନ୍ତି । ପୁଅର ଇଛା ସବୁବେଳେ ଅନୁମୋଦନ ପାଏ, ପିଲାଦିନୁ ହାତରେ ଅଭାବ କ'ଣ ଜାଣିଲାନି, ଗେହ୍ଲାରେ ବଢ଼ାଉଥିବା ମାନସୀ ଓ ଜେଜେ ମା' ପୁଅର ସବୁ ଅବାନ୍ତର ଦାବିକୁ ଖୁବ୍ ଆଗ୍ରହରେ ପୁରା କରିଆସିଛନ୍ତି । ଦଶମ ସରିଛିକି ଶ୍ରବଣ କୁମାରଙ୍କ ଏକା ଜିଦି ମୁଁ ଦିଲ୍ଲୀରେ ପଢ଼ିବି, ମୋର ସବୁ ସାଙ୍ଗ ପଢ଼ିବାକୁ ଯାଉଛନ୍ତି । ମୋର ଅନୁମତିର ଆବଶ୍ୟକତା ହିଁ ନଥିଲା । ବାପା-ମା ଓ ମାନସୀ ତା'ର ସବୁ ବନ୍ଦୋବସ୍ତ କରି ଦେଇଥିଲେ ।

ପୁଅ ଦିଲ୍ଲୀ ଯିବା ପରେ ଭୁବନେଶ୍ୱରର ଏତେ ବଡ ଘର, ଉପର ମହଲା ଭଡାରେ କିଛି କଲେଜ ପିଲାଙ୍କୁ ଦେବା ବେଳେ ବି ବାପା ଥରୁଟେ ମତେ ପଚାରିଲେନି । ସେ ଯେ ଜଣେ ରିଟାୟଡ୍ ଆର୍ମୀ ଅଫିସର । ବାସ୍ ଭିଡିଓ କଲ୍ କରି ମାନସୀ ଦେଖେଇ ଦେଇଥିଲେ ଚାରିଟି ଟୋକାଳିଆ ଭଡାଟିୟାଙ୍କୁ । ଦେଖୁ ଦେଖୁ ମୁଁ ବିରକ୍ତ ହୋଇ କହିଥିଲି ମା' ଘର ଖାଲି ପଡୁ ପଛେ ଏ ସବୁ କରନାହିଁ । ସେ ପିଲାଗୁଡାଙ୍କର କାନରେ ଇୟର କଡ ଲଗାଇ, ମୁଣ୍ଡର ଚୁଟି ଗୁଡା ରଙ୍ଗିଲା, ମଉସା ନମସ୍କାର ବି ନାହିଁ, ହାୟ ଅଙ୍କଲ ଡାକ ମତେ କାହିଁ ଠିକ୍ ଲାଗିଲାନି । ପୁଣି ହାର ମାନିଲି ମାନସୀଙ୍କ ଯୁକ୍ତି ଏମାନଙ୍କୁ ଦେଖି ମା-ବାପା ନାତିକୁ ଝୁରିବେନି ଆଉ, ବାସ୍ ମୁଁ ଚୁପ୍ । ମାନସୀ ବୋହୁ ନଥିଲା ସେ ମା-ବାପାଙ୍କ ଲାଗି ତାଙ୍କ ପୁଅଠାରୁ ଅଧିକା ଥିଲା । ତଥାପି ତାଗିଦ୍ କଲି ସେ ପିଲାଙ୍କ ଫଟୋ, ଅଧାର ସବୁ ରଖି ଘରେ ପୁରେଇବା ଲାଗି ।

ଏବେ ପୁଅ ଦିଲ୍ଲୀରେ ତ ମାନସୀ ପୁଣି ଫେରିଲେ କୋରାପୁଟ ମୋ ପାଖକୁ । ବାସ୍ ଆସିବାର ତୃତୀୟ ଦିନ ଖୁବ୍ ଝଡ ବର୍ଷା, ଭୁବନେଶ୍ୱରରେ ଲାଇନ୍ ନାହିଁ । ମୁଁ ଅଫିସ୍‌ରୁ ଫେରି ଚା କପ୍‌ର ଅପେକ୍ଷାରେ ହେଲେ ମାନସୀଙ୍କର ଏକା ଜିଦ୍ ମା'ଙ୍କୁ ଫୋନ୍ ଲାଗୁନି, ଘର ଲ୍ୟାଣ୍ଡ ଲାଇନ୍ ବି କେହି ଉଠାଉ ନାହାନ୍ତି, ଟିଭିରେ କହୁଛି ଭୁବନେଶ୍ୱରରେ ଝଡବାତ୍ୟା । ମୁଁ କହିଲି କାହିଁ ତମ ଶାଶୁଙ୍କୁ ନାତି ପରି ଦିଶୁଥିବା ଟୋକାମାନଙ୍କୁ ଲଗାଉନା, ବର୍ଷା ଯୋଗୁ ବୋଧେ ତା'ର ଛିଡିଥିବ, ବ୍ୟସ୍ତ ହୁଅନି । ଏମିତିରେ ରାତି ହେଲା, ରାତି ଖାଇବା ବାଢୁ ବାଢୁ ହଠାତ୍ ଫୋନ୍ ଆସିଲା, କିଏ

ମନୋଜ ବାବୁ ? ମୁଁ ଥାନା ଅଧିକାରୀ, ଶହୀଦନଗରରୁ କହୁଛି । ଆପଣଙ୍କ ଭୁବନେଶ୍ୱର ଘର ପାଖ ଘରୁ ଫୋନ୍ ପାଇ ଆସି ଘର କବାଟ ଭାଙ୍ଗି ଭିତରକୁ ଆସିଲୁ, ପଡୋଶୀଙ୍କ କହିବାନୁସାରେ କବାଟ ତଳଦେଇ ରକ୍ତ ଧାର ବୋହୁଥିଲା, ଆଉ ଭିତରେ ବୋଧେ ଆପଣଙ୍କ ମା' ଓ ବାପା ଉଭୟଙ୍କ ଗଳାକାଟି କେହି ହତ୍ୟା କରିଛନ୍ତି । ମୋ ହାତରୁ ଫୋନ୍‌ଟା ଖସିପଡିଲା, ମାନସୀ ଦୌଡିଆସି ମତେ ପଚାରି ଚାଲିଥାନ୍ତି କ'ଣ ହେଲା ? ବାସ୍ ଚାଲ ଭୁବନେଶ୍ୱର ।

ସେଇ ରାତି ଅଫିସ୍ ଗାଡି ଧରି ବାହାରିଲୁ, ରାସ୍ତା ସାରା ମାନସୀ ସେ ଭଡାଟିଆଙ୍କୁ ଯୋଗାଯୋଗରେ ଲାଗିଥାନ୍ତି, ହେଲେ ସମସ୍ତଙ୍କ ଫୋନ୍ ସୁଇଚ୍ ଅଫ୍, ମୁଁ ପଚାରିଲିନି ସେ ପିଲାଙ୍କ ଘର, ଆଧାର ? ମାନସୀ ଚଢ଼ା ଗଳାରେ କହିଲେ ତମର ତ ମୂଳରୁ ସେ ପିଲା ପସନ୍ଦ ନଥିଲେ, ତ ସେମିତି ବିନା କାରଣରେ ତାଙ୍କୁ ସନ୍ଦେହ କରନି । ରାତି ପ୍ରାୟ ୨ଟା ଆମ ଗାଡି ଚାଲିଥାଏ, ମାନସୀଙ୍କର କାନ୍ଦ ବନ୍ଦ ହେଇ ଆସୁଥାଏ । ହଠାତ୍ ଫୋନ୍‌ଟା କାଢ଼ି ଶ୍ରବଣକୁ ଭିଡିଓ କଲ୍ କଲେ, ମୁଁ ମନାକରୁଥିଲି । ସେ ଶୋଇଥିବ ସକାଳୁ କରିବ, ହେଲେ ଶ୍ରବଣ ସଙ୍ଗେ ସଙ୍ଗେ ଉଠାଇ କହିଲା ହଁ ମମି ମୁଁ ନିୟୁଜ୍‌ରୁ ଜାଣି ସାରିଛି । ସେ କେଉଁ ଗୋଟେ ବିରାଟ ହଲ୍ ଭଳି ଆଲୋକ ମାଳାଭରା ଜାଗାରେ ଥିଲା, ମାନସୀ ମୋ ଆଡେ ଗର୍ବରେ ଅନାଇ କହିଲେ ଦେଖିଲ ପୁଅ ମୋର କେତେ ବୁଝିବାର ହେଲାଣି, ସେ ବୋଧେ ଏୟାରପୋର୍ଟ, ତା' କଥା ଅଧାରେ କାଟି ପୁଅ କହିଲା ମମି କାଲି ଆମ ଇନ୍‌ଷ୍ଟିଚ୍ୟୁଟର ଫେରୱେଲ ତ ମୁଁ ବ୍ୟସ୍ତ ଅଛି । ତମେ ସକାଳେ ମୋତେ ଭିଡିଓ କଲ୍ କରି ଜେଜେ ଓ ମାଙ୍କ ମୁହଁ ଟିକେ ଦେଖେଇଦେବ । ଯଦି ସୁବିଧା ନହୁଏ ତ ଟେନସନ ନେବନି ମମି ମୁଁ ଟିଭିରେ ଅଲରେଡି ଦେଖିସାରିଛି । ହଉ ବାଏ କହି ପୁତ୍ରମଣି ଫୋନ୍ କାଟିଦେଲେ । ମାନସୀ ମୁହଁ ତଳକୁ କରି ବାସ୍ ଚୁପ୍ ।

ଭୁବନେଶ୍ୱର ପହଞ୍ଚି ସବୁ ଫର୍ମାଲିଟି ମାନ ପୁରା କରି, ମା' ବାପାଙ୍କ ଶେଷକୃତ୍ୟ କରିଲି ଓ ପୁରା ପକ୍କା ହେଲି ସେଇ ତିନୋଟି ପିଲାହିଁ ଏ କାମ କରିଛନ୍ତି । ତାଙ୍କ ଆଧାର କାର୍ଡ-ଘର ଠିକଣା ସବୁ ଭୁଲ୍ ଥିଲା । ସେଇଦିନୁ ମାନସୀ ହସିବା ଛାଡିଦେଇଥିଲା, ପ୍ରାୟ ଚୁପ୍ ରହୁଥିଲା ।

ମୁଁ ଉପାୟ ଶୁନ୍ୟ ହେଲେବି ପୁଅକୁ ଫୋନ୍ କରି ଥରେ ଆସିବାକୁ ଅନୁରୋଧ କଲି । ସେ ବି କହିଲା ହଁ ଡାଡି ମୁଁ ବି ଆସିବି ବୋଲି ଯୋଜନା କରିଥିଲି । ମନକୁ ଟିକେ ଶାନ୍ତି ଲାଗିଲା କି ପୁଅ ବୋଧେ ତା ମା'ର କଷ୍ଟ ଅନୁଭବ କରିପାରିଛି । ଦୁଇ ଦିନ ପରେ ଶ୍ରବଣ ଆସି ପହଂଚିଲା, ହେଲେ ସାଥିରେ ଗୋଟେ ଜିନ୍ସ୍ ପିନ୍ଧା ସୁନ୍ଦର

ଝିଅଟିଏ, ମାନସୀଙ୍କ ମୁହଁରେ ମୁଁ ଦୁଇ ମାସ ପରେ ହସ ଦେଖିଥିଲି । ହେଲେ ଝିଅକୁ ଚାଡିଁ ପ୍ରଶ୍ନିଳ ଚାହାଣୀରେ ସେ ମତେ ଦେଖୁଥିଲା । ପୁଅ ଗର୍ବରେ କହିଲା ମମ୍ ୟେ ମାରିୟା, ମୋର ସୋଲ୍‌ମେଟ୍, ଆମେ ବର୍ଷେ ହେଲା ଲିଭ୍‌ଇନ୍‌ରେ ଅଛୁ । ପାପା ଆମେ ଆମେରିକାର ଗୋଟେ ବଡ କମ୍ପାନୀରେ ଅଫର ପାଇଛୁ, ଆଉ ମାରିୟାର ଘର ବି ତ ଆମେରିକା । ଆମେ ବାସ୍ ଏଇ ମାସ ଶେଷରେ ଯିବୁ ତ ଦେଖା ହେବାକୁ ଆସିଲୁ ।

ଶ୍ରବଣକୁମାର "ଶୁବୁ" ହେଇ ସାରିଥିଲା । ତା'ର କୌଣସି କଥାର ଶେଷରେ ପ୍ରଶ୍ନବାଚୀ ନଥିଲା, ସେ ବାସ୍ ଆମକୁ ଇନ୍‌ଫର୍ମ କରୁଥିଲା । ମାନସୀ ତଥାପି ଆଶା ଭରା ଚାହାଣିରେ ଦେଖୁଥିଲା ତା ଅତି ଆଦରର ଶ୍ରବଣ ତାକୁ କେତେବେଳେ କୋଳେଇ ଧରି କହିବ ଆଜି ମୋ ଫେବରେଟ୍ ଖାଇବା ବନା ମମି । ହେଲେ ସେମିତି କିଛି ହେଲାନି, ମାରିୟା ଠାରୁ ପ୍ରଣାମ ଆଶା ବି ନଥିଲା, ହାଏ ମମି-ଡାଡି ପରେ ଶୁବୁ ତମ ରୁମ୍ କଉଟା କହି ତା' ହାତ ଧରି ରୁମ୍‌କୁ ଚାଲିଯାଇଥିଲେ । ମାନସୀ ଓ ମୁଁ ହତବାକ୍ ହୋଇ ଚାହିଁ ରହିଥିଲୁ । ହେଲେ ଏମାନଙ୍କ ଲଗେଜ୍ ତ ଦିଶୁନି, ବାସ୍ ସେ ଝିଅ ଗୋଟେ ପର୍ସ ଓ ପୁଅ ଗୋଟେ ଲାପ୍‌ଟପ୍ ବ୍ୟାଗ । ମାନସୀ ଯେମିତି ମତେ ଆଖି ମିଶାଇ ପାରୁନଥାଏ, ସେ ଯେମିତି ନିଜକୁ କହୁଥାଏ ମୁଁ ହାରିଗଲି ମନୋଜ, ମୁଁ ହାରିଗଲି, ତଥାପି ରୋଷେଇ ଘରକୁ ଯାଇ ପୁଅ ଲାଗି ରୋଷେଇରେ ଲାଗି ପଡିଲା, ଖାଇବା ଟେବୁଲ୍ ଭରା ପୁଅର ପସନ୍ଦର ବ୍ୟଞ୍ଜନମାନଙ୍କରେ । ପୁଅ ଓ ସେ ଝିଅ ଆସି ବସିଲେ, ଇଛା ନଥିଲା ପରି ଟିକେ ଟିକେ ପ୍ଲେଟ୍‌ରେ ନେଲେ, ମାରିୟା ଖୁବ୍ ଅଧିକାରରେ ମାନସୀଙ୍କୁ କହିଥିଲା ମମ୍ ଆକାଚୁଆଲି ଶୁବୁ ଏସବୁ ଭଲ ପାଆନ୍ତିନି, ସେ ଚାଉମିନ୍, ମୋମୋ ପସନ୍ଦ କରନ୍ତି ।

ମା'ଠାରୁ ବେଶୀ ଜାଣିବା ବାଲା ଶ୍ରବଣ ଜୀବନରେ ଆସି ସାରିଛି, ତଥାପି ମାନସୀ ଏ ଶକ୍ତ ଧକ୍‌କାକୁ ଲୁଚାଇ ପଚାରିଲେ ଆରେ ମା' ତମମାନଙ୍କ ଲଗେଜ୍ କାହିଁ ଦିଶୁନି । ଶ୍ରବଣ କଥା ଛଡାଇ ନେଇ କହିଲା ମମି ଆମେ ହୋଟେଲ୍‌ରେ ରହିଛୁ, ଏଠି ପ୍ରାଇଭେସି ନାହିଁ, ବାସ୍ ଗୋଟେ ଦିନ ମାରିୟାକୁ କୋରାପୁଟ ବୁଲେଇ ଆମେ ଫେରିଯିବୁ, ତମେ ବ୍ୟସ୍ତ ହୁଅନି ମୁଁ ଭିଡିଓ କଲ୍ କରି ଟଚ୍‌ରେ ରହିବି । ବାସ୍ ସବୁ ଶେଷ ଯେମିତି, ଦିନ ୩ଟାରେ ଆମେ ଆସୁଛୁ କହି ଚାଲିଗଲେ ।

ଏ ଘଟଣାକୁ ଏକ ମାସ ହେଇଗଲାଣି । ୟା ଭିତରେ ମାନସୀର ହାର୍ଟଷ୍ଟ୍ରୋକ୍ ହେଇ ସେ ଆଜିହିଁ ଫେରିଛି ହସ୍ପିଟାଲ୍‌ରୁ ଓ ଖୁବ୍ ବିଚଳିତ ଦିଶୁଛି । ମୁଁ ତା'ମନର କଥା ବୁଝିଲା ପରି କହିଲି କ'ଣ ପୁଅକୁ ଟିକେ କଲ୍ କରିବ କି ? ସେ ମନା କଲା,

କହିଲା ଏଠି ସିନା ଦିନ, ସେଠି ପରା ରାତି ହୋଇଥିବ, ଆଉ । ପଚାରିଲା ତମେ ପୁଅକୁ ମୋ ଦେହ କଥା କହିନ ତ, ସେ ବ୍ୟସ୍ତ ହେଇ ପଳେଇ ଆସିବ । ତାକୁ କହିବନି । ମୁଁ ଧୀରେ ମୁଣ୍ଡ ହଲାଇଲି, ଆଉ ମୋର ମନେପଡୁଥାଏ ଦଶଦିନ ତଳ କଥା, ମାନସୀର ଷ୍ଟ୍ରୋକ୍ କଥା କହିବାକୁ ଆମେରିକା ଫୋନ୍ କରିଥିଲି, ଶ୍ରବଣ ହାତରୁ ଫୋନ୍ ନେଇ ମାରିୟା କହିଲା ଡାଡ୍ ଆମେ ଏବେ ଆସିଛୁ, ଥରେ ଆମେରିକା ଯିବା ଆସିବା କଲେ କମ୍‌ରେ ଚାରି ଲକ୍ଷ ଖର୍ଚ୍ଚ, ଆପଣ ପ୍ଲିଜ୍ ନିଜେ ମ୍ୟାନେଜ୍ କରନ୍ତୁ । ଏମିତି ସବୁ କଥାରେ ଶୁବୁକୁ କହି ଟେନସନ ଦିଅନ୍ତୁନି । ତଥାପି ମୁଁ ଶ୍ରବଣକୁ ଅନୁରୋଧ କରିଥିଲି ଥରେ ଭିଡିଓ କଲ୍ କରି ତୋ ମମି ସହ କଥାହେଇଯିବୁ । ସେ କଥାକୁ ଦଶଦିନ ହେଲାଣି ଥରଟିଏ ଫୋନ୍ ବି କରିନି ସେ, ଆଉ ମାନସୀ ବିଚରା ମା' ମନ, ଭାବୁଛି ପୁଅ ମୋର ବ୍ୟସ୍ତ ହେଇ ପଳାଇ ଆସିବ ।

ମୁଁ ସବୁ ନରମାଲ କରିବାକୁ କଥା ବଦଳାଇ କହିଲି ତମେ ବାଲ୍‌କୋନିରେ ବସ ଆଜି ମୁଁ ବଢ଼ିଆ ଅଦା ପକା ଚା'ଟେ କରୁଛି । ତାକୁ ବସାଇ ଦେଇ ମୁଁ ରୋଷେଇ ଘରକୁ ଚାଲିଗଲି । ୧୦ ମିନିଟ୍‌ରେ ଫେରିଲା ବେଳକୁ ମାନସୀ ବେତ ତିଆରି ଆରାମ୍ ଚେୟାର ଉପରେ ପଛକୁ ଆଉଜି ବସିଛି, ଚା' କପ୍‌ଟା ତା ଆଡେ ବଢ଼ାଇ ଦେଇ ନିଅ କହିଲି, ହେଲେ ସେ ଉତର ଦେଲାନି ତ ଚା'ଟା ରଖି ଦେଇ ତା କାନ୍ଧରେ ହାତ ରଖି କହିଲି ମାନସୀ ଚା' ନିଅ । ହେଲେ ସେ ଆଉ ନାହିଁ... ଚାଲିଯାଇଛି ମତେ ଏକା କରି । କିଛି ବୁଦ୍ଧି ଦିଶିଲାନି, ଫୋନ୍ କରି ପାଖ ଘରେ ଥିବା ମୋ ପରି ଆମ ଫରେଷ୍ଟ ଅଫିସ୍ ବନ୍ଧୁଙ୍କୁ ଜଣାଇଲି । ସେ ଓ ଘରେ କାମ କରୁଥିବା ମଂଗୁଲୁ ଦୌଡି ଆସିଲେ, ମୁଁ ଦୌଡିଲି ଲ୍ୟାପଟପ୍ ପାଖକୁ, ଅନ୍ କରି ପୁଅକୁ ଲଗାଇଲି, ବାର୍ ବାର୍ କରିବା ପରେ ସେପଟୁ ପୁଅର ମୁହଁ ଦିଶିଲା, ତା ମମି ଆଡେ କ୍ୟାମେରାଟା କରି ଦେଇ କହିଲି ଶ୍ରବଣରେ ତୋ ମମି ଚାଲିଗଲା, ତୁ ଯଥାଶିଘ୍ର ଆସେ, ସେ ଓ ତା ସେ ସୋଲ୍‌ମେଟ୍ ଉଭୟ କହିଲେ, ଓହୋ ସୋ ସ୍ୟାଡ୍... ଆମେ ମମ୍‌ଙ୍କ ଆତ୍ମାର ସଦ୍‌ଗତି ଲାଗି ପ୍ରାର୍ଥନା କରିବୁ ଡାଡ୍ ତୁମେ ବ୍ୟସ୍ତ ହୁଅନା । ଆଉ ଫୋନ୍ କାଟିଲେ ।

ମୁଁ ସୁନିଶ୍ଚିତ ହୋଇଗଲି ସେମାନେ ଆସୁଛନ୍ତି । ମାନସୀଙ୍କ ଶେଷ ଇଛା ଥିଲା ମା'-ବାପାଙ୍କୁ ଯେଉଁ ସ୍ୱର୍ଗଦ୍ୱାରରେ ଶେଷକୃତ୍ୟ କରିଥିଲ ମୋର ବି ସେଇଠି କରିବ ମନୋଜ । ସେ କେବେ କିଛି ମାଗିନି, ତା'ର ଏଇ ଏକମାତ୍ର ଇଛା କ'ଣ ମୁଁ ପରା କରିବିନି । ପୁଣି ତା' ସହ ତାର ତାଗିଦ୍ ଥିଲା, ମୋ ପୁଅ ମତେ ମୁଖାଗ୍ନି ଦେବ

ହେଲେ ଲକ୍ଷେ ନିତି ନିୟମ ତାକୁ କରେଇବେନି, ମୁଁ ନଥିବି ଆଉ ତା'ଉପରେ ଆମ ହିନ୍ଦୁ ଘର ଏତେ କ୍ରିୟା କର୍ମ ମୋ ପୁଅକୁ କଷ୍ଟ ହେବ ।

ମୁଁ ବ୍ୟବସ୍ଥାରେ ଲାଗିଲି ମାନସୀଙ୍କୁ ଭୁବନେଶ୍ୱର ଘରକୁ ଆଣିବି ଏବଂ ପୁଅ ବୋହୁଙ୍କ ଆସିବା ଭିତରେ ପୁରୀରେ ବି ସବୁ ବ୍ୟବସ୍ଥା ଲାଗି ବନ୍ଧୁମାନଙ୍କୁ କହିଦେବି । ଆଜି ମାନସୀ ଯିବା ତୃତୀୟ ଦିନ, ପୁଅକୁ ଫୋନ୍ କଲେ ଆନସରିଙ୍ଗ୍ ମେସିନ୍‌ରୁ ଜବାବ ଆସୁଛି, ଦୟାକରି ଆପଣଙ୍କ ମେସେଜ୍ ଛାଡିଦିଅନ୍ତୁ । ତ' ମୁଁ ଆହୁରି ପକ୍କା ହୋଇଗଲି ସେମାନେ ବୋଧେ ରାସ୍ତାରେ, ସେଥିଲାଗି ଫୋନ୍ ରିସିଭ୍ କରିପାରୁ ନାହାନ୍ତି ।

ବନ୍ଧୁ ବାନ୍ଧବଙ୍କର ଜିଦ୍ ବାସିମଡା ଆଉ ରଖନ୍ତୁନି, ଚାଲନ୍ତୁ ପୁରୀ ବାହାରିଯିବା । ମୁଁ ଉପାୟଶୂନ୍ୟ ହୋଇ ହଁ ଭରିଲି । ପୁଅ ହାତରୁ ମୁଖାଗ୍ନି ଟିକେ ପାଇବା ଲାଗି ମୋ ମାନସୀ ଆଜି ବାସି ମଡା... ବାସ୍ ଅଧା ରାସ୍ତା ହେଇଛୁ ପୁଅର ଫୋନ୍ ଆସିଲା, ଡାଡି ସବୁ କାମ ସରିଲାଣି କି ? ତମକୁ ଯଦି ଏକଲା ଭଲ ଲାଗୁନି ମାସେ ପାଇଁ ଆମେରିକା ଚାଲିଆସ । ମୁଁ ଖୁବ୍ ଉଚ୍ଚାସ୍ୱରରେ କହିଲି ତୋ ମମିକୁ ମୁଖାଗ୍ନି ଦେବୁ ବୋଲି ମୁଁ ତିନି ଦିନ ହେଲା ରାସ୍ତା ଦେଖୁଛି ଆଉ ତୁ ଏବେ ଯାଏଁ ବାହାରିନୁ? ସେ କହିଲା ବି ପ୍ରାକ୍ଟିକାଲ ଡାଡି, ମୁଁ ଯାଇଥିଲେ କ'ଣ ମମି ବଂଚି ଯାଇଥାନ୍ତା ? ଏଠି ନୂଆ ଚାକିରି, ମୁଁ କେମିତି ଯାଇଥାନ୍ତି । ହଉ ଯଦି ତମେ କହୁଛ ହିନ୍ଦୁ ଘରେ ନିୟମ ପୁଅ ହୁଁ ମୁଖାଗ୍ନି ଦେବ, ତମେ ପୁରୀରେ ପହଂଚି ସବୁ ଯୋଗାଡି, ମତେ ଭିଡିଓ କଲ୍ କରିଦେବ, ମୁଁ ମମିକୁ ଏଇଠୁ ଶେଷ ବିଦାୟ ଦେଇ ଦେବି । ସରୋଜ ବାବୁ କହିଲେ ଏଇଥିପାଇଁ ତୋ ନାଁ ଶ୍ରବଣ କୁମାର ଦିଆ ହେଇଥିଲା କି ତୁ ତୋ ବାପା-ମାଙ୍କୁ ଡିଜିଟାଲ୍ ମୁଖାଗ୍ନି ଦେବୁ ?

ପୁଅ ଶୁଣିବା ମୁଡ୍‌ରେ ବି ନଥିଲା, କହିଲା ଡାଡି ଏତେ ସେନ୍‌ଟିମେଂଟାଲ ହୁଅନି, ତମର ସିନା ଦିନ, ଏଠି ଆମର ରାତି, ମୁଁ ଖୁବ୍ ହାଲିଆ, ରଖୁଛି । ଯଦି ତୁମକୁ ଠିକ୍ ଲାଗେ ତ ବାସ୍ ମମିକୁ ସେ କାଠ ଗଦା ଉପରେ ରଖା ରଖି ସାରି ଭିଡିଓ କଲ୍‌ଟେ କରିଦେବ । ଆଉ ହଁ ଡାଡି ଆଗକୁ ଖ୍ରୀଷ୍ଟମାସ ଆସୁଛି ସୁବିଧା ହେଲେ ଆମ ପାଖକୁ ଆସି ବୁଲିଦେଇଯିବ ଓ ଭୁବନେଶ୍ୱରରେ ତ କେହି ରହୁନାହାନ୍ତି, ସେ ଘରଟା ବିକି ଦେଇ ମତେ ଟଙ୍କା ପଠେଇ ଦେଲେ ମୋର କାମରେ ଲାଗିବ । ଆମେ ଫିୟୁଚର ପ୍ଲାନ କରୁଛୁ ତ, ତା କଥା ଅଧାରେ ରଖି କହିଲି ବାପାରେ ତୋ ମମିକୁ ଡିଜିଟାଲ ମୁଖାଗ୍ନି ଦେବା ଦରକାର ନାହିଁ କି ମୁଁ ବି ଡିଜିଟାଲି ଟଙ୍କା ଟ୍ରାନ୍ସଫର କରିବା ଦରକାର ନାହିଁ । କେବେ ଯଦି ଓଡିଶା ଆସ ତ ହୋଟେଲରେ ରହି ଚାଲିଯିବ । କାହିଁକି ନା

ଭୁବନେଶ୍ୱର ଘରଟା ମୋ ମା’ ତା ସ୍ନେହ ଆଦରରେ ତୋଳିଥିଲା ଓ କୋରାପୁଟ ଘରଟା ତୋ ମମି ତୋ ପସନ୍ଦ ମୁତାବକ ଗଢ଼ିଥିଲା । ତୋ ଡିଜିଟାଲ ମମତା ତୋ ପାଖେ ଥାଉ, ରହିଲି । ବାସ୍ ସରୋଜ ବାବୁ ପୁରୀ ପହଂଚିବା ଭିତରେ ପୁଅର ନମ୍ବର ମୋବାଇଲ୍‌ରେ ବ୍ଲକ କରି, ତାଙ୍କ ସହ ବସିଥିବା ବନ୍ଧୁଙ୍କୁ କହୁଥିଲେ ଭୁବନେଶ୍ୱର ଓ କୋରାପୁଟ ଘର ଦୁଇଟା ବୃଦ୍ଧାଶ୍ରମ କରିବା, ସେଠି ଡିଜିଟାଲ ପୁଅ-ଝିଅଙ୍କ ଅଲୋଡା ବାପା-ମା ରହିବେ ।

■

ଚିଠି...ମରିଗଲା !

ହେ ପ୍ରଭୁ ପୋଖରୀ ହୁଡାରେ ମାଳତୀ ମାଉସୀ ବସିଛି... ଦୂର ହେଉ ପଛେ ବୁଲିକି ପଳେଇବି, ନହେଲେ ବୁଢ଼ୀ ଧରିବ ଯେ, ଗୋଟେ ଧାଡି କଥାରେ ଚାରି ଧାଡି ଆଶୀର୍ବାଦ ଆଉ ଲୁହ ପୋଛି ପୋଛି ତା' କାନି ତ' ଓଦା ହବ ହବ ମୋ ଅଟୋ ଚଲା ବି ବିଗିଡି ଯିବ ।

ମାଳତୀ ମାଉସୀ....ଏଇ କିଛି ବର୍ଷ ହେଲା ମେନ୍ ରୋଡ୍ ଆରପଟ ଗାଁରୁ ଆସି ଆମ ଧାନ ବିଲ ହୁଡାରେ ଗଢ଼ି ଉଠିଥିବା ଛୋଟ ବସ୍ତିର ପୁରା ଶେଷ ମୁଣ୍ଡ ଝାଟି-ମାଟି କୁଡିଆଟେ କରି ରହୁଛି । ମାଉସୀର କୁଆଡେ ସବୁଥିଲା ଘର, ମାଣେ ଜମି, ଝିଅ, ପୁଅ, ସ୍ୱାମୀ ସବୁ ।

ଝିଅ ବାହା ଦେଲା ବେଳେ ଜମି ବିକ୍ରି କରିଥିଲା, ତା' ପରେ ବାପ-ପୁଅ ପର ବିଲରେ କାମ କରନ୍ତି । ହଠାତ୍ ଦିନେ ବୁଢ଼ା କାହାକୁ କିଛି ନ କହି କୁଆଡେ ପଳେଇଲା ଯେ ଆଉ ଫେରିଲାନି, ପୁଅ ସେଇ ନବମ ପଢ଼ିଲା, ମାଉସୀ କାହା ଗୁହାଳ କାମ ତ କାହା ଘର କାମ କରି ପୁଅର ଦେଖାଶୁଣା କରୁଥିଲା ।

ପୁଅର ଏକା ଜିଦ୍ ଅଟୋ ଟେ କିଣି ଚଳେଇବ । ଆମ ମାର୍କୋଣାରେ ଏତେ ବେଶୀ ଅଟୋ ନଥିଲା । ବୁଢ଼ୀ, ପୁଅ କଥାରେ ହାର୍ ମାନି ଚାଳ ଘର ଖଣ୍ଡକ ବିକି ତାକୁ ଅଟୋଟେ କରିଦେଲା । ଆଉ ମା' ପୁଅ ଗାଁ ଛାଡି ଏ ଆମଭଳି ଏଠୁ ସେଠୁ ଉଠିଆସି ବିଲ ମଝିରେ ଝାଟି ଘରଟେ କରି ରହିଲେ ।

ବୁଢ଼ୀର ପୁଅ ବାସ୍ ପନ୍ଦର ଦିନ ଅଟୋ ଚଳେଇଥିବ କି କ'ଣ ଚାଲିଲା ଭୁବନେଶ୍ୱର, ମା'କୁ ତା'ର ବୁଝେଇଦେଲା ସେଠି ବେଶୀ ରୋଜଗାର ଆଉ ମାସରେ ଥରେ ଆସିବ । ମାଳତୀ ମାଉସୀ ପୁଣି ବାଧ୍ୟ ହେଇ ତା' କଥାରେ ହଁ ଭରିଲେ ଆଉ ବାର୍ ବାର୍ କହିଲା ପୁଅରେ ସବୁ ଆଠଦିନରେ ଚିଠି ଖଣ୍ଡେ ଦବୁ, ତୋ ରହିବା

ଠିକଣା ହେଲେ ମୁଁ ବି ଏ ସାଇପିଲାଙ୍କୁ କହି ତତେ ଚିଠି ଦେବି । ତୁ ତ ମୋର ସବୁ..... ପୁଅ କିଛି ଶୁଣିଲା କି ନାହିଁ ପଳେଇଲା, ତା' ପୁଅ ଯିବା ଦୁଇ ବର୍ଷ ହେଲା, ଆଗ ଆଗ ଦୁଇ-ତିନି ମାସରେ ଥରେ ଆସୁଥିଲା, ପ୍ରଥମ ମାସ ଚିଠି ଦି'ଖଣ୍ଡ ବି ଦେଇଥିଲା । ଆଉ ତା' ପରେ ମୋବାଇଲ୍ କଣି ସାରିଥିଲା । ମୋରି ଫୋନ୍‌କୁ ଫୋନ୍ କରି ମାଳତୀ ମାଉସୀ ସହ କଥା ହୁଏ, ତାହା ବି ଧୀରେ ଧୀରେ, ଆଠ ଦିନରୁ ପନ୍ଦର ଆଉ ତା'ପରେ କାଁ ଭାଁ ଫୋନ୍ ।

ମୁଁ ଅଟୋ ନେଇ ମାର୍କୋଣାରୁ ଭଦ୍ରକ ଟାଉନ୍ ଯାଏ ତ କେତେ ଥର ମାଳତୀ ମାଉସୀ ପୁଅର ଫୋନ୍ ମୁଁ ହିଁ ଶୁଣେ ଆଉ ସନ୍ଧ୍ୟାରେ ଫେରିଲା ବେଳେ ମାଉସୀ କୁଡିଆ ଆଡେ ଯାଇ ତା'ପୁଅ କଥା କହିଦିଏ ।

ମାଉସୀଟା ପୁରା ବୁଢ଼ୀ ହେଲାଣି ସକାଳ ବେଳା ଗାଁର ଦୁଇ ଘର ଗୁହାଳ କାମ କରେ । ଯାହା ଚୁଡା, ମୁଢ଼ି ଦି'ଟା ମିଳେ ସେଇଥିରେ ତା' ଜୀବନ । ଚୁଲିରୁ ଧୂଆଁ ଉଠିବା ପ୍ରାୟ ଦେଖିବାକୁ ମିଳେନି । ମାଉସୀଠୁ ଏଇ ସବୁ କଥା ମୁଁ ଦୁଇବର୍ଷ ହେଲା ଶୁଣୁଛି । ସବୁଥର ତା'ର ସେହି ପୁରୁଣା କଥା କୁହା, ମୁଁ ଶୁଣି ଶୁଣି ଧାଡି ଧାଡି ମନେ ରହିଗଲାଣି ।

ଏବେ ପୁଅ ତା'ର ଆଉ ଫୋନ୍ ବି କରୁନି, ସନ୍ଧ୍ୟାରେ ବୁଢ଼ୀ ବହୁତ କହିଲେ ମୁଁ ଥରେ ଦି'ଥର କଲ୍ କରିଛି ହେଲେ ପୁଅ ବିରକ୍ତ ହୁଏ କି ସେ କାମରେ ଅଛି ପରେ କରିବ ।

ଦିନେ ତ ବଡ ଅଜବ ଘଟଣାଟେ ଘଟିଲା, ଫୋନ୍ ଲଗାଇ ବୁଢ଼ୀକୁ ଦେଇଦେଲି କି ସେ ନିଜେ ଶୁଣୁ ତା' ପୁଅ କ'ଣ କହୁଛି, ତ ମୁଁ ନିସ୍ତାର ପାଇବି ସବୁ ଦିନ ଧନରେ... ବାପାରେ.... ପୁଅକୁ ଟିକେ କଥା କରେଇ ଦେରେ, ତୋର ଧରମ ହବ ରେ ।

ସେ ପଟୁ ଗୋଟେ ଝିଅ ଫୋନ୍ ଉଠେଇଥିଲା, କିଏ କହୁଛୁ ଲୋ, ମୋ ପୁଅକୁ ଦେ! ସେ ଝିଅ କହିଥିଲା କଉ ପୁଅ! ମୋ ମଙ୍ଗୁଲୁକୁ ଦେ । ତୁ କିଏ ମୋ ପୁଅ ଫୋନ୍ ଧରିଛୁ । ସେ ଝିଅ ଉତ୍ତର ଦେଇଥିଲା, ମୁଁ ମଙ୍ଗୁଲୁର ସ୍ତ୍ରୀ । ହେଲେ ତା'ର ତ ବାପା-ମା' କେହି ନାହିଁ ବୋଲି କହୁଥିଲା । ତମେ ଭୁଲ୍ ନମ୍ବର ଲଗେଇଛ ନହେଲେ ତମ ମୁଣ୍ଡ ଖରାପ ।

ବୁଢ଼ୀର ସେ ଲୋଚାକୋଚା ମୁହଁରେ କେବେ ହସ ନଥାଏ ବୋଲି ନାହିଁ, କାନ୍ଦୁଥାଏ ବି ତା ଓଠରେ ହସ ଥାଏ । ସେଦିନ କିନ୍ତୁ ବୁଢ଼ୀ ବହୁତ କାନ୍ଦିଲା, ଆଉ ମୋର କ'ଣ ହେଲା କେଜାଣି କହି ଦେଲି ମାଉସୀ ବ୍ୟସ୍ତ କାହିଁ ହଉଛୁ ମୁଁ ଅଛି ପରା । ମୁଁ ତୋ ପୁଅ ନୁହେଁ କି ?

ବାସ୍ ସରିଲା ପାଠ । ସବୁଦିନ ବୁଢ଼ୀ ଜଗିଥିବ ମୋ ଯିବା ଆସିବା ବାଟକୁ, ମଇଳା କାନିରେ କଉଦିନ ପାଞ୍ଚଟଙ୍କା ଟେ ତ କଉ ଦିନ ମୁଢ଼ି ମୁଆଁଟେ ବାନ୍ଧିଥିବ । ମତେ ସେତକ ଦେଇ କେତେ ଆଶିର୍ବାଦରେ ପୋତି ପକାଏ ଆଉ ଆଖିରୁ ଝରିପଡୁଥିବା ଲୁହକୁ ତା' କାନିରେ ପୋଛେ ।

ମାଉସୀର ପୁଅ ଆଉ ଫୋନ୍ ବି କରେନି, ହ୍ୱାଟସ୍‌ଅପରେ ଲେଖିଦିଏ, ଆଉ ମାଉସୀ ପଢ଼ି ଜାଣିନି ତ ମୁଁ ପଢ଼ି ଶୁଣେଇ ଦିଏ । ସେଇ ମେସେଜ୍‌ଟା ବାର୍ -ବାର୍ ପଢ଼ିବାକୁ କୁହେ ମାଉସୀ । ଆଉ ଶେଷରେ କୁହେ ପୁଅରେ ଏ ଚିଠିଟା ଏ ଫୋନ୍ ଭିତରୁ କାଢ଼ିକି ଦଉନୁ, ମୁଁ ମୋ ମୁଣ୍ଡ ତଳେ ରଖି ଶୋଇବି, ତା' ବାପାର ବି ଚିଠି କିଛି ରଖିଛି ।

ମତେ ହସ ଲାଗେନି କିନ୍ତୁ ତା' ସରଳ ମନ ଲାଗି ମୋ ମନଟା ଦୁଃଖ ହେଇଯାଏ । ତାକୁ ଯେତେ ବୁଝେଇଲେ ବି ସବୁଦିନ ହୁଡାରେ ଜଗିଥିବ ଦେଖୁ ଦେଖୁ ମୁଣ୍ଡ ଆଉଁସି ଦେଇ ସେଇ ଗୋଟେ କଥା ଧନରେ ତୋ ଫୋନ୍‌କୁ ମୋ ପୁଅ ଚିଠି ଦେଇଥିବ ଟିକେ ଖୋଜୁନୁ!

ମୁଁ ଏଥର ବୁଢ଼ୀକୁ ପ୍ରାୟ ଲୁଚିଲି, ତା' ପୁଅ କିଛି ଲେଖିଥିଲେ ତ କହିବି ! ଆଉ କିଛି ଲେଖିନି କହିଲେ କେତେ କାନ୍ଦ, ମୋ ଛୁଆଟା ବଡ ସହରରେ କେମିତି ଚଳୁଥିବ, କେମିତି ଖାଉଥିବ । ଆଶ୍ଚର୍ଯ୍ୟ ଲାଗେ କି ମାଉସୀକୁ ନ ଜଣେଇ ପୁଅ ବାହା ବି ହେଇଗଲା ହେଲେ ମା' ମନ ତା' ଛୁଆ ଲାଗି ବିକଳ । ସତରେ ମାଉସୀ ମନଟା ଭାରି ସଫା ତ' ତାକୁ କାନ୍ଦିବା ଦେଖି ହୁଏନି ବୋଲି ମୁଁ ଲୁଚେ । ଥରେ ତା'ପୁଅକୁ କହିଥିଲି ତୋ ମା' କାନ୍ଦୁଛି ଆସି ବୁଲି ଯା, ମଝିରେ ଖଣ୍ଡେ ଖଣ୍ଡେ ଚିଠି ପକା । ସେ ମନ ଦୁଃଖ କରୁଛି । ପୁଅ ତା'ର କହିଲା ବାହାର ଲୋକ ବାହାର ହେଇ ରୁହ, ଏଠି ମୁଁ ମଜାରେ ବୁଲୁନି, ଦିନ ରାତି ଖଟିଲେ ଘର ଭଡା, ଖାଇବା ପିନ୍ଧିବା... ଆଉ ମୁଁ ଯେମିତି କହିଛି ତୋ ମା' କ'ଣ ଖାଉଛି, କେମିତି ରହୁଛି ସେଟା କ'ଣ ବୁଝିବା ତୋର କାମ ନୁହେଁ, ମୁଁ ତ ପୁଣି ଏଠି ଅଟୋ ଚଳେଇ ପରିବାର ପୋଷି ପାରୁଛି । ସେ ପଟୁ ଫୋନ୍ କଟିଗଲା ।

ଯାହା ହ୍ୱାଟସ୍‌ଅପରେ ମେସେଜ୍ ଆସୁଥିଲା ତାହା ବି ଆଉ ଆସିଲାନି ।

ଦେଖିଲି ଦୁଇ ଦିନ ହେଲା ବୁଢ଼ୀ ହୁଡାରେ ଜଗିନି, ଓହୋ ମୁଁ ଧୀରେ କିନା ତା'ଘର ଆଗ ଦେଇ ଚାଲିଯାଏ । ନହେଲେ ତା' ଗପ ସେ କେମିତି ଆଦର ଯତ୍ନରେ ବଢ଼ିଥିଲା, ଜମି ବିକି ଯୋଉ ଝିଅକୁ ବାହା ଦେଲା ସେ ଦିନେ ପଚାରିଲାନି, ଆଉ ପୁଅ ତା'ର ଭାରି ଭଲ । ଚିଠି ଦେଇଥିଲା ମତେ....ଏ ଦୁଇବର୍ଷରେ ତା' ପୁଅ ଦେଇଥିବା ସେଇ ଦୁଇଖଣ୍ଡ ଚିଠି ଦେଖାଏ ।

ମୋବାଇଲ୍ ମେସେଜ୍ ପଢ଼ି ଶୁଣେଇଲେ କୁହେ ଧନରେ ହାତ ଲେଖା ଚିଠିଟା ହାତରେ ଧରିଲେ ଲାଗେ ପୁଅ ହାତ ଧରିଛି । ପଢ଼ି ନ ପାରିଲେ ବି ମନେ ପଡିଲେ ସେ ଲେଖା ଉପରେ ହାତ ବୁଲେଇ ଆଣିଲେ ଲାଗେ ପୁଅକୁ ଆଉଁସୁଛି, ଆଉ ତା' ହାତ ଲେଖା କାଗଜଟିକୁ ମୁଣ୍ଡ ତଳେ ରଖିଦେଲେ ନିଦ ବି ହେଇଯାଏ ।

ମୁଁ ବୁଝାଏ ମାଉସୀ ଏ ଯୁଗରେ କିଏ ଆଉ ଚିଠି ଲେଖୁଛି, ବାସ୍ ମୋବାଇଲ୍‌ରେ ଲେଖିଦେଲେ ଗୋଟେ ମିନିଟ୍‌ରେ ଖବର ପହଞ୍ଚିଯାଉଛି । ମୋ କଥା ଅଧାରେ ରଖି ମାଉସୀ କହିଲା ଧନରେ ଚିଠି ପରା ସମ୍ପର୍କର ଡୋରି, ଆତ୍ମାର ଖୁରାକି, ଚିଠିଟା ଯେତେ ଥର ପଢୁଥିବ ନିଜ ଲୋକଟା ସେତେ ପାଖରେ ଭଳି ଲାଗେ ।

ହଉ ମୁଁ ଠିକ୍ କଲି ଛକ ଉପରେ ନିଜେ ଲେଖି ସନ୍ଧ୍ୟାରେ ମାଉସୀକୁ ଦେଇଦେବି, ବୁଢ଼ୀ ମଣିଷଟାର କଷ୍ଟ ଦେଖି ହଉନି । ଆଉ ଚାରି ପାଞ୍ଚଥର ସେମିତି କଲି, ସେ ତ ପଢ଼ି ଜାଣିନି ତ ମତେ ହିଁ ପଢ଼ି ଶୁଣେଇବାକୁ ହୁଏ, ବୁଢ଼ୀ ମୁହଁରେ ହସ ଫୁଟେଇବାକୁ ମୁଁ ଏଇଟା ଠିକ୍ ବାଟ ବୋଲି କରିଚାଲିଲି, ବହୁତ ଖୁସିରେ ଶୁଣେ ଆଉ ମୋ ହାତରୁ କାଗଜଟା ନେଇ ଠାକୁରଙ୍କୁ ଡାକେ ପ୍ରଭୁ ହେ ପୁଅକୁ ମୋର ଘଣ୍ଟ ଘୋଡେଇ ରଖିଥା ।

ଆଜି ତିନି ଦିନ ହେଲା, ତା ତାଟି କବାଟ ବି ଅଧା ଆଉଜା, ସେ କିନ୍ତୁ ଦେଖାନାହିଁ । ତା'ଘର ପାରିହେଇ ସାରିଥିଲି ହେଲେ ପୁଣି ଫେରିଲି, ମନକୁ ପାପ ଛୁଇଁଲା, ବୁଢ଼ୀର କ'ଣ ହେଇଗଲା କି ଆଉ ! ତାଟି ଖୋଲି ଚାହିଁଲି ବୁଢ଼ୀ ତଳେ ଛିଣ୍ଡା ବିଛଣାରେ ଶୋଇଛି, ପାଖକୁ ଯାଇ ହାତ ମାରି ପଚାରିଲି ମାଉସୀ ତୋ ଦିହ ଭଲ ଅଛି ତ ! ତା' ଦେହ ଉଷୁମ ଥିଲା, ସେ ଆଖି ଖୋଲି କହିଲା ଧନରେ ମୋ ପୁଅର ଚିଠି ଆଣିଛୁ କି ?

ମୋତେ ରାଗ ମାଡିଲା, ଉଠି ପାରୁନି ଆଉ ପୁଅର ଚିଠି ଖୋଜା ହଉଛି । ଛକ ଉପରକୁ ଆସି ଗୋଟେ ପାଉଁରୁଟି ଦି'ଟା ବିସ୍କୁଟ ପ୍ୟାକେଟ୍ କିଣି ମାଉସୀ ପାଖେ ଦେଇ ଆସିଲି, କହିଲି ତୁ ଖାଇ ଠିକ୍ ହୁଅ ନହେଲେ ତୋ ପୁଅକୁ କହିଦେବି ତୋ ଦିହ ଖରାପ ବୋଲି ।

ସେ ଅବସ୍ଥାରେ ବି ସେ ଉଠି ବସିଲା ଆଉ ରାଣ ଦେଲା ଧନରେ ତାକୁ କହିବୁନି, ସେ ତ ସେଠି ଅସୁବିଧାରେ ଚଲୁଛି । ବ୍ୟସ୍ତ ହବ, ମୁଁ ଖାଇନେବି ତୁ ଯା' କାମକୁ ।

ବସ୍ତି ପିଲା ହାତରେ ସରକାରୀ ଡାକ୍ତରଖାନାରୁ ଜ୍ୱର ଔଷଧ ଦେଇ ପଠେଇ ମୁଁ ମୋ କାମରେ ଲାଗିଲି । ସନ୍ଧ୍ୟାବେଳେ ବି ଦେଖିଗଲି, ନାଁ ତା ଦେହକୁ ବଳ

ପାଉନି ତ ସେ ଉଠି ଡିବି ଟା ବି ଜଳେଇନି । ମୁଁ ଡିବି ଲଗେଇ ମାଉସୀ ପାଖେ ଟିକେ ବସିଲି, ତା’ ଗୋଡ ହାତ ମୋଡି ଦେଲି, ଆଉ ତା’ର ସେଇ ପୁରୁଣା ଗପ ଚାଲିଲା । ପାଉଁରୁଟି ଦି’ପଟ ଖୋଇ ଔଷଧ ଦେଇ କହିଲି ତୁ ଶୋଇପଡ, ସକାଳକୁ ଠିକ୍ ହେଇଯିବ, ହେଲେ ତା’ ଆଖିର ପ୍ରଶ୍ନ ଚିହ୍ନ ମୁଁ ବୁଝି ପାରୁଥିଲି । କହିଲି ତୋ ପୁଅକୁ ଫୋନ୍ କରିଥିଲି ସେ ତୋ ଲାଗି ବ୍ୟସ୍ତ ହଉଥିଲା, ମାଲିକ ଛୁଟି ଦଉନି ନହେଲେ ଆଜି ପଳେଇ ଆସିବ କହୁଥିଲା । ବୁଢ଼ୀର ଝାଉଁଳା ମୁହଁରେ ତେଜ ଦିଶିଲା । ଆଉ ମୁଁ ଦୁଆର ପାଖ ହେଇଛି କି ସେଇ ପ୍ରଶ୍ନ ଧନରେ ଚିଠି ଦେଇନି ମୋ ପୁଅ ? ଏଥର ବିରକ୍ତ ହେଇ କହିଲି ମାଉସୀ ଚିଠି କେବେଠାରୁ ମରିସାରିଛି । ତୁ କାହିଁକି ଆଉ ତାକୁ ଖୋଜୁଛୁ ? ଚୁପ୍ କରି ଶୋଇପଡ । ମାଉସୀ କହିଲା ଧନରେ ଏତେବଡ କଥା କହି ପାଇଲୁ ? ଚିଠି ମରିଗଲେ ସମ୍ପର୍କ ବି ମରିଯିବ, ଲୋକ ମରିଯାଏ ହେଲେ ଚିଠି ପରା ଅମର ! ସେ କେବେ ମରେନି ।

ମାଉସୀ ସେମିତି କହୁଥାଏ ଆଉ ମୁଁ ବାହାରି ଆସିଲି, ଘର ମୁହାଁ ଗଲା ବେଳେ ଭାବିଲି ଏ ଆଧୁନିକ ଯୁଗରେ ପୁଣି ଚିଠି ଅମର ! ଛାଡ ବୁଢ଼ୀ ମଣିଷକୁ କ’ଣ ବୁଝେଇବି ।

ତା’ ପରଦିନ ମୋ ମା’ ନିଦରୁ ଉଠେଇଲା ମତେ କହିଲା ଆରେ ସେ ମାଳତୀ ବୁଢ଼ୀ ମରିଗଲା । ମୁଁ ମୁହଁ ନଧୋଇ ଦୌଡିଲି ତା’ କୁଡିଆ ଆଡେ । ଦି ଚାରିଟା ଲୋକ କୁଡିଆ ବାହାରେ ଠିଆ ହେଇଥିଲେ । ମୁଁ ଦେଇ ଆସିଥିବା ବିସ୍କୁଟ କୁକୁର ଟାଣି ବାହାରେ ଖାଇଛି ତ ତା’ ଡାଟିଟା ଠିଆ ମେଲା ଥିଲା । ସାହି ଛୁଆ ଭିତରକୁ ଉଣ୍ଡି ଦେଖିଥିଲେ ବୁଢ଼ୀ ବୋଧେ ମରି ଯାଇଛି । ଆଉ ବଡ ମାନଙ୍କୁ ଡାକିଥିଲେ ।

ମୁଁ ଭିତରକୁ ଯାଇ ଦେଖିଲି ମାଳତୀ ମାଉସୀ ଆଉ ନାହିଁ, ଛାତି ଉପରେ ଦୁଇଖଣ୍ଡ ଚିଠିକୁ ଚାପି ଧରି ବୁଢ଼ୀ ପ୍ରାଣ ଛାଡିଛି । ଆଶ୍ଚର୍ଯ୍ୟ ହେଲି ବୁଢ଼ୀ ବାସ୍ ସେଇ ଦୁଇଟି ଚିଠି ଯାହା ସତରେ ତା’ପୁଅ ଲେଖିଥିଲା । ଧରିଛି, ଆଉ ମୁଁ ଯେଉଁ ଚାରି ପାଞ୍ଚଟା ଲେଖିଥିଲି ସେ ସବୁ ତା ମୁଣ୍ଡ ପାଖେ ମଶିଣା ଉପରେ ଥୁଆ ହେଇଛି ।

ଅପାଠୋଇ ହେଲେ ବି ମା’ ଠିକ୍ ତା’ ପୁଅ ହାତ ଚିହ୍ନିଛି । ତା’ ପୁଅକୁ ଯେତେ ଫୋନ୍ କଲି ଉଠେଇଲାନି, ଲେଖିଲି ତୋ ମା’ ଚାଲିଗଲାର ଉତ୍ତର ବି ନାହିଁ ।

ତ’ ବାଧହୋଇ ସାଇ ଲୋକଙ୍କ ସାହାଯ୍ୟରେ ମଶାଣି ନେଇ ତା’ କାମ ସାରିଲୁ । ଫେରିଲା ବେଳକୁ ତା’ କୁଡିଆ ଆଉ ଜଣେ ତା’ ଭଳି ମା’ କବ୍‌ଜା

କରିସାରିଥିଲା । ବାହାରି ଆସି କହିଲା ବାବୁ ମୋର କେହିନାହିଁ, ଯା ତା' ପିଣ୍ଡାରେ ରହୁଛି, ଏ କୁଡିଆଟାରେ ମୁଣ୍ଡ ଗୁଞ୍ଜୁଛି, ଜୀବନଟା ବା ଆଉ କେତେ.....

ମୁଁ କହିଲି ହଁ ମାଉସୀ ରୁହ, ସେ ମାଳତୀ ମାଉସୀର କେହି ବି ନଥିଲେ, ତତେ ଏଠୁ ବାହାର କରିବାକୁ କେହି ଆସିବେନି । ମୁଁ ମୋ ଘର ଆଡେ ବୁଲିଛି କି ପଛରୁ ଡାକିଲା ବାବୁ ସେ ବୁଢ଼ୀର କନ୍ଥା ପଟା ତ ମଶାଣି ନେଲ, ତା'ର ଖାଲି ହାଣ୍ଡି, ମାଠିଆ ଦି'ଖଣ୍ଡ, ମୁଁ ରଖୁଛି । ଆଉ ଏ କାଗଜ ଗୁଡା ନେଇଯା କାଳେ ଜରୁରୀ ହେଇଥିବ ।

ଚିଠି ଗୁଡା ହାତରେ ଧରିଚାଲିଲି ଘର ମୁହାଁ । ବାଟରେ ଗୋଟେ ଘର ଅଗଣାରେ ଚୁଲି ଜଳୁଥିଲା, ମୋ ହାତଲେଖା ଚିଠିଗୁଡା ସେଥିରେ ପକେଇଦେଲି, ତା' ପୁଅ ଚିଠି ଯୋଡାକୁ ପକେଇବାକୁ ହାତ ଜାଉନଥିଲା, ସତରେ କ'ଣ ମାଳତୀ ମାଉସୀ ଠିକ୍ କହିଥିଲା ଚିଠି ଅମର !

ନାଁ ସେ ଦିଟା ବି ଚୁଲିରେ ପକେଇ ଦେଲି ଆଉ କେମିତି ଗୋଟେ ଶାନ୍ତି ଲାଗିଲା ଚିଠି ମରିଗଲା ବୋଲି..... ।

■

ଦିଲ୍ଲୀ କା ଲଡୁ

ଭୁବନେଶ୍ୱରର ସବୁଠାରୁ ଦାମୀ ଆପାର୍ଟମେଣ୍ଟରେ ଘର ମୋର । ମୋ ସ୍ୱାମୀ ଜଣାଶୁଣା ଡାକ୍ତର ଥିଲେ । ସେ ଚାଲିଯିବା ଦଶ ବର୍ଷ ହେଲାଣି କିନ୍ତୁ ଆମର ପିଲା ଛୁଆ ନଥାଇ ବି, ଡାକ୍ତର ପାତ୍ର ମୋ ଭବିଷ୍ୟତ ସୁରକ୍ଷିତ କରିବାରେ କେତେ ଯେ ନିପୁଣ ମୁଁ ଏବେ ବି ଭାବି ଆଶ୍ଚର୍ଯ୍ୟ ହୁଏ ।

ମୁଁ ତାଙ୍କ ଦୁର ସମ୍ପର୍କୀୟ ହେବି, ପାରିବାରିକ ଉତ୍ସବରେ ଦେଖା ଆଉ ମୋର ଗ୍ରାଜୁଏସନ ସରୁ ସରୁ କି ବାହାଘର । ଡାକ୍ତର ଜ୍ୱାଇଁ ତ ଘରେ କାହାର କିଛି ଆପତି ବି ନଥିଲା । ମୁଁ ଯେମିତି ଗୋଟିଏ ଝିଅ ସେ ବି ବାପା-ମା' ଙ୍କର ଗୋଟିଏ ପୁଅ । ବାହାଘର ବହୁ ବର୍ଷ ଆମେ କେତେ ଡାକ୍ତର ପାଖକୁ ଯାଇଥିଲୁ ପିଲାଟେ ଲାଗି । ସେ ମତେ ବହୁଥର କହୁଥିଲେ ଅନାଥ ଆଶ୍ରମରୁ ପିଲାଟେ ଆଣିଲେ ହୁଅନ୍ତାନି ! ମୁଁ କିନ୍ତୁ ଜମା ରାଜି ହୁଏନା, ତାଙ୍କୁ ଡରାଏ ଦେଖୁନ ଆମ ବାପା-ମା ଅନ୍ତେ କିଏ ଅଛି ଆମ ସୁଖ ଦୁଃଖରେ ଠିଆ ହେବାକୁ । ଆମେ ତ ଆସି ପଇଁଚାଳିଶ ଡେଇଁଲେଣି ପିଲାଟେ ଆଣି ବଡ କରିଥିବା କି ନାହିଁ ଜୀବନ ସରିବ ଆଉ ନିଜ ପିଲା ନିଜର, ପରକୁ ଯେତେ ଆପଣା କଲେ ସେ କ'ଣ କେବେ ଆମର ହେବ ! ତା'ପରେ ସେ ତାଙ୍କ କ୍ଲିନିକ୍ ଆଉ ମୁଁ ଆମ ସୋସାଇଟି ସେକ୍ରେଟାରୀ ଭାବେ କିଟି ପାର୍ଟି, ଗେଟ୍ ଟୁଗେଦରରେ ବ୍ୟସ୍ତ ।

ହଠାତ୍ ସବୁଥିରେ ନିଜକୁ ମ୍ୟାନେଜ କରି ଖୁସି ରହୁଥିବା ବେଳେ ହାର୍ଟ ଆଟାକ୍‌ରେ ସେ ଚାଲିଗଲେ । କେତେ କ'ଣ ପଲିସି ମାନ କରି ଯାଇଥିଲେ ଯେ ମତେ ଚଳିବା ଲାଗି ଅଭାବ ନଥିଲା । ବୟସ ବଢ଼ିବା ସହ ସୋସାଇଟ୍‌ର ଲୋକମାନେ ବି ଯେଝା ପିଲା ନାତି କାମରେ ବ୍ୟସ୍ତ ରହୁଥିଲେ । ଆଉ ମୁଁ ଏକୁଟିଆ ଘଣ୍ଟା ଘଣ୍ଟା ସୁଇମିଙ୍ଗ୍ ପୁଲ୍ ପାଖେ ଏକଲା ବସି ଦେଖେ, ସେ ପାଖ କର ବାବୁଙ୍କ ସ୍ତ୍ରୀ ଆଣ୍ଠୁ ଖରାପ

ତଥାପି ଦୁଇ ନାତିଙ୍କୁ ଜଗି ବସନ୍ତି ସେମାନେ ପାଣିରେ ଖେଳିଲା ବେଳେ । ଆଉ ମୁଁ ସୁଲୁସୁଲିଆ ପବନ ଖାଇ ମୋବାଇଲ୍‌ରେ ଖେଳୁଥାଏ, କଣେଇ କଣେଇ ଦେଖେ । ସେ କର ବାବୁ ସ୍ତ୍ରୀ ବି ମତେ ଚାହୁଁଥାନ୍ତି । ସେ ମୋ ଭାଗ୍ୟକୁ ଜଳୁଥିବେ..... ।

ଘର କାମ ଲାଗି କାମବାଲିଟେ ଆସେ । ସେ ଆସିଲେ ତାକୁ କପେ ଚା ଦେଇ ମୁଁ ପିଏ । ତାକୁ ପଚାରିଲି ଆରେ ରାନୁ ସେ କର ବାବୁଙ୍କ ଘରୁ କ'ଣ ଏତେ ପାଟି ଶୁଭୁଥିଲା । ସେ କହିଲା ନା' ମ ମା' ତାଙ୍କ ବହୁ, ନାତି ଆଜି କର ମାଉସୀ ଜନ୍ମଦିନ ବୋଲି ତାଙ୍କୁ ନ ଜଣେଇ ଘର ସଜେଇ, କେକ୍ ଆଣି ହଠାତ୍ ସରପ୍ରାଇଜ୍ କଲେ ତ ସେଇ ଖୁସି ଗପ ଶୁଣିଥିବେ । ମନଟା ପିତା ହେଇଗଲା, ଭାବିଲି ମୋ ଜନ୍ମଦିନଟା କେବେ ତ ମନେ ବି ପଡୁନି । ମୋର ବା କିଏ ଅଛି ଯେ ମତେ ଖୁସି କରିବାକୁ ଯୋଜନା ମାନ କରିବ । ରାନୁ କହିଲା ମା' କ'ଣ ଭାବୁଛ ଯେ, ଚା' ପିଉନ । ମୁଁ ଦୀର୍ଘ ନିଶ୍ୱାସଟେ ପକେଇ କହିଲି ନା'ରେ କର ମାଡାମ୍‌ଙ୍କ ଭାଗ୍ୟ ସେ ଏ ପରିଣତ ବୟସରେ ଏତେ ସୁଖ ପାଉଛନ୍ତି । ରାନୁ ନ ଶୁଣିଲା ପରି ଘର ଝାଡୁ କରିବାରେ ଲାଗି ପଡିଥିଲା, ରାତି ରୋଷେଇ କରି ଟେବୁଲରେ ରଖି ରାନୁ ପଳେଇଲା । ଆଉ ମୁଁ ଟି.ଭି. ଆଗରେ ବସିଲି ।

ମନ ବୁଝେଇବାକୁ ବାଲ୍‌କୋନିକୁ ଯାଇ ଆଖ ପାଖ ଘର ବାଲକୋନିକୁ ନଜର ପକେଇଲି । ବିଶ୍ୱାଳ ବାବୁଙ୍କ ବାଲ୍‌କୋନିରେ ତାଙ୍କ ନାତୁଣୀ ବାଲ୍‌ଟିରୁ ଲୁଗା କାଢ଼ି ଦଉଛି ଆଉ ବିଶ୍ୱାଳ ବାବୁ ତାରରେ ପକାଉଥିଲେ, ଆଉ ଟିକେ ଆଖି ବୁଲେଇଲା ବେଳକୁ ଠିକ୍ ମୋ ଡାହାଣ ପଟ ସୁଜାତା ଆଉ ତା' ଶାଶୁ ବାଲ୍‌କୋନିରେ ବସିଥିଲେ । ସୁଜାତା ବୋଧେ ମୋବାଇଲ୍ ଘାଣ୍ଟୁଥିଲା ଆଉ ତା' ଶାଶୁ ଅଟା ଚକଟୁଥିଲେ । ମନେ ମନେ ଭାବିଲି ମୋର ଏତେ ଟଙ୍କା ପଇସା, ଘର ହେଲେ କଥା ପଦେ ହେବାକୁ କେହି ନାହିଁ । ଆମ ବାପା-ବୋଉ ଗୋଟେ ପିଲାରେ ଖୁସି ହେଲେ ଆଗରୁ ପାଞ୍ଚ-ସାତ ପିଲା କେତେ ଭଲ ... ଏ ପ୍ରାପ୍ତ ବୟସରେ କେହି ନା କେହି ତ ସାଥୀରେ ଥାଆନ୍ତା ।

ସୁଜାତା ଶାଶୁଙ୍କର ଆଖି ମୋ ଆଖିରେ ପଡିଗଲା । ମୁଁ ଭାରି ଲଜ୍ୟା ଅନୁଭବ କଲି କି ଏମିତି ଯା ତା ଘର ଆଡେ ଏ ବୟସରେ ଛି ! ଛି ! ସେ କ'ଣ ଭାବିଥିବେ । ଆଉ ସେ ମଧ୍ୟ ଭାରି ଅପ୍ରସ୍ତୁତ ଅନୁଭବ କରି ଘର ଭିତରକୁ ଚାଲିଗଲେ ।

ଏମିତି ମୋର ଦିନ କଟେ । ସକାଳ ମର୍ଣ୍ଣିଂଓ୍ୱାକ୍‌ରୁ ଆରମ୍ଭ ଆଉ ରାତିରେ ଏକଲା କ'ଣ ଟିକେ ଖାଇ ଶୋଇବା କଥା । ରାନୁ ଦିନବେଳୋବି ଘର କାମ ଲାଗି ଆସେ, ସେ ଯେତିକି ସମୟ ଥାଏ ତା ପାଟି ଚୁପ୍ ନଥାଏ, କାମ କରୁ କରୁ ଆମ

ଆପାର୍ଟମେଣ୍ଟର ସବୁ ଘର ବିଷୟରେ ଧାରା ବିବରଣ କରେ । ସେ ଦିନ ମୁଁ ତାକୁ ପଚାରିଲି ରାନୁ ସେ ସୁଜାତା ଚାକିରି କରେ ବୋଲି ତା ଶାଶୁ ବୋଧେ ଘର କାମ କରନ୍ତି ? ଆଉ ବିଶ୍ୱାଳ ବାବୁ ବି ଘର କାମରେ ବହୁ, ସ୍ତ୍ରୀଙ୍କ ସାହାଯ୍ୟ କରନ୍ତି ନା । ରାନୁ କହିଲା ମା' ସୁଜାତା ଦିଦି ଚାକିରି କରନ୍ତି ବୋଲି ମତେ ପା ଘର କାମ ଲାଗି ଲଗେଇଛନ୍ତି, ହେଲେ ବାବୁଙ୍କୁ ଆଉ ତାଙ୍କ ପୁଅକୁ ମା' ହାତ ରନ୍ଧା ଭଲ ଲାଗେ ବୋଲି ମା ରାତି ରୋଷେଇ ନିଜେ କରନ୍ତି । ଆଉ ବିଶ୍ୱାଳ ବାବୁ ତ ରିଟାୟର୍ଡ ମଣିଷ ସମୟ କାଟିବାର ଆଉ ନିଜକୁ ଫିଟ୍ ରଖିବାର ଉପାୟ ଏଇ ଛୋଟ ମୋଟ ଘର କାମ ।

ମୁଁ ପୁଣି କହିଲି ରାନୁ ତୁ ଏତେ ଘର କାମ କରି ପୁଣି ତୋ ଘରେ ବି କରୁଥିବୁ ନା ! ସେ ଦୀର୍ଘ ନିଶ୍ୱାସ ଟେ ପକେଇ କହିଲା କ'ଣ କରିବି ମା' ଏତେ ଦରଦାମ୍‌ରେ ସହରରେ ପିଲାଙ୍କ ପଢ଼ା, ଖିଆ ପିଆ ଲାଗି କରିବାକୁ ତ ପଡୁଛି, ଆପଣଙ୍କ ଭଳି ଭାଗ୍ୟ କାହିଁ ଯେ, ହାତକୁ କାମ ନାହିଁ କି ମୁଣ୍ଡକୁ ଚିନ୍ତା ନାହିଁ । ସେ ଯୋଉ ଭୋଜି ହଉଥିଲା ଆପଣଙ୍କ ଆପାର୍ଟମେଣ୍ଟ ବାଲାଙ୍କର, ଆପଣ ତ ବେଗା ବେଗୀ ଫେରି ଆସିଲେ, ସେ କର ବାବୁ ଘର, ସୁଜାତା ଦିଦି ଘର ଆହୁରି ବି କେତେ ଜଣ ପରା ସେଇଆ କଥା ହଉଥିଲେ କି ଡାକ୍ତର ପାତ୍ରଙ୍କ ମିସେସ୍ କି ଭାଗ୍ୟ କରିଛନ୍ତି ଚିନ୍ତା ଦକ ନାହିଁ, ଟଙ୍କା-ପଇସା ଅଭାବ ନାହିଁ । ଆମେ ସବୁ ଯାହା ଛୁଆଙ୍କ ବଡ କରି କରି ବୁଢ଼ି ହେଲେ ଆଉ ଏବେ ପିଲାଙ୍କ ଛୁଆକୁ ବି ଦେଖିବାକୁ ପଡୁଛି ।

ମୁଁ ଗୋଟେ ଦୀର୍ଘ ନିଶ୍ୱାସଟେ ମାରିଲି । ମନେ ମନେ ଭାବିଲି ଅଦେଖା ଓଉ ଛ' ଫେଡା । ମୁଁ ଯେ କେମିତି ଏକଲା ଜୀବନ କାଟୁଛି ମୁଁ ଜାଣେ । ଆଉ ସେମାନେ ତ ନାତି-ନାତୁଣୀ ଧରି କେଡେ ଖୁସିରେ.... ।

ରାନୁ ଡାକିଲା ମା' ବାଲକୋନିରେ ଏ ଗଛ ଗୁଡା ଛାଇରୁ ଖରାପ ହେଇଗଲାଣି, ଆପଣ ବି ଏ ସୋସାଇଟି ପାର୍କରେ ଗଛ ଲଗାନ୍ତୁ, ସମସ୍ତେ ତ ଲଗାଉଛନ୍ତି । ଟିକେ ଗପ ସପ ବି କରି ଆସିବେ । ମୁଁ କିନ୍ତୁ ତାକୁ କହିପାରୁନଥିଲି କି ଏ ଜୀବନ ଟା ଦିଲ୍ଲୀ କା ଲଡ୍ଡୁ..... ମତେ ଲାଗୁଛି ପରିବାର ଧରି ସେମାନେ କେଡେ ଖୁସିରେ ଆଉ ତାଙ୍କୁ ଲାଗୁଛି ବିନା ଦାୟିତ୍ୱରେ ମୁଁ କେଡେ ଖୁସି..... ।

■

ପ୍ରହେଳିକା

ଓହୋ ! ଆଜି ଟିକେ ମନଟା ଶାନ୍ତି ପାଇଲା, ମୁଁ ମୋ ସ୍ୱାମୀ କୁମାରଙ୍କ ସହ ଗାଁରୁ ଫେରିଲି, ଘର ଗଳି ମୋଡରୁ ମୁଁ କାର୍ କାଚ ଖୋଲି ବାସ୍ ଚାହିଁ ରହିଥିଲି ମୋ ପାଖ ଫ୍ଲାଟଟିକୁ ଦେଖିବି । ସେଟା ଘର କମ୍, ପାର୍କ ବେଶୀ ଲାଗେ, ସେ ବଗିଚାର ରଙ୍ଗବେରଙ୍ଗୀ ଫୁଲ, ଗଛ, ମହ ମହ ବାସୁଥିବା ମଲ୍ଲି, ଚମ୍ପା ଆଦି ଯେମିତି ମତେ ଖତେଇ ହୁଅନ୍ତି । ହେଲେ ଆଜି ଆଠ ଦିନ ପରେ ଗାଁରୁ ଫେରି ନିଜ ଘର ଆଡେ ନଦେଖି ପାଖ ଘରକୁ ତନଖି କରି ଦେଖିଲି, ଫୁଲ ଗଛ ସବୁ ଝାଉଁଳି ପଡିଛି, ଗେଟ୍‌ରୁ ଘର ଯାଏଁ ପଡିଥିବା ଟାଇଲ୍ ସୁଖିଲା ପତ୍ରରେ ଭରା । ମତେ ଭାରି ଶାନ୍ତି ଲାଗିଲା, ମୋ ଚେହେରାର ସ୍ମିତ ହସ ଦେଖି କୁମାର ପଚାରିଲେ କ'ଣ ନିଜ ଘର ଦେଖି ଖୁସି ହଉଛ ? ମୁଁ କିନ୍ତୁ ମୋ ଖୁସିର କାରଣ ଟା କହିଲି ନାହିଁ, କାରଣ ଆଗରୁ ବହୁଥର ସେ ପାଖ ଘର କଥା କହି ମୋ ସ୍ୱାମୀଙ୍କ ଠାରୁ ପ୍ରବଚନ ଶୁଣି ସାରିଛି । ତେଣୁ ଚୁପ୍ ରହିବା ଶ୍ରେୟ ମଣିଲି ।

ମୁଁ ମାନସୀ, ଭୁବନେଶ୍ୱର ପୁଣି ଶହିଦନଗରରେ ତିନି ମହଲା କୋଠାର ମାଲିକାଣୀ । ମୋ ଘର ଅଗଣାରେ ବି ବହୁତ ଖାଲି ଜାଗା, ଉପର ଘର ଭଡାଟିଆ ରୁହନ୍ତି, ମୋ ପାଖ ଘରଟା ମୁଁ ଘର ତୋଳିବା ଆଗରୁ ଥିଲା । କେହି ଯିବା ଆସିବା କେବେ ଦେଖିନଥିଲି । ମୋର ଏ ଘରେ ରହିବା ପ୍ରାୟ ୧୦ ବର୍ଷ ହେଲାଣି । ପିଲାମାନେ ବଡ ହୋଇ ଯେଝା ସଂସାର ଧରି ବଡ ବମ୍ବେରେ ତ ସାନ ବାଙ୍ଗାଲୋର୍‌ରେ । ମୋ ସ୍ୱାମୀ ରିଟାୟର୍ଡ୍ ପ୍ରଶାସନିକ ଅଧିକାରୀ । ମୋ ଶାଶୁ ଘରେ ବି ମୋରି ରାଜୁତି, କାରଣ କୁମାର ବାପା ମା'ଙ୍କର ଏକମାତ୍ର ପୁଅ । ମୋର କେମିତି ବାହାଘର ହେଲା, କେତେ ଧନ ସମ୍ପତି ମୋ ବାପା ଦେଇଥିଲେ ଏ ସବୁ ମୁଁ ଆମ

କାମବାଲି ମାଧ୍ୟମରେ ଆମ ପର ଆଖ ପାଖରେ ପହଂଚାଇ ଦେଇଛି । ତା'ପରେ ଲାଗେ ସମସ୍ତେ ମତେ ଖୁବ୍ ସମ୍ମାନ ଭରା ଚାହାଣୀରେ ଦେଖନ୍ତି ।

ପାଖ ଘରଟା ବାସ୍ ଗୋଟେ ମହଲା ଘର, ମୋର ସେ ଗଳିର ଦ୍ୱିତୀୟ ଘର, ଉତରା ପବନ ମୋ ଘରକୁ ବେସ୍ ସୁରୁ ଖୁରୁରେ ଆସେ । ହଠାତ୍ ଦିନେ ସକାଳୁ ଗୋଟେ ଟ୍ରକ୍ ଆସି ରହିଲା । ଧୁମ୍ ଧାମ୍ ଶବ୍ଦରେ ଝରକା ବାଟେ ଦେଖିଲି ସେ ପାଖ ଘରେ ଲୋକ ଆସିଛନ୍ତି ରହିବାକୁ । ସନ୍ଧ୍ୟା ଯାଏଁ ଘରେ ଲୋକ ଯିବା ଆସିବା ଲାଗିଥିଲା ସେ ଘରକୁ । ମନେ ମନେ ସ୍ଥିର କଲି କାଲି ଯାଇ ସେ ଘରେ କିଏ ରହିଲେ, ସବୁ ବୁଝିବି, ମୋ ଘର କାମବାଲି ଟିକେ ଡେରିରେ ଆସେ । ସେ ଆସିଲେ ତାକୁ ପଠେଇ ସେ ଘର ଲୋକ ଭଡାଟିଆ ନା ନିଜେ ମାଲିକ ବୁଝିନେବି, ଏମିତି ଭାବୁ ଭାବୁ ଚା' କରୁଥିଲି, ରୋଷେଇ ଘର ଝରକା ବାଟେ ଦେଖିଲି ସେ ଘର ଗେଟ୍ ଖୋଲି ଗୋଟେ ମଧ୍ୟ ବୟସ୍କା... ନା' ବୋଧେ ତିରିଷ କି ବତିଷ ବର୍ଷର ବେଶ୍ ଡେଙ୍ଗା, ଗୋରା, ସ୍ତ୍ରୀ ଲୋକଟିଏ କାନ୍ଧରେ ଭ୍ୟାନିଟ୍ ବ୍ୟାଗ ପକାଇ ମୋ ଘର ଆଗଦେଇ ଚାଲିଗଲା । ମୋର ଏଡେ ବଡ ସୁନ୍ଦର ଘର ଆଡେ ଟିକେ ଅନେଇଲାନି ମଧ୍ୟ ।

ଛାଡ କାମବାଲି ଆସୁ, ସବୁ ଖବର ବୁଝିବି । ବେଶ୍ କିଛି ସମୟ ପରେ ଛବି (ମୋ କାମବାଲି) ଆସିଲା, ସେ ଆସୁ ଆସୁ ତାକୁ ପଠେଇଲି ଯା ପାଖ ଘରେ ବୁଝି ଆସିବୁ କିଏ ରହିଲେ, କ'ଣ କରନ୍ତି ଇତ୍ୟାଦି । ସେ ବି ଖୁବ୍ ଆଗ୍ରହରେ ଗୋଟେ ନୂଆ ଘରେ କାମ ପାଇବା ଆଶାରେ ଚାଲିଲା ତାଙ୍କ ଘର ଆଡେ । ହେଲେ ଦୁଇ ମିନିଟ୍‌ରେ ଫେରି ଆସି କହିଲା ମା' ଘରେ ତ ତାଲା ପଡିଛି, ଆଉ ଗେଟ୍‌ରେ ନାମଫଳକ ବି ନାହିଁ ବାସ୍ ଲେଖା ହୋଇଛି "ଶହିଦ୍ ଭବନ" ।

ଶୁଣୁ ଶୁଣୁ ମୋ ପାଟିରୁ ବାହାରିଲା ଏ କି ନାମ! ମୋ ଘର ନାମ "ସ୍ୱାତୀ ନିଳୟ", ମୋ ଶାଶୁଙ୍କ ନା । ଆଉ ଏ କି ଲୋକ ଯେ ଏମିତି ଗୋଟେ ଅପଦସିଆ ନାଁ ଦେଇଛନ୍ତି କେଜାଣି । ଦିନସାରା ମୋର ଟିଭି ସିରିଏଲ, ୟୁ ଟ୍ୟୁବ୍‌ରେ କଟିଲା । ଯେମିତି ପାଂଚ ବାଜିଲା ମୁଁ ମୋ ଘର ବାରଣ୍ଡାରେ ଲାଗିଥିବା ଦୋଳାୟମାନ ଚେୟାରରେ ଆସି ବସି ପଡିଲି । ସେ ପାଖ ଘର ମହିଳା ବୋଧେ କର୍ମଜୀବି, ସେ ଫେରିଲେ ନିଶ୍ଚୟ ମୋର ଏ ବିଶାଳ ଅଟାଳିକା ଆଡେ ଚାହିଁବେ, ଆଉ ମୁଁ ମୌକା ଦେଖି ତା ନାଁ -ଗାଁ ସବୁ ବୁଝିନେବି, ସନ୍ଧ୍ୟା ଗଡିଲାଣି ହେଲେ ସେ ମହିଳାର ଦେଖା ନାହିଁ ।

ବାସ୍ ଉଠି ଘର ଆଡେ ମୁହାଁଇଲା ବେଳକୁ ସେ ମୋ ଗେଟ୍ ସିଧାରେ, ମୁଁ ତାକୁ ଚାହିଁ ରହିଲି କି ସେ ମୋ ଘର ଆଡେ ଚାହିଁଲେ ମୁଁ ଗୋଟେ ହସ ଦେବି ଯେ, ସେ ବଳେ ଠିଆ ହେଇ ନମସ୍କାର କରି ଆପେ ଆପେ ତା' ପରିଚୟ ଦେଇ ଦେବ ।

ହୁଏତ ମୋ ଠାରୁ କିଛି ଟିପ୍ସ ନେଇ ପାରେ । ହେଲେ ସେମିତି କିଛି ହେଲାନି, ସେ ନିର୍ବିକାର ଭାବେ ତା' ଘର ଭିତରକୁ ଚାଲିଗଲା, ମୁଁ ମନେ ମନେ କହିଲି କି ଗର୍ବି ସ୍ତ୍ରୀ ଲୋକଟା, ହାତରେ ଚୁଡି ନାହିଁ କି ମଥାରେ ସିନ୍ଦୁର ନାହିଁ, ବୋଧେ ଅଭିଆଡି ଟେ ।

ହଉ କାଲି ଛବି ଆସୁ! ମୁଁ ମୋ ଘର କାମରେ ଲାଗିଲି, ତା' ପରେ ମୋ ଚିରା ଚରିତ ସିରିୟଲ ଦେଖା । କୁମାର କ୍ଲବ ଯାଇଥିଲେ, ଫେରୁ ଫେରୁ କହିଲେ ଦେଖିଲଣି ମାନସୀ ପାଖ ଘର ଆଗରେ ଟ୍ରଲି ରିକ୍ସାରେ କେତେ ଫୁଲ କୁଣ୍ଡ, ଗଛ ଚାରା! ମୁଁ ବି ଝରକା ପାଖକୁ ଯାଇ ଦେଖିଲି, ସେ ସ୍ତ୍ରୀ ଲୋକଟି ଚୁଡିଦାର କମିଜ୍ ଟେ ପିନ୍ଧି ଘର ବାରଣ୍ଡାରେ ଠିଆ ହେଇଛି, ତା' ପାଖରେ ହ୍ୱିଲ୍ ଚେୟାରରେ ଜଣେ ବୟସ୍କ ପୁରୁଷ, ମନେ ମନେ ଭାବିଲି ବାପ-ଝିଅ ହେଇଥିବେ, ହେଲେ ଏତେ ଗୁଡେ ଲାଇଟ୍ କ'ଣ ଲଗେଇଛନ୍ତି ପୁରା ରାସ୍ତା ଯାଏଁ ଆଲୁଅ ପଡୁଛି! ମୁଁ ତ ପୁରା ଏ ମାମଲାରେ ସିରିୟସ୍ । ଯେତିକି କମ୍ ଲାଇଟ୍-ଫ୍ୟାନ ଓ ଟେମ୍ପରେଚର ୪୦ ଡିଗ୍ରୀ ନ ଟପିବା ଯାଏଁ ଏସି ବି ଲଗାଏନି । ସେମିତି ତାଗିଦ୍ ବି ଭଡାଟିଆଙ୍କୁ କରିଛି । ନା' ଲାଇଟ୍ ଦାବଦରେ ନୁହେଁ, ସେମାନେ ବିଲ୍ ଦଉଛନ୍ତି, ଜାଳନ୍ତୁ କେତେ ଜାଳିବେ । ପାଣି କିନ୍ତୁ ଦେଖି ଚାହିଁ ଖର୍ଚ୍ଚ କରିବେ କାରଣ ପାଣିଟା ମାଗଣା ଦେବା ଲାଗି ଚୁକ୍ତି କରିଛି ପରା ।

ହେଲେ ଏ ପାଖ ଘର "ଶହିଦ୍ ଭବନ" ବାଲା କ'ଣ ପାଗଳ କି? ଏତେ ଲାଇଟ୍, ପୁଣି ଏତେ ଗଛ ଯଦି ଲଗେଇବେ କେତେ ପାଣି ସାରିବେ, ହଉ ତାଙ୍କର ବିଲ୍ ଉଠିବ ମୋର କ'ଣ ଅଛି । ମୁହଁକୁ ବୁଲେଇ ରାତି ଖାଇବା ଲାଗି ବସିଲୁ । କୁମାର ଥଟ୍ଟା କରି କହିଲେ କ'ଣ ପାଖ ଘର ଲୋକେ ତମ ପ୍ରତିପତି ଜାଣିଲେଣି ନା ନାହିଁ? ମୁଁ ବିରକ୍ତ ହେଇ ଚୁପ୍ ହିଁ ରହିଲି ।

ଏମିତି ତା' ପରଦିନ ଛବିକୁ ପଠାଇଲି, ସେ ଘର ବିଷୟରେ ବିସ୍ତୃତ ବିବରଣୀ ଆଣିବା ସହ ମୋ ବିଷୟରେ ଟିକେ କହିବ ବୋଲି । ସେ ବେଶ୍ ଅଧ ଘଂଟା ପରେ ଫେରିଲା, ହସ ହସ ମୁହଁରେ କହିଲା ମା' ସେ ଘର ଦିଦି ବହୁତ ଭଲ । ମତେ ଚୌକିରେ ବସିବାକୁ ଦେଲେ, କଫି ବି ଦେଲେ । କାମ କଥା ମନା କଲେ କିନ୍ତୁ କହିଲେ ବଗିଚା କାମରେ ଟିକେ ସାହାଯ୍ୟ କରିବ କି? ମୁଁ ହଁ କହିଲି, ତାଙ୍କ ବାପାଙ୍କ ଆଡେ ଚାହିଁ ପଚାରିଲେ ବାପା ଦିନ ସାରା ଘରେ ଏକଲା ଲାଗୁଛି କି ଏଠି? କହିବେ ତ ମୁଁ ଛବି ଭଉଣୀକୁ କହି କାହାକୁ ଘରେ ସନ୍ଧ୍ୟା ଯାଏଁ ରଖିଦେବା । ବାପା ତାଙ୍କର ବି କେତେ ଭଲ, କହିଲେ ନା' ମା ତୁ ତ ସବୁ ହାତ ପାଖେ ଖଞ୍ଜି ଦେଇ ଯାଉଛୁ । ଏ ଝିଅଟି ବାସ୍ ବଗିଚା ଟିକୁ ରଙ୍ଗରେ ଭରିବାରେ ସାହାଯ୍ୟ କଲେ ବହୁତ ।

ମୁଁ ଅଧାରୁ ତାକୁ ଚୁପ୍ କରେଇ ଟିକେ ରୁକ୍ଷ ଗଳାରେ କହିଲି, ହେ କହ ତା' ନାଁ କ'ଣ? ବାହା ହେଇଛି କି ନା, କି ଚାକିରୀ... ଆଉ ମୋ ବିଷୟରେ କହିଲୁ କି ନାହିଁ । ଛବିର ହସ ବନ୍ଦ ହେଇଗଲା, କହିଲା ମା' ସେ ଦିଦିର କଥା ଏତେ ସୁନ୍ଦର ଯେ, ମୁଁ ସବୁ ଭୁଲିଗଲି, ହଉ କାଲି ସନ୍ଧ୍ୟା ୫ଟାରେ ତାଙ୍କ ସହ ବଗିଚା କାମ କଲାବେଳେ ବୁଝିନେବି ।

ବେସ୍ ଛଅଟା ମାସରେ ସେ ବଗିଚା ଗୋଟେ ପାର୍କ ହେଇସାରିଥିଲା । ତା'ର ଖାଲି ନା'ଟି ଛବି ବୁଝିଥିଲା "ସୁଜାତା" ବାକି ସେ କୁଆଡେ କଥା ବେଶି ହୁଏନି । ଛଅ ମାସରେ ବହୁ ଚେଷ୍ଟା ସତ୍ତ୍ୱେ ସୁଜାତା ଥରେ ବି କଥା ହେଲାନି, ତାକୁ ଘରୁ ୯.୩୦ରେ ଯିବା ଓ ୫ ଟାରେ ଫେରି ସନ୍ଧ୍ୟା ୭ଟା ଯାଏଁ ବଗିଚାରେ ଦେଖେ । ରବିବାର ତ ସେ ବାପ-ଝିଅ ଦିନ ସାରା ବଗିଚା କାମରେ ଲାଗିପଡନ୍ତି । ବସନ୍ତ ଋତୁ କ'ଣ ବୋଧେ ମୁଁ ପ୍ରଥମ ଥର ଅନୁଭବ କଲି । ଛାତ ଉପରୁ ତା ବଗିଚାକୁ ଦେଖେ, କେତେ ଫୁଲ, କେତେ ରଙ୍ଗ ବେରଙ୍ଗ ଗଛ । ବାସ୍ନା ବି ଏମିତି ଖେଳେଇ ହେଇଯାଏ କି ମୋ ତିନି ମହଲା ଛାତ ଯାଏଁ ପହଚେଂ । ସେତେବେଳେ ମୁଁ ମୋ ବଗିଚାକୁ ଦେଖେ ୪ ଟା ନଡିଆ ଗଛ । ଆଉ ତା ବଗିଚାରେ ମହ ମହ ବାସ୍ନା ଓ ମୋ ଭଡାଟିଆ ଠାରୁ ସ୍ୱାମୀ ପର୍ଯ୍ୟନ୍ତ ତା'ର ବଗିଚାର ପ୍ରଶଂସା ମତେ ଯେମିତି କଂଟା ଫୋଡିଲା ଭଳି ଲାଗୁଥିଲା । ମନେ ମନେ କହୁଥିଲି ସୁଜାତା ନା' ରହସ୍ୟମୟୀ ।

ଏମିତି ଦିନେ ଅଦିନିଆ ଝଡ ବର୍ଷା ହେଲା, ମୁଁ ପବନ ଦେଖି ଖୁସିରେ ଠାକୁରଙ୍କୁ ଧନ୍ୟବାଦ ଦେଲି, ଏଥର ତା ବଗିଚା ଗଲା, ପ୍ରଭୁ ମୋ କଥା ଶୁଣିଲେ । ବଡ ଆନନ୍ଦରେ ରାତି ପାହିବା ଅପେକ୍ଷାରେ ବହୁତ ଡେରିରେ ଶୋଇଲି । ସକାଳୁ ବି ଟିକେ ଡେରି ହେଲା ଉଠିବାରେ । ଉଠି ଦେଖିଲି ମୋ ସ୍ୱାମୀ ବାରଣ୍ଡାରେ କାହାକୁ ଫୋନ୍‌ରେ ଅନୁରୋଧ କରୁଛନ୍ତି, ଯେମିତି ହଉ ୨ଟା ମୁଲିଆ ଦରକାର । ଗଛ ପଡି ରାସ୍ତା ଅବରୋଧ । ମୁଁ ଭିତରୁ ହିଁ ବଡ ପାଟିରେ କହିଲି ତମର ଏତେ କାହା ଲାଗି ଦରଦ ଦେଖେଇବା ଦରକାର ନାହିଁ, ସେ ପାର୍କ କରି ମତେ ଖତେଇ ହେଉଥିଲା, ଏବେ ନିଜେ ଭୋଗୁ ।

କୁମାର ରାଗି ଉଠି ଫୋନ୍ କାଟି, ମୋ ହାତଧରି ବାରଣ୍ଡାକୁ ଟାଣି ନେଲେ କହିଲେ ଦେଖ....ମୁଁ ତାଟକା ମୋ ଅଗଣାର ନଡିଆ ଗଛରୁ ୨ଟା ମୂଳରୁ ଉପୁଡି ଏମିତି ପଡିଛି ଯେ ଗେଟ୍ ଖୋଲିବା ବି ଅସମ୍ଭବ । ତଥାପି ମୁଁ ଗୋଡ ଟେକି ସେ ଶହିଦ ଭବନ ଆଡେ ଚାହିଁଲି, ଆରେ ଏ କ'ଣ ସେ ସୁଜାତା ଓ ଛବି ଗଡି ପଡିଥିବା କୁଣ୍ଡ ଗୁଡା ସଜାଡୁଛନ୍ତି, ଆଉ ବାକି ରକମ୍ ରକମ୍ ଫୁଲ ଗଛ ସେମିତି ମତେ ଚାହିଁ

ଖଟେଇ ହଉଛନ୍ତି । ମନ ମାରି ରହିଲି, ଭଡାଟିଆ ମାନେ ବି ଗୋଟେ ଗୋଟେ କରି ସିଆଡେ ଢ଼ାଳିଲେଣି, କିନ୍ତୁ ମୁଁ ତ ସଂଭ୍ରାନ୍ତ ଘରର, ପୁଣି ମୋ ସ୍ୱାମୀ ପ୍ରଶାସନିକ ଅଧିକାରୀ ଥିଲେ ମୁଁ ବା କାହିଁକି ମୋ ଆଡୁ ଯିବି ! ସେ ଆସୁନି । ହଁ ଏତିକି କନଫର୍ମ ହେଇଥିଲି ସେ ଭଡାଟିଆ ନୁହେଁ, ସେ ବୁଢ଼ା ଘର ମାଲିକ । ବୁଢ଼ା ତ ହ୍ୱିଲ୍ ଚେୟାରରେ ସେଥିଲାଗି ବଢ଼ିଲା ଝିଅକୁ ବୋଧେ ବାହା ନ ଦେଇ ଘରେ ରଖିଛି ।

ଦିନେ ସାହସ କରି ପାଚେରି ଏପଟୁ ପାଟି କରି କହିଲି, ଆଜ୍ଞା ମୋ ପାଚେରି ଆଡେ ଆପଣଙ୍କ ଫୁଲ ଲଟା ମାଡୁଛି, ତାକୁ ନିଜ ପଟେ ରଖ, ନ ହେଲେ ଲୁଣ ପାଣି ଢ଼ାଳିଦେବି, ସେ କିଛି କହିଲାନି ବାସ୍ ଚାହିଁଲା ଆଉ କହିଲା ହଉ ଆଜ୍ଞା ମୁଁ କାଢ଼ିଦେବି, ସେମାନେ ତ ଗଛ, ସେ ବା କ'ଣ ଜାଣନ୍ତି ବନ୍ଧ ବାଡ ! ହଉ କ୍ଷମା କରିବେ । ତା' ପରେ ଆଉ ସେ କେବେ ନା କଥା ହେଇଥିଲା, ନା ମତେ ମୌକା ଦେଲା କିଛି କହିବାକୁ ।

ମୋର ମୋ ସ୍ୱାମୀଙ୍କ ସହ ଗାଁକୁ ଯିବାର ଥିଲା, ତ ଛବିକୁ ୧୦ ଦିନ କାମକୁ ନ ଆସିବାକୁ କହି, ଫେରିଲେ ତୋ ଲାଗି ଶାଢ଼ି ଆଣିବି କହିଲି, ସେ ବି ଭାରି ମୁହଁ ଖୋର୍ ସଙ୍ଗେ ସଙ୍ଗେ କହିଲା ନା ମା ଥାଉ, ସୁଜାତା ଦିଦି ଏବେ ୪ ଖଣ୍ଡ ଭଲ ଲୁଗା ଦେଇଛନ୍ତି, ତାକୁ ମୁଁ ବାହା-ବଜାର ଗଲେ ପିନ୍ଧୁଛି । ଆପଣ ଯେଉଁ ଲୁଗା ଦିଅନ୍ତି ସେ ଗୁଡା ବେଶିଦିନ ଘରେ ବି ପିନ୍ଧି ହୁଏନି । ମୁଁ ନିଜକୁ ହାରିବା ଦେଖି ପାରିବିନି, ତ ଛବିକୁ ଧମକଟେ ଦେଲି ଏତେ ଭଲ ସେ ଦିଦି ତ ମୋ ଘର ଓ ମୋ ଭଡାଟିଆଙ୍କ ଘର କାମ ଛାଡି ଦଉନୁ । ସେ ଗୋଡ କଟି ରୋଷେଇ ଘରକୁ ଚାଲିଗଲା ।

ସକାଳୁ ଆମେ ଦମ୍ପତି ବାହାରେ ବସି ଚାହା ପିଉ । ହେଲେ ଏ ତିନି ମାସରେ ସେ ଶହିଦ ଭବନ ରୁ ଭାସି ଆସୁଥିବା ରକମ-ରକମ ଫୁଲର ବାସ୍ନା ମତେ ଭାରି ଅଣନିଶ୍ୱାସୀ କରି ପକାଉଛି । ଥରେ ଥରେ ତ ତାଙ୍କ ପାଚେରୀ ପାରି ହେଇ ବାଇଗଣୀ ଅପରାଜିତା ଲତା ମୋ ଆଡେ ମାଡି ଆସନ୍ତି ତ ମୁଁ ସିଧା କଇଁଚି ଧରି କାଟି ସେ ଲଟା ସବୁ ତାଙ୍କ ପଟକୁ ଫିଙ୍ଗିଦିଏ । ମୁଁ ବାସ୍ ଏସବୁ କରେ କି ସେ ସୁଜାତା ମୋତେ କିଛି କହୁ ଆଉ ମୁଁ ବିଜୟୀ ହେବାର ସ୍ୱାଦଟା ଚାଖେ । ହେଲେ ସେ ଆଉ ତାର ସେ ବୁଢ଼ା ବାପା କିଛି କୁହନ୍ତିନି ବରଂ ହାତ ଯୋଡି ଗଛକୁ କ୍ଷମା ମାଗନ୍ତି, ଗଛ ସହ କଥା ହୁଅନ୍ତି ସତେ କି ତାଙ୍କ ଛୁଆ ।

ମୋର ଶାଶୁଙ୍କ ଶ୍ରାଦ୍ଧ ଲାଗି ଜାନୁଆରୀ ଶେଷରେ ଗାଁକୁ ଯିବାଟା ଦଶ ବର୍ଷର ଗୋଟେ ରୁଟିନ୍ । ଜାନୁଆରୀ ଶେଷ ଶେଷ ଆଉ ତାଙ୍କ ବଗିଚା ଥଣ୍ଡା ପାଗରେ ବେଶ୍ ଫୁଲ ମୟ ।

ହେଲେ ଆଜି ୧୦ ଦିନ ପରେ ଫେରି ତା' ବଗିଚା ଅବସ୍ଥା ଦେଖି ବେଶ୍ ଖୁସି ହେଲି । ସନ୍ଧ୍ୟା ଟା ଦେଇସାରି ଛବିକୁ ଫୋନ୍ କଲି ସେ ତୋ ସୁଜାତା ଦିଦି କୁଆଡେ ଗଲେ କି ? ଆଉ ତୁ କ'ଣ ତା' ବଗିଚା ଦେଖା ଶୁଣା କରୁନୁ କି ? ସେ ବହୁ କଷ୍ଟରେ କହିଲା ମା' ମୋ ଦେହ ବହୁତ ଖରାପ, ସୁଜାତା ଦିଦି ଆଉ ତାଙ୍କ ବାପା ଦିଲ୍ଲୀ ଯାଇଛନ୍ତି ବୋଲି କହିଥିଲେ । ମୁଁ ତା କଥା ଅଧାରେ, ରଖି କହିଲି ହଁ ଦିଲ୍ଲୀ ପ୍ରଧାନ ମନ୍ତ୍ରୀ ଡାକିଥିବେ ତାକୁ ଏମିତି ପାର୍କଟେ କରିଛି ବୋଲି ! ହୁଁ ! ଗାଁକୁ ଯାଇଥିବ, ଲାଜ ଲାଗିବ ବୋଲି ଦିଲ୍ଲୀ କହିଛି, ହଉଛାଡ ତୁ କାଲିଠାରୁ ଆସିଯିବୁ ମୁଁ ଫେରି ଆସିଲିଣି ।

ହଠାତ୍ ମୋ ସ୍ୱାମୀ ପାଟି କରି ଡାକିଲେ ଏ ମାନସୀ ଜଲଦି ଆସ, ନିଉଜ ଦେଖ..... ଦେଖ.....ମୁଁ ଅନିଚ୍ଛାରେ ଗଲି, ନିୟୁଜ୍‌ର ଭଲ୍ୟୁମ ଟା ବଢ଼ାଇ ଦେଲେ ସେ । ଆରେ ଏ କ'ଣ ରାଷ୍ଟ୍ରପତି ଭବନର କ'ଣ ଗୋଟେ ପ୍ରୋଗ୍ରାମ, ଏଁ ଆଗ ଧାଡିରେ କ'ଣ ସେ ସୁଜାତାର ବୁଢ଼ା ବାପା ହ୍ୱିଲ୍ ଚେୟାରରେ! ମୁଁ ଲଥ୍ କିନା ବସିଗଲି, କାନରେ ଠାଏ ଠାଏ ବାଜୁଥାଏ ଓଡିଶା ମାଟି ଗର୍ବିତ ମେଜର ମନୋଜ ମହାନ୍ତିଙ୍କୁ ପାଇ । ଦେଶ ଲାଗି ଲଢ଼ି ସେ ବମ୍ବେ ଠାରେ ହୋଇଥିବା ସନ୍ତ୍ରାସବାଦୀଙ୍କ ଗୁଳିମାଡରେ ଟଳିପଡିଲେ, ବାପ-ମାଙ୍କ ଏକମାତ୍ର ପୁଅ, ତିନି ମାସର ବୈବାହିକ ଜୀବନ, ସବୁ ପଛରେ ପକାଇ ମେଜର ମନୋଜ ଦେଶ ଲାଗି ଶହିଦ୍ ହୋଇଗଲେ, ଯାହାଙ୍କ ତ୍ୟାଗ ଯୋଗୁ ବମ୍ବେର ଅନେକ ବଡ ବଡ ଧ୍ୱଂସ ହେବାରୁ ରକ୍ଷା ପାଇଗଲା, ତାଙ୍କର ଧର୍ମପତ୍ନୀ ସୁଜାତା ମହାନ୍ତିଙ୍କୁ ରାଷ୍ଟ୍ରପତି ତାଙ୍କ ସ୍ୱାମୀଙ୍କ ପରମବୀର ଚକ୍ର ପ୍ରଦାନ କରୁଛନ୍ତି ।

ମୋ ଆଖିରୁ ଲୁହ ଝରିବାକୁ ଲାଗିଲା, ସୁଜାତା ମଠା ଶାଢ଼ୀ ସେମିତି ଠାକୁରାଣୀ ପରି ଚେହେରା, ନିର୍ବିକାର ନା ହସ ନା କାନ୍ଦ ରାଷ୍ଟ୍ରପତିଙ୍କ ଠାରୁ ସ୍ୱାମୀଙ୍କ ଲାଗି ଏତେବଡ ପୁରସ୍କାର ଗ୍ରହଣ କରୁଥିଲା, ଟିଭି ବାଲା ବି ଜୁମ୍ କରି ତା' ମୁହଁ ଆଡେ କ୍ୟାମେରା ଟା କରିଦେଲେ, ତା' ଆଖି ଯେମିତି ମୋ ଆଖିରେ ମିଶି ଯାଉଥାଏ, ଯେମିତି ଏ ଆଖି ମୋତେ ଅନେକ ପ୍ରଶ୍ନ ପଚାରୁଛି, ମୁଁ ଭୋ ଭୋ କି କାନ୍ଦିବାକୁ ଲାଗିଲି, ମୋ ସ୍ୱାମୀ ହତବାକ୍ ହେଇ ପଚାରୁଥିଲେ କ'ଣ ହେଲା ମାନସୀ ?

ମୁଁ ସେମିତି କାନ୍ଦି କାନ୍ଦି କହୁଥିଲି ଆମ ନାତି ଯେଉଁ ସ୍କୁଲରେ ପଢୁଛି, ସେ ସ୍କୁଲକୁ ସନ୍ତ୍ରାସବାଦୀଙ୍କ କବଳରୁ ଏଇ ମେଜର ମନୋଜ ହିଁ ରକ୍ଷା କରିଥିଲେ । ସେ ମରି ମୋ ନାତି ପରି କେତେ ଛୁଆଙ୍କୁ ଜୀବନ ଦେଲେ । ଧିକ୍ ମୋ ଜୀବନ, ମାତ୍ର ତିନିମାସର ବିବାହିତା ଗୋଟେ ଶହିଦ୍‌ର ବିଧବା ଆଉ ଶ୍ୱଶୁରଙ୍କ ଦାୟିତ୍ୱ ନେଇ ବାସ୍

ନିଜ ଗଛ ଲତାକୁ ନିଜ ଛୁଆ ଭଳି ସ୍ନେହ ବାଢୁଛି, ନିଜ ଭିତର ଦୁଃଖକୁ ରଙ୍ଗ ବେରଙ୍ଗ ଫୁଲ ବଗିଚାରେ ଭରି ସେ ତା ଜୀବନର ବେରଙ୍ଗତାକୁ ଲୁଚାଇ ଚାଲିଥିଲା ଆଉ ମୁଁ କେତେ ନିଚ କଥା ସବୁ ଛି....ଛି.....

ବାସ୍ ସକାଳୁ ଉଠି ଆଉ ଚା ନ କରି ମୋ ସ୍ୱାମୀଙ୍କୁ ଡାକିଲି ଆସ, ସେ ପଚାରିଲେ କୁଆଡେ ? ଶହିଦ୍ ଭବନକୁ ସେ ନ ଫେରିବା ଯାଏଁ, ଆମ ପାଣି ପାଇପ୍ ଟା ପାଚେରୀ ପାରକରି ବଗିଚାକୁ ଜୀବନ ଦେବା । ମୋ ସ୍ୱାମୀ ତାଟକା... ତଥାପି ଚାଲିଲେ । ମୁଁ ଗଛ ଗୁଡିକୁ ପାଣି ଦେବାରେ ଲାଗିଲି, ମନେ ମନେ କହୁଥିଲି ଏ ଶହିଦ୍ ଭବନରେ ଆଉ ଗୋଟେ ଲତାକୁ ବି ମରିବାକୁ ଦେବିନି, ସେତିକି ବେଳେ ଛବି ଆସିଲା, ଆରେ ମା' ଏ କ'ଣ ଆପଣ ଠିକ୍ ଅଛନ୍ତି ତ ? ତାକୁ କହିଲି ହଁ ଏବେ ଠିକ୍ ଅଛି, ଆଗରୁ ସେ ପ୍ରହେଳିକା କାଲି ମୋ ଆଖିରୁ ଲୁହ ହେଇ ବୋହି ଯାଇଛି, ଆ' ତୁ ବି ଲାଗିପଡ, ଘର କାମ ପରେ ହବ । ଏ ଶହିଦ୍ ଭବନ ସବୁ ବେଳେ ଫୁଲ, ପତ୍ର, ରଙ୍ଗ, ବାସ୍ନାରେ ଭରି ରଖିବା ଦାୟିତ୍ୱ ଆମର.......

■

ବଡ଼ପୁଅ

ବାପା ଚାଲିଯିବା ପରେ, ସତେ ଯେମିତି ସବୁଥିରେ ଅଗ୍ରାଧିକାର ମିଳିବା ପରି ଲାଗିଲା । ବୋଉ ଗାଁରେ ସାନଭାଇ ସିତେନ୍ ପାଖେ ରହୁଥିଲା । ଆଉ ମୁଁ ମୋ କର୍ମସ୍ଥଳି ବମ୍ବେରେ ସ୍ତ୍ରୀ ଏବଂ ଝିଅ ସହ ରହୁଥିଲି । ଘରେ ରଙ୍ଗ ଦିଆ ହେଉ କି ଆମ୍ବ ତୋଟା ଲିଜ୍‌ରେ ଦିଆ କଥା ହେଉ, ବୋଉର ସବୁ କଥାରେ ମୋ ବଡ ପୁଅକୁ ପଚାର ତା'କଥା ଅନୁସାରେ କର ।

ସାନ ଭାଇ ଅନେକ ଥର ତା' ଭାଉଜ ପାଖେ ଅଭିମାନ ଭରା ଅଭିଯୋଗ ବି କରେ କି, ଦେଖୁନ ଭାଉଜ ଭାଇ ବର୍ଷରେ ଦୁଇଥର ଆସୁଛି ଗାଁ କୁ ହେଲେ ଘରେ ଜିରା ଫୁଟିବ କି ସୋରିଷ, ସବୁର ନିଷ୍ପତି ବଡ ପୁଅ ଉପରେ ନିର୍ଭର । ସିତେନ୍‌ର ପୁଅ ଏକୋଇଶିଆରେ କ'ଣ ଆଇଟମ୍ ହେବ ତାହା ମଧ୍ୟ ବୋଉ ମୋର ନିଷ୍ପତିକୁ ଅଗ୍ରାଧିକାର ଦେଇଥିଲା ।

ମୋତେ ବି ଖୁବ୍ ଗର୍ବ ଅନୁଭବ ହୁଏ କି ଏତେ ବଡ ଉପାଧି ବଡପୁଅ ହେବାର ପାଇଛି ।

ବାପା ଯେତେବେଳେ ହଠାତ୍ ହୃଦ୍‌ଘାତରେ ଚାଲିଗଲେ ମୁଁ ବମ୍ବେରେ ନଥାଏ, ଅଫିସ୍ କାମରେ ଏକମାସ ଲାଗି ଆମେରିକା ଗସ୍ତରେ ଥିଲି, ଖବର ପାଇ ଆସିବାକୁ ଚେଷ୍ଟା କରିଲି, ବୋଉ ବାର-ବାର ବାହୁନି ହଉଥାଏ ବାବୁରେ ତୁ ପରା ବଡପୁଅ, ତୋ ହାତରୁ ମୁଖାଗ୍ନି ଟିକେ ନପାଇଲେ ବାପାଙ୍କୁ ମୋକ୍ଷ ମିଳିବନି । ହେଲେ ମୁଁ ଆସିପାରିନଥିଲି, ଆଉ ଦୁଇଦିନ ଅପେକ୍ଷାପରେ ସିତେନ୍ ହିଁ ମୁଖାଗ୍ନି ଦେଇଥିଲା । ମୁଁ ଆମେରିକାରୁ ଫେରି ଗାଁକୁ ଯାଇଥିଲି । ଉଦ୍ଦେଶ୍ୟ ଥିଲା ସ୍ତ୍ରୀ ଓ ଝିଅକୁ ବମ୍ବେ ଆଣିବା । ମୁଁ ଷ୍ଟେସନରୁ କାର୍‌ଟେ ଭଡା କରି ଯାଇଥିଲି, ଘର ଆଗରେ ଗାଡି ରହୁ ରହୁ ଦାଣ୍ଡ ପିଣ୍ଡାରେ ବସିଥିବା ବୋଉ ଭୋ ଭୋ ହୋଇ କାନ୍ଦି କାନ୍ଦି କହିଥିଲା ମୋ

ବଡପୁଅ ଆସିଗଲା । ମୋ ସ୍ତ୍ରୀ, ସାନଭାଇର ସ୍ତ୍ରୀ ସମସ୍ତେ ଆମକୁ ତାଟକା ହୋଇ ଚାହିଁଥିଲେ । କାରଣ ବାପା ଯିବାର ଅଠରଦିନ ହେଇଯାଇଥିଲା । ହେଲେ ବୋଉ ପଦୁଟିଏ କଥା ପାଟିରୁ କାଢ଼ି ନଥିଲା ।

ସିତେନ୍‌ର ସ୍ତ୍ରୀ ମିତା ହାତେ ଓଢ଼ଣା ଦେଇ କହିଥିଲା ଭାଇ, ବୋଉ ସବୁ ଲୁହ ତକ ଚାପି ରଖି ସବୁଦିନ ଦାଣ୍ଡ ପିଣ୍ଡାରେ ବସୁଥିଲେ ବୋଧେ ବଡପୁଅ ଆଗରେ କହି କାନ୍ଦିବେ, ଆଉ କେହି ସତେ ଯେମିତି ତାଙ୍କ କଷ୍ଟ ବୁଝି ପାରିନଥିଲେ । ବୋଉ ସେମିତି ମୋତେ କୁଣ୍ଢେଇ ଧରି କହୁଥାଏ ବାବୁରେ ବାପା ସିନା ସେ ଭାଗ୍ୟ ପାଇଲେନି, ହେଲେ ମତେ ତୁ ହିଁ ମୁଖାଗ୍ନି ଦେବୁରେ, ମୋର ଆଉ କିଛି ଦରକାର ନାହିଁ ।

ମତେ ସେତେବେଳେ ଲାଗୁଥିଲା ସତରେ କୋଉ ଜନ୍ମର ପୂଣ୍ୟ ଫଳ "ବଡପୁଅ" ହୋଇ ପାଇଛି ।

ସିତେନ୍ ବିଲ ଆଡେ ଯାଇଥିଲା, ଆସିଲା ପରେ ଗୁଡେ ଛୋଟ ବଡ କାଗଜ ଆଣି ବସିଲା, କହିଲା ଭାଇ ତମେ ତ ଦୂରରେ ରହିଲ, ଏତେ ଗୁଡେ ଜମି-ବାଡି, ତୋଟା ଏସବୁ ମୁଁ ଏକଲା ପାରୁନି । ତମେ କହିଲେ କିଛି ଜମି ବିକ୍ରି କରି ଦେଇ ଘରର ଉପର ମହଲାଟା କରିଦିଅନ୍ତି । ତମେ ସବୁ ରିଟାୟାର୍ଡ୍ ହେଲେ କେମିତି ଚଳିବା । ବାପା ଯଦିଓ ଭଲ ଘର ଖଣ୍ଡେ କରିଯାଇଥିଲେ, ସାନ ବି କିଛି କମ୍ ପଢ଼ି ନଥିଲା, ହେଲେ, ମୁଁ ବଡ ପୁଅ ବୋଲି ମତେ ସ୍ୱତନ୍ତ୍ର ଅଧିକାର ଦେଇଥିଲେ । ଓଡିଶା ଛାଡି ବାହାରେ ନିଜ କ୍ୟାରିଅର ଗଢ଼ିବା ଲାଗି ସିତେନ୍ ବି କିଛି ପ୍ରତିବାଦ କରିନଥିଲା । ଖାଲି ବୋଉ ଯାହା ବାହୁନି ହେଇଚାଲିଥିଲା ।

ଗାଁ ରେ ଥାଇ ବି ବୋଉ ମୋର ପାଠୋଇ ନହେଲେ ବି ଯେମିତି ସବୁ ବୁଝି ପାରୁଥିଲା, ମୁଁ କିଛି କହିବା ଆଗରୁ ସେ ରାତିରେ ବାପା ଖାଇ ବସିଥିଲା ବେଳେ କହିଲା, ମୋ ବଡପୁଅକୁ ତ ଏତେ ବଡ ସହରକୁ ଯିବା ଲାଗି ଅନୁମତି ଦେଇଦେଲ ହେଲେ ସେ କେମିତି ଖାଇବ, ଏକୁଟିଆ ଏତେ ବଡ ସହରରେ କେମିତି ଚଳିବ, ତା' ସ୍ତ୍ରୀ ସୁଜାତା ଯାଉ ତା' ସହ । ସତେ ଯେମିତି ବୋଉ ଗୋଟେ ଏମିତି ଚକ୍ଷୁ ପାଇଥିଲା ସେ ମୋ ମନଭିତରେ କ'ଣ ଚାଲିଛି ବୁଝି ପାରୁଥିଲା । ଖୁସି ହୋଇ ସ୍ତ୍ରୀ କୁ ଧରି ଚାଲିଲି ବମ୍ବେ । ବର୍ଷେରେ ଦୁଇଥର ହିଁ ଆସେ ଗାଁକୁ ।

ସେଇ ବମ୍ବେରେ ମୋର ଝିଅ ହେଲା, ସିତେନ୍ ବୋଉକୁ ନେଇ ମୋ ପାଖେ ଛଅମାସ ଲାଗି ଛାଡି ଦେଇଥିଲା । ବୋଉ ମୋ ଝିଅକୁ ତେଲ ଘଷିଲା ବେଳେ କହୁଥାଏ ମୋ ବଡପୁଅର ଝିଅ ତୁ, ତୋ ବାପା ଭଳି ହେବୁ, ବୋଉ

ନିପଟ ଗାଁର ହେଉ ବି ତା'ର ପୁଅ ଝିଅରେ କିଛି ଫରକ ନଥିଲା । ସୁଜାତା ମୋ ସ୍ତ୍ରୀ ବି ଆଶ୍ଚର୍ଯ୍ୟ ହୋଇ କହୁଥିଲା ସତରେ ବୋଉ ବହୁତ ଭଲ ।

ଏମିତି ଅନେକ କିଛି କଥା ଆଖି ଆଗରେ ଭାସି ଉଠୁଥିଲା । ବୋଉର ବାର୍ ବାର୍ ଗୋଟେ ଅଳି ବାବୁରେ ବାପା ଗଲେ ତୁ ଆସି ପାରିଲୁନି କିନ୍ତୁ ମୋତେ ତୁ ମୁଖାଗ୍ନି ଦବୁରେ, ତୁ ପରା ବଡ ପୁଅ, ନହେଲେ ମୁଁ ମୋକ୍ଷ ପାଇବିନି ।

ବଡ ବିରକ୍ତ ଲାଗୁଥିଲା ବୋଉର ସେ କଥା । ସତେ ଯେମିତି ମୁଁ ବଡପୁଅ ବୋଲି ମୋତେ ଏତେ ପାଠ ପଢ଼େଇ, ଚାକିରି କରିବାକୁ ବାହାରକୁ ଛାଡି, ମତେ ସମାଜରେ ପ୍ରତିଷ୍ଠିତ କରିବା ସବୁ କିଛି କ'ଣ ବାସ୍ ମୁଖାଗ୍ନି ଟିକେ ଲାଗି କରିଥିଲେ ବାପା-ବୋଉ ।

ସାନ ଭାଇକୁ ମୁଁ ଅଧା ଅଧିକାର ଦେବା ଭଳି, କହିଥିଲି ତୁ ଜମି-ତୋଟା ଘର ଯାହା ଇଛା କର, ମୋର ସବୁଥିରେ ସହମତି ଜାଣିବୁ । ଆଉ ସୁଜାତା ବି ମିତା କାନ୍ଧରେ ହାତ ରଖି କହିଥିଲା ମିତା ତମେ ଦୁଇଜଣ ଯେ ଆମକୁ କେତେ ହାଲ୍କା କରିଦେଉଛ, ବୋଉଙ୍କ ଦେହ ପା, ବନ୍ଧୁ ବାନ୍ଧବ ସବୁ ତ ତମେ ଦୁଇଜଣ କରୁଛ, ପୁଣି ଏମିତି ପ୍ରତି କଥାରେ ଅନୁମତି କାହିଁ ଲୋଡୁଛ ? ଯାହା ଠିକ୍ ଲାଗିବ କରିବ । ମିତା ଅଭିମାନ ସ୍ୱରରେ କହିଲା, ଅପା ବୋଉ ସିନା ରାଜି ହେଲେ, ଘରେ ପରା ଆଚାର କି ବଡ଼ି ଟିକେ ପକେଇଲେ ବି ବୋଉ କହିବେ ଟିକେ ବଳେଇକି କରିଥା ମୋ ବଡ ପୁଅ ଆସିଲେ ନେଇକିଯିବ ।

ବାସ୍ ଆମ ଫ୍ଲାଇଟ୍ ଭୁବନେଶ୍ୱରରେ ପହଂଚି ସାରିଥିଲା, ଆଉ ଚାରିବର୍ଷରେ ରିଟାୟାଡ୍ ହୋଇ ଗାଁକୁ ସବୁଦିନ ଲାଗି ଫେରିଆସିବି ବୋଲି ବୋଉକୁ କହିଥିଲି । ହେଲେ ମୁଁ ବମ୍ବେ ଫେରିବା ୪ ମାସ ହେଇନି ହଠାତ୍ ସୁଜାତା ଅଫିସ୍‌କୁ ଫୋନ୍ କରି କହିଥିଲା, ସିତେନ୍ ଫୋନ୍ କରିଥିଲେ ବୋଉଙ୍କ ଦେହ ବହୁତ ଖରାପ ତମକୁ ଝୁରୁଛନ୍ତି । ମୁଁ ଦ୍ୱନ୍ଦରେ ପଡିଲି ଏମିତିରେ ତ ବାସ୍ ଆର ମାସ ହିଁ ଝିଅର ଖରା ଛୁଟି ହେବ ଆଉ ଆମେ ଯିବାର ଥିଲା, ପୁଣି ଏମିତି ମଝିରେ, ହଉ ମୁଁ ବୁଝୁଛି କହି ଫୋନ୍ ରଖିଲି । ଆଉ କାମ ଭିତରେ ସଂଧ୍ୟା ଯାଏଁ ଆଉ ବୋଉକୁ ମନେ ପକେଇ ପାରିଲିନି, ଭାବିଥିଲି ରାତିରେ ସୁଜାତା ସହ କଥା ହେଇ କିଛି ଗୋଟେ କରିବି । ସଂଧ୍ୟା ରେ ଘରକୁ ଫେରୁଥିବା ବେଳେ ସିତେନ୍ ଫୋନ୍ କଲା, ଭାଇ ଶିଘ୍ର ଆସ୍ ବୋଉ ତତେ ଖୋଜୁଛି, ବୋଉର ହୃଦ୍‌ଘାତ ହୋଇଥିଲା ।

ମୁଁ କେମିତି ଗୋଟେ ଅନୁଭବ କଲି ବୋଉ ଡାକୁଛି ବାବୁରେ ଟିକେ ଆ' ତୁ ପରା ମୋ ବଡ ପୁଅ ।

ସେଇ ସଂଧ୍ୟାରେ ହିଁ ଉଚ୍ଚା ଦରରେ ଫ୍ଲାଇଟ୍ ଟିକେଟ କରି ଏକୁଟିଆ ଭୁବନେଶ୍ୱର ହେଇ ଗାଁ ରାସ୍ତାରେ ଆଗେଇଲି । ଆଉ ବାସ୍ ୧୫ କିଲୋମିଟର ପରେ ଆମ ଘର, ଆଉ ମୋର ଭାବନା ସବୁବି ବୋଧେ ଘରେ ପହଞ୍ଚିଲେ ହିଁ ଜବନିକା ପଡିବ । ଦୂରରୁ ଘରଟି ଆମର ଝାପ୍‌ସା ଦିଶୁଥିଲା, ଭୋର ୫ଟା ହେବା ବୋଧେ ଗୋଟେ ବଡ ଗାଡି ବି ଦେଖାଗଲା । ଯେତେ ଯେତେ ପାଖକୁ ବଢୁଥିଲି ଗାଡିଟି ସ୍ପଷ୍ଟ ଦେଖାଯାଉଥିଲା, ସେ ଗାଡି ପଛରେ ଏ କ'ଣ ଲେଖା ହେଇଛି "ଶେଷ ଯାତ୍ରା.... !" ତା'ମାନେ କ'ଣ ବୋଉ ଆଉ ନାହିଁ ? ମୁଁ କାର୍‌ରୁ ଦୌଡି ଘର ଭିତରକୁ ଗଲି, ମୋ ବୋଉ ଶୋଇଯାଇଛି ଚିରନିଦ୍ରାରେ । ସିତେନ୍, ମିତା ପାଖ ପଡୋଶୀ ବୋଧେ କାନ୍ଦି କାନ୍ଦି ଥକି ପଡି ପଥର ପରି ବୋଉ ଚାରିପଟେ ବସିଛନ୍ତି, ବୋଉ ମୁହଁଟି ଦିଶୁଥିଲା, କାନକୁ ବାବୁରେ ଡାକ ଶୁଭୁଥିଲା । ସିତେନ୍ କହିଲା ଭାଇ ବୋଉ କାଲି ଦିନ ଦୁଇଟାରୁ ଗଲାଣି, ରାଣ ଦେଇଥିଲା ତତେ ନ କହି ବାସ ଦେହ ଖରାପ କହି ଡାକିବୁ, ଆଉ ମୋ ବଡପୁଅ ଆସିଲେ ହିଁ ମୁଁ ମଶାଣି ଯିବି, ମୁଖାଗ୍ନି ଦେବାର ଅଧିକାରଟା ତା'ର ।

"ଆଜି ପ୍ରଥମ ଥର ଲାଗିଲା ଏ କି ଅଧିକାର" ।

ସଙ୍ଗେ ସଙ୍ଗେ ମାଲ ଭାଇ କୋକେଇ ବାନ୍ଧି ଦେଲେ, ଯେମିତି ଯେମିତି ବତେଇଲେ ମୁଁ କରି ଚାଲିଲି । କୋକେଇ ଉଠାଇବା ବେଳକୁ ପାଖ ଘର ମାଉସୀ ଲୁହା କଂଟାଟେ ଦେଲେ କହିଲେ ପୁଅ ଏଇଟା ଅଂଟାରେ ଖୋସିଦିଅ, ମୁଖାଗ୍ନି ଦେଇ ପଛକୁ ଫେରି ଚାହିଁବନି, ସିଧା ସ୍ନାନ କରି ଘରକୁ ଚାଲି ଆସିବ । ଆଶ୍ଚର୍ଯ୍ୟ ଲାଗୁଥିଲା ମୋ ବୋଉ କ'ଣ ମୋତେ ଡରେଇବ ଯେ ମୁଁ ଲୁହା କଂଟା ରଖିବି ? ତଥାପି ଶେଷ ଯାତ୍ରା ଗାଡିରେ ବୋଉକୁ ରଖି ମୁଁ ଡ୍ରାଇଭର ପାଖେ ବସିଲି ।

ଗାଁ ତ ଅଧା ସହର ହେଇ ସାରିଥିଲା, ସେଥିଲାଗି ମଶାଣି ବି ଆଉ ପାଖରେ ନାହିଁ । କୋଡିଏ-ବାଇଶ କିଲୋମିଟର ପରେ ମାଶାଣି । ସାନଭାଇ, ଆଉ କିଛି ବନ୍ଧୁ ଶେଷଯାତ୍ରା ଗାଡିର ଆଗରେ ପଛରେ ଦୁଇଚକିଆ ଗାଡିରେ ଚାଲିଥାନ୍ତି । ମୋ ମନରେ ବିରକ୍ତ ଭାବ ଆସୁଥିଲା ଶେଷ ଯାତ୍ରା ଗାଡି ଚାଳକ ଉପରେ, ସତେ ଯେମିତି ସାଇକେଲ୍ ଚଳାଉଛି । ଆଉ ରହିପାରିଲିନି କହିଲି ଟିକେ ଜୋର୍‌ରେ ଚଳାଉନ, ସେ ଗୋଟେ ତାଚ୍ଛଲ୍ୟ ହସ ହସି କହିଲା ବାବୁ ଜୋର୍‌ରେ ଚଳାଇଲେ ମା'ଙ୍କ ଦେହ ଏକଡ ସେକଡ ହେବନି ! ମୁଁ ସଙ୍ଗେ ସଙ୍ଗେ ପଛକୁ ଅନେଇଲି ବୋଉ ସେମିତି ଶୋଇଛି । ଡ୍ରାଇଭର କହିଲା ଚିନ୍ତା କରନ୍ତୁନି ଆଜ୍ଞା ଭଲ ସେ ବନ୍ଧା ହେଇଛି ବଡିଟା, ଆଉ ମୁଁ ଆଠ ବର୍ଷ

ହେଲା ଏଇ କାମ କରୁଛି, କାଲି ତ ସକାଳୁ ରାତି ଭିତରେ ତିନିଟା ବଡି ନେଇଛି ଏଇ ଗାଡିରେ ।

ମଶାଣି ପହଂଚିଲା ବେଳକୁ ପୁରା ସକାଳ, ବୋଉକୁ ଟିକେ ଆଖି ପୁରେଇ ଦେଖିଲି, ସେପଟେ କାଠ ସଜଡା, ଘିଅ, ବ୍ରାହ୍ମଣ ସବୁ ରେଡି ହୋଇସାରିଥିଲେ, ବୋଉକୁ ନେଇ ସେଇ କାଠ ଗଦା ଉପରେ ଶୁଆଇ ଦିଆଗଲା । ମୋତେ ଯେମିତି ବୋଉ କହୁଥିଲା ବାବୁ ରେ ମୁଁ ତ ଗଦିରେ ଶୁଏ, ଏ କାଠ ମୋତେ କଷ୍ଟ ହଉଛି, ମୁଁ କାନ୍ଦି ନଥିଲି, ବଡପୁଅ ପରା ମୋର ଅନେକ କର୍ତ୍ତବ୍ୟ, ବ୍ରାହ୍ମଣ ମନ୍ତ୍ର ପଢ଼ା ପଢ଼ି ସାରି କେହି ଜଣେ ମୋ ହାତରେ ଜଳନ୍ତା ମଶାଲଟିଏ ଧରେଇ ଦେଇ କହିଲେ ମା'ଙ୍କୁ ମୁଖାଗ୍ନି ଦିଅନ୍ତୁ । ଆଉ ସିଧା ମଶାଣୀ ବାହାରକୁ ଚାଲିଯିବେ, ଫେରି ଦେଖିବେନି । ଆଉ ମୋତେ ବୋଉର ମୁହଁ ଦିଶୁନଥିଲା । ଧୂଆଁ ନୁହେଁ, ମୋ ଆଖି ଲୁହରେ ମୋ ବୋଉ ଆଉ ଦିଶୁନଥିଲା ।

ନା ମୁଁ ପାରିବିନି, ମୋ ବୋଉ, ମୋ ଦେହରେ ଛୋଟ ଘା' ଟେ ଦେଖି ପାରେନି, ସ୍କୁଲ ଗଲାବେଳେ ଖରାଦିନେ ଛୁଟି ବେଳକୁ ଛତାଟେ ଧରି ସ୍କୁଲ ଆଗରେ ଠିଆ ହେଇଥାଏ, ଭାତରେ ଦୁଇ ଚାମଚ ଦେଶୀ ଘିଅ ଦେଇ କି ବି ତା'ମନ ମାନେନି, ଆଉ ଆଜି ମୁଁ ସେଇ ବୋଉ ଉପରେ ଦେଶୀ ଘିଅ ଢ଼ାଳି, ତାକୁ ନିଜ ହାତରେ ନିଆଁ କେମିତି ଲଗେଇବି, ଆତ୍ମା ମୋର କାନ୍ଦି ଉଠିଲା, ଖୁବ୍ କାନ୍ଦିଲି, ନିଜକୁ ପ୍ରଥମ ଥର ଧୀକାର କରୁଥିଲି, ବଡ ପୁଅ ହେବା ତ ଗୋଟେ ଅଭିଶାପ ।

ମୁଁ ଦାୟିତ୍ୱ ନାଁରେ ଗର୍ବ କରୁଥିଲି, ହେଲେ ଆଜି ମୁଁ ପୁରା ଦୁର୍ବଳ ମନେ କରୁଥିଲି, ଜଣେ ବନ୍ଧୁ ମୋତେ ଭିଡି ନେଇ ବୋଉ ମୁହଁରେ ସେ ମସାଲଟି ରଖେଇ ଦେଲେ । ମୁଁ ସତରେ ଦଣ୍ଡେ ବି ଦେଖିବାର ସାହସ କରିପାରିଲିନି ବୋଉ ଜଳି ଯାଉଥିଲା, ଆଉଁ ମୁଁ ହିଁ ସେ ହତଭାଗ୍ୟ ବଡପୁଅ ମୋ ବୋଉକୁ ଜାଳି ଦେଲି, ଏକା ମୁହାଁ ହେଇ ମଶାଣିରୁ ବାହାରୁଥିଲା ବେଳେ ଅଂଟାରୁ ଲୁହା କଂଟା କାଢ଼ି ଫିଙ୍ଗିଦେଲି । ମୋ ବୋଉ କ'ଣ ପ୍ରେତ ଯେ ମୋତେ ଡରେଇବ? ବାର୍ ବାର କହୁଥିଲି ସତରେ ବଡପୁଅ ହେବା ଗୋଟେ ଅଭିଶାପ... ।

■

'ମା'

ଫୁଟ୍‌ପାଥ୍ କଡ ଚା' କେବିନ୍ ପାଖେ ଆଜି ଅନ୍ୟଦିନ ଅପେକ୍ଷା ଏତେ ଗହଳି ନାହିଁ । ପୁଷମାସରେ କୁଆଡେ ବର୍ଷା ହୁଏନି, ହେଲେ କାଲି ରାତି ଠାରୁ ଝିପ୍ ଝିପ୍ ବର୍ଷା, ହାଡ ଭଙ୍ଗା ଶୀତକୁ ନିମନ୍ତ୍ରଣ କରି ଧରିଛି । କେବିନ୍ କଡରେ ଦୁଇ କଅଁଳ ଛୁଆଙ୍କୁ ଛାଡି ଆଜି ପେଟ ପାଇଁ ଦାନା ଲାଗି ବାହାରିବାକୁ ମନ ହିଁ ହଉନି । ତଥାପି ପେଟ ବିକଳରେ ଥଣ୍ଡାକୁ ଖାତିର୍ ନ କରି, ପିଲା ଦି'ଟାଙ୍କୁ ମୋ ଭାଷାରେ ତାଗିଦ୍ କରି ମୁଁ ନଫେରିବା ଯାଏଁ ବାହାରିବନି କହି ଥରି ଥରି ଚା' କେବିନ୍ ଆଡେ ଆଗେଇଲି । ଭଲ ପାଗ ଥିଲେ ଏ ଭୁବନେଶ୍ୱରର ବହୁ ବଡ ବାବୁ ମର୍ଣ୍ଣି ୱାକ୍‌ରେ ଆସି ଏ ଚା' ଦୋକାନରେ ଖଟି ଜମେ । ମୋ ଦୟନୀୟ ଚାହାଣୀ ବେଶୀ କାହାର ହୃଦୟରେ ପହଂଚି ପାରେନି, ହେଲେ କେହି କେହି ଚା' ଦୋକାନୀକୁ କୁହନ୍ତି ଗୋଟେ ଶସ୍ତା ବିସ୍କୁଟଟେ ଦେଲୁରେ, ଆଉ ମୁଁ ସେତିକିରେ ସନ୍ତୁଷ୍ଟ ହୋଇଯାଏ ।

ରାସ୍ତା ଆରପଟେ ଟିକେ ଗହଳି ଦିଶୁଛି, ଖରାପ ପାଗ ହେଲେ ବି ଏତେ ଭିଡ ଯେ, ଶୁଣିଲି ଆଜି କ'ଣ ରାସ୍ତା ରୋକ ହବ । ଖୋଲା ବିଦ୍ୟୁତ୍ ତାର ସଂସ୍ପର୍ଶରେ ଆସି ସେପଟ ବସ୍ତିର ଛୋଟ ପିଲାଟେ କୁଆଡେ ମରିଯାଇଛି । ଏପଟେ କାଳେ ବିସ୍କୁଟ ଖଣ୍ଡେ ମିଳିବା ଆଶା, ପୁଣି ସେପଟେ ଗହଳି ଦେଖି ଦହିବରା, ବରା ଦୋକାନ ସବୁ ଲାଗି ଗଲାଣି, ସେଠୁ କିଛି ନିଜ ପିଲାଙ୍କ ଲାଗି ମିଳିବା ଲୋଭ, ସେମିତି ରାସ୍ତା ଏପାଖ ଫୁଟ୍‌ଫାଥ୍ ଉପରେ ଠିଆ ହୋଇ ଶୀତରେ ଥରି ଥରି ଅପଲକ ନୟନରେ ଚାହିଁ ଥାଏ ।

ସେତିକି ବେଳେ ଜଣେ ବାବୁ, ଖୁବ୍ ଧୋବ ଫର୍ ଫର୍ ଗୋଟେ କୁକୁରକୁ ଚେନ୍‌ରେ ବାନ୍ଧି ମୋ ପାଖା ପାଖି ହେଇ ଗଲେଣି, ମୁଁ ଟିକେ ଘୁଂଚିଗଲି, ସେ କୁକୁରଟି ଦେହରେ ଚମତ୍କାର ପୋଷାକ, ମାଲିକ ଭଳି ସେବି ଯେମିତି ମତେ ତୁଚ୍ଛ ଭାବେ

ଚାହିଁ ଦେଇ ରାଜକୀୟ ଠାଣୀରେ ଚାଲିଥାଏ । ଆଉ ମୁଁ ବୁଲି ପଡି କେବିନ୍ କଡରେ ମୋ ଛୁଆ ଦିଟାଙ୍କ ନିରିହ ଆଖିକୁ ଦେଖି ବୁଝିପାରୁଥାଏ । ମୁଁ ହିଁ ତାଙ୍କର ଆଶା ଭରଷା, ଆଉ ଶୀତକୁ ଡରିଲେ ହେବନି, ଆଜି ଏଠି କେହି ବିସ୍କୁଟ ଟେ ଦେବେ ଲାଗୁନି, ମୋ ପିଲାଙ୍କ ଲାଗି ମତେ ସେ ବଡ ପିଚୁ ରାସ୍ତା ପାର ହେଇ ଆରପଟକୁ ଯିବାକୁ ହେବ । ସେ ପଟେ ନିଶ୍ଚୟେ ଦରଦି ଲୋକ ସବୁ ଜମା ହୋଇଛନ୍ତି, ନହେଲେ ବସ୍ତିର ଗୋଟେ ପିଲାର ମୃତ୍ୟୁ ପରେ ତା' ପରିବାର ଲାଗି ସରକାରୀ ସାହାଯ୍ୟ ମାଗିବାକୁ ଶୀତ, ବର୍ଷାରେ କିଏ ବା ଆସେ ।

ରାସ୍ତାରେ କାଁ-ଭାଁ ଗାଡି ଯାଉଥାଏ, ପାଗ ଭଲ ନାହିଁ ତ ବୋଧେ ସେଥିଲାଗି । ରାସ୍ତା ଫାଙ୍କା ଦେଖି ଦୁଇ ଚକିଆ-ଚାରି ଚକିଆ ଯାନ ସବୁ ଏତେ କ୍ଷୀପ୍ର ଗତିରେ ଚାଲୁଛି ଯେ ଆଖି ପିଛୁଳାକେ ଗାଡି ଗୁଡା ଉଭାନ ହେଇ ଯାଉଛି । ନାଁ ମୁଁ ଯିବି ରୋଡ୍ ଆରପଟକୁ, ସବୁ ଠେଲା ବାଲା ପାଖେ ବେସ୍ ଭିଡ, କିଏ ପୁରୀ-ତରକାରୀ ତ କିଏ ଦହିବରା ଆଳୁଦମ୍ ଖାଇବାରେ ଲାଗିଛନ୍ତି, ବୋଧେ ପେଟେ ଖାଇଲେ ବଳ ଆସିବ ସେ ବସ୍ତି ପିଲା ପରିବାର ଲାଗି ନ୍ୟାୟ ଦାବି କରିବା ଲାଗି ।

ପିଲା ଜନ୍ମ ପରେ ମୁଁ ଜମା ପିଚୁ ରାସ୍ତା ପାରିହୋଇ ଯାଇନି, ଭୋକ ଠାରୁ ଜୀବନ ବଡ, ହେଲେ ଆଜି ଆଉ ଭୋକ ଦାଉ ସହି ହଉନି, ପିଲାଙ୍କ ନିରସ ଚାହାଣୀ ଯେମିତି 'ମା'ର ଆତ୍ମାକୁ ଚିପୁଡି ଦେଉଛି । ଖୁବ୍ ସଂତର୍ପଣରେ ମଝି ରୋଡ୍ ଡିଭାଇଡର ଡେଇଁ ଆରପଟକୁ ଦୌଡିଲି । ଓଃ ସତରେ ଲାଗିଲା ମୁଁ ବୋଧେ ପାଂଚ ଦଶଦିନ ଲାଗି ଖାଇ ଦେଇ, ପିଲାଙ୍କ ଲାଗିବି ଖାଦ୍ୟ ନେଇଯିବି । ସମସ୍ତେ ଠୁଳ ହେଇ ଖାଇବା ଓ କଥାବାର୍ତ୍ତାରେ ବ୍ୟସ୍ତ, କିଏ କହୁଛି ପିଲାଟା ବଂଚିଥିଲେ ବଡ ହେଇ ତା ପରିବାର ପୋଷିଥାନ୍ତା । କିଏ କହୁଛି ଏ ସରକାର ଆମ ଦାବି ନ ମାନିବା ଯାଏଁ ଏ ରାସ୍ତା ଛାଡିବାନି, ମୋ ମନ ଟିକେ ଖୁସି ହେଉଥାଏ, ଯାହା ହେଉ ଏ କଳିଯୁଗରେ ଏତେ ଦରଦୀ ମଣିଷ ବି ଅଛନ୍ତି । ଦୂରରୁ ପୁଣି ସେ ବଡବାବୁଙ୍କ ଚମଡା ପୋଷାକଧାରୀ କୁକୁରଟି ଆମ ଆଡେ ଆସୁଛି । ସେ କୁକୁରଟି ସତେ ଅବା ମତେ ଖତେଇ ହେଇ ଗୋଟେ ତେରେଛା ଚାହାଣୀ ଦେଇ ଆଗେଇ ଗଲା ।

ମୁଁ ପ୍ରକୃତିସ୍ଥ ହେଲି, ନା ଏମିତି ଦୂରରେ ଠିଆ ହେଲେ କେହି କିଛି ଦେବେନି, ତ ମୁଁ ପୁରା ଅଧିକାର ଥିବା ଭଳି ସେ ପୁରୀ-ତରକାରୀ ଠେଲା ଆଡେ ମାଡି ଗଲି, ଆରେ ଏ କ'ଣ ? ଏ ଦରଦୀ ମଣିଷ ଗୁଡା ମତେ ଦେଖି କ'ଣ ନାକ ଟେକି ଦୂରେଇ ମୁହଁ ଆଡେଇ ଖାଇଲେଣି । ତଥାପି ମୁଁ ସେମିତି ଶୀତରେ ଧର୍ଯ୍ୟ ଧରି ଠେଲାର ଆହୁରି ପାଖକୁ ଗଲି, ବର୍ଷା ବନ୍ଦ ହେଇଯାଇଥାଏ । ଆଉ ଗହଳି ବି ବଢୁଥାଏ । ମୁଁ ଠାକୁରଙ୍କୁ

ଡାକୁଥାଏ କାହା ହାତରୁ ଖାଇବା ଠୋଲାଟା ପଡି ଯାଆନ୍ତି କି ? ସତେ ଯେମିତି ଠାକୁର ମୋ ଡାକ ଶୁଣିଲେ, ପୁରୀ ଠେଲା ବାଲାର ଗୋଟେ ପୁରୀ ତା ଥାଳିରୁ ତଳେ ପଡିଗଲା । ମୁଁ ଦଉଡିଯାଇ ପୁରୀଟି ଧରିଲି ଭାବିଲି ଆଗେ ଖାଇ ନିଏ, ତା'ପରେ ପିଲାଙ୍କ ଲାଗି ନେଇଯିବ । ହେଲେ ମା' ମନ ବୁଝିଲାନି, ଭାବିଲି ନା ଛୁଆ ଦି'ଟା ମତେ ବିକଳରେ ଚାହିଁଥିଲେ, ଆଗେ ତାଙ୍କୁ ଦେଇ ଆସେ, ପରେ ଯଦି କିଛି ନ ମିଳିଲା ତ ? ବାସ୍ ପିଲାଙ୍କ ସେ ନିରିହ ଚାହାଣୀ ମତେ ଟାଣିଲା ଓ ମୁଁ ସେ ଦୁଇ ଚାରି ଚକିଆ ଯାନ ଠାରୁ କ୍ଷୀପ୍ର ଗତିରେ ଦୌଡିଲି ରାସ୍ତା ମଝି ଡିଭାଇଡର ଡେଇଁ, ପାଟିରେ ପୁରୀଟିକୁ ଧରି, ହେଇ ମୋ ପିଲା ଦିଶିଲେଣି ଆଉ ଚାରି ଡିଆଁରେ ପହଂଚି ଯିବି । ଆଉ ବାମ-ଡାହାଣ ନ ଦେଖି ପିଲାଙ୍କ ଆଖିରେ ଆଖି ମିଶାଇ ଖୁସିରେ ଡେଇଁ ପଡିଲି ଡିଭାଇଡର ଉପରୁ ପିଚୁ ରାସ୍ତାକୁ, ସେପଟୁ ଗୋଟେ ସରକାରୀ ବସ୍ ଖୁବ୍ ଜୋର୍‌ରେ ମତେ ଧକ୍କାମାରି ଚାଲିଗଲା, ମୁଁ ଫୋପାଡି ହେଇ ରାସ୍ତା ମଝିରେ ପଡିଥିଲି, ମୋ ଅଂଟା ବୋଧେ ଭାଙ୍ଗିଯାଇଛି, ଉଠିବା ଆଉ ସମ୍ଭବ ନୁହେଁ ।

ହେଲେ ବି ପାଟିରୁ ପୁରୀଟାକୁ ଛାଡି ନଥିଲି, ପିଲା ଦିଟା ମୋତେ ସେମିତି ବିକଳରେ ଚାହିଁଛନ୍ତି, ମା'ର କଥା ମାନି ସେପାଖ ଛାଡି ଆସୁନାହାନ୍ତି । ମୋ କାନରୁ ରକ୍ତର ଧାର କଳା ପିଚୁ ରାସ୍ତାରେ ବହି ଚାଲିଥିଲା, ପାଟିରେ ପୁରୀଟି ସେମିତି ଥାଏ, ମୋ ଆଖି ବନ୍ଦ ହେଇ ଆସୁଥିଲା, ଜାଣି ସାରିଥିଲି ମୁଁ ଆଉ ପହଂଚି ପାରିବିନି ମୋ ଦୁଇ ମାସିକିଆ ଛୋଟ ଛୁଆଙ୍କ ପାଖେ । ଭାବୁଥିଲି ନା ଏଠି ଆଜି ଏତେ ଦରଦୀ ମଣିଷ ଏକାଠି ଅଛନ୍ତି, ସେମାନେ ମତେ ବଂଚେଇ ଦେବେ, ନ ହେଲେ ବି ମୋ ପିଲାଙ୍କ ଅଧିକାର ଲାଗି ଆଗେଇ ଆସିବେ ।

ସେତିକି ବେଳେ କେହି ଜଣେ ବଡ ପାଟିରେ କହିଲେ ଜଲଦି ସେ ମୁନିସିପାଲିଟି ବାଲାଟିକୁ ଡାକ, ବିଧାୟକ ମହୋଦୟ ଆସିବା ସମୟ ହେଲାଣି, ଏଠି ଏ କୁକୁରଟା କୁ ଆଜି ମରିବାର ଥିଲା । ମୁଁ ଯେମିତି ଚିତ୍କାର କରି କହୁଥାଏ ନାଁ ମୁଁ ମରିନି, କେମିତି ମରିବି ମୁଁ ପରା ମା', ମୋ ଛୁଆ ଭୋକିଲା ଅଛନ୍ତି, କେହି ଯେମିତି ମୋ ଭାଷା, ମୋ ଚାହାଣୀ ବୁଝି ପାରୁନଥିଲେ, ମ୍ୟୁନିସିପାଲିଟି ଆସି ମୋ ପଛ ଗୋଡରେ ଦଉଡିଟେ ବାନ୍ଧି ଟାଣି ଟାଣି ଦୂରକୁ ନେଇଯାଉଥାଏ, ମୋର ମନେ ପଡୁଥାଏ ସେ ବଡ ବାବୁଙ୍କ ବିଲାତି କୁକୁରର ତାତ୍ସଲ୍ୟ ଚାହାଣୀ, ଧୀରେ ଧୀରେ ମତେ ଆଉ ମୋ ଛୁଆ ଦିଶୁନଥିଲେ । ଟାଣି ନେଇ ଏକ ବଡ ନଳାରେ ପକାଇଦେଲେ ।

ଆଉ ମୁଁ ଆଖି ବୁଜୁ ବୁଜୁ ଭାବୁଥିଲି, ମୋ ଅଧିକାର ମୋ ଅନାଥ ପିଲାଙ୍କ ଅଧିକାର ଲାଗି କ'ଣ କେହି ଏମିତି ରାସ୍ତା ରୋକ କରିବେନି ? ସତରେ କ'ଣ ମୋ

ଭଳି ବୁଲା କୁକୁର ମା'ର ହୃଦୟ ନଥାଏ, ସତରେ କ'ଣ ସରକାର ଖାଲି ସେଇମାନଙ୍କ କଥା ଶୁଣନ୍ତି ଯିଏ ଆଜି କାହା ପିଲା ଲାଗି, ତ କାଲି କୋଉ ମହିଳା ଲାଗି ଏକାଠି ହେଇ ରାସ୍ତା ରୋକ କରନ୍ତି ? ସତରେ କ'ଣ ଭଗବାନଙ୍କ ହିସାବ ଖାତାଟା ଭୁଲ୍ ଲେଖା ହେଇଯାଇଛି । ମୋ ଜାତିର ଚାରି ଗୋଡିଆ ପ୍ରାଣୀକୁ ଶୀତ ପୋଷାକ ଠାରୁ ସ୍ୱଚ୍ଛ ଖାଦ୍ୟ ଆଉ ମୋ ପରି ବୁଲା, ଅନାଥଙ୍କ ଲାଗି ବାସ୍ ଦୁଃଖ ? ନା ମା' ତ ମା' ସେ ମଣିଷ ଛୁଆର ହେଉକି କୁକୁର ଛୁଆର ତା'ର ମନ ତ ଏକ । ହେଲେ କିଏ ବୁଝେଇବ ଏ ପାଠପଢୁଆ ବଡବାବୁ ମାନଙ୍କୁ ସେମାନେ ଯେ ଧନୀ, ଶିକ୍ଷିତ କିନ୍ତୁ ହୃଦୟଟା ତାଙ୍କର ଏ ପିଚୁ ରାସ୍ତା ପରି କଠିନ, ସେ' ବା କାହୁଁ ବୁଝିବ 'ମା'ର ଦୁଃଖ ।

■

ଦୁହିତା

ଆଜି ୧୮ ଦିନର ନିରବତା ପରେ ଘରେ ଯେମିତି ସବୁ ଚଳ ଚଞ୍ଚଳ, ବୋଉ କୋଭିଡ୍ ଆକ୍ରାନ୍ତ ହୋଇ ହସ୍‌ପିଟାଲରେ ପଡିବା ୧୮ ଦିନ ହେଲା । ସମସ୍ତେ ଉପରୁ ଦେଖାଯାଉଛନ୍ତି, ଯେପରି ସବୁ ଠିକ୍, ହେଲେ ମୁଁ ଆଉ ମାନସୀ ବାରମ୍ବାର ନିୟୁଜ୍ ଦେଖି ନିଜେ ନିଜକୁ ସାନ୍ତ୍ୱନା ଦେଲାପରି ନା ଆଜି କମିଛି କରୋନା କେସ୍, ହେଲେ ହସପିଟାଲ ବାଲା ମିଛଟାରେ ଡରାଉଛନ୍ତି ।

ଖୁବ୍ ଗମ୍ଭୀର ସ୍ୱଭାବର ମାନସୀ ଥରଟିଏ ମୋ ଅଜାଣତରେ ହସ୍‌ପିଟାଲ ଯାଇ ନର୍ସ, ୱାର୍ଡ ବୟଠାରୁ ଆରମ୍ଭ କରି ଡାକ୍ତର ପର୍ଯ୍ୟନ୍ତ ସମସ୍ତଙ୍କୁ ହାତ କରି ନେଇ ସାରିଛି । ତେଣୁ ଫୋନ୍ ରିଙ୍ଗ୍ ହେଲେ, ସେପଟୁ କ'ଣ ଖବର ଆସିଲା ବଡ ଗର୍ବରେ ସେ ଶୁଣାଏ ବୋଉ ଠିକ୍ ହେଉଛନ୍ତି ଆମର, ଆଉ ବାସ୍ ଦିନେ, ଦୁଇ ଦିନରେ ଘରକୁ ଆସିପାରିବେ ।

ହେଲେ ଆଜି ଫୋନ୍ ରିସିଭ୍ କଲାପରେ ସେ ଗର୍ବ ଆଉ ଦିଶୁନଥିଲା, ବାସ୍ କହିଲା ଚାଲ ମେଡିକାଲ, ଆମେ ପହଞ୍ଚିବା ପରେ ଖବର ମୁଁ ପକ୍କା ହେଲି ବେଡ୍ ନଂ. ୧୦୮ ଆଉ ନାହାନ୍ତି । ସରକାରୀ କଟକଣା ହେତୁ ବଡି ହସ୍ତାନ୍ତର ହେବନି, ତଥାପି ଆମେ ଓ ପରେ ପରେ ପହଞ୍ଚିଥିବା ଭାଇ, ଅପା, ସମସ୍ତେ ବାହାରେ ଠିଆ ହେଉ ଥାଉ । ହସପିଟାଲର ବାରଣ୍ଡା ଜନଶୂନ୍ୟ ଏ ପରା କରୋନା ବିଭାଗ, କିଏ ବା କାହିଁ ଏଠି ନିଜ ଆତ୍ମୀୟଙ୍କ ଲାଗି ଭିଡ ଜମେଇବେ ।

ମୁଁ ଅପା ଓ ଭାଇଙ୍କ ସହ କଥାରେ ବ୍ୟସ୍ତ, ୱାର୍ଡରୁ ବାହାରୁଥିବା ଦୁଇଜଣ ୱାର୍ଡ ବୟଙ୍କ କଥା କାନରେ ବାଜିଲା ହଁ ଏ କଳିଯୁଗ ଝିଅ ବୋଲି ସିନା ଡାକ୍ତରଙ୍କ ଗୋଡ ଧରି ପକେଇଲେ ସେ ମହିଳା, କି ଥରେ ଦେଖିବି ବୋଉକୁ, ନହେଲେ ଏ ଯୁଗରେ ଓ ଏ ଭୟଙ୍କର ବେମାରୀ ରେ କିଏ ବା କାହାର ? ଆମେ ସେ ଆଡେ ଧ୍ୟାନ

ଦେଇନଥିଲୁ, ହଠାତ୍ ଆଖି ପଡିଲା ଆରେ ମାନସୀ କାହିଁ? ଏବେ ତ ଆମ ପାଖେ ଠିଆ ହେଇଥିଲା । ସମସ୍ତେ ହସ୍‌ପିଟାଲ ଭିତରକୁ ଆଗେଇଲୁ, ବସିଛି ମାନସୀ ୱାର୍ଡ ବାହାର ଚେୟାରରେ, ପକେଟ୍‌ରୁ ସାନିଟାଇଜର କାଢ଼ି ସବୁଆଡେ ଟିକେ ପକାଇବା ପରେ ମାନସୀର ହାତରେ ଟୋପେ ପକାଇଲି ସେ ଚୁପ୍ । ତାକୁ ବୁଝାଇଲୁ ଚାଲ ଘରକୁ, ଆମର ଏଠି ବାସ୍ ବିଲ୍ ପଇଠ କରିବାର ଥିଲା, ସେମାନେ ତ "ବଡି" ହସ୍ତାନ୍ତର କରିବେନି । ତଥାପି ମାନସୀ ଚୁପ୍, ବାସ ଅପଲକ ନୟନରେ ଚାହିଁଥାଏ ସେ ୱାର୍ଡ ଆଡେ, ଜଣେ ନର୍ସ ବାହାରିଲେ, ମାନସୀ କ୍ଷିପ୍ର ଗତିରେ ଦୌଡିଗଲେ, ପିପିଇ କିଟ୍ ପରିହିତା ନର୍ସର ହାତ ଧରି କହିଲେ ଟିକେ ଦେଖିହେବନି ମାଡାମ୍, ନର୍ସମାନେ ନ ଶୁଣିଲା ପରି ଆଗକୁ ବଢ଼ି ଚାଲିଲେ, ଆଗକୁ ବଢ଼ିଯାଇ କହିଲେ "ବଡି" ଟା ପ୍ୟାକିଙ୍ଗ୍ ଚାଲିଛି, ଆଉ ନିଜ ନିଜ ଭିତରେ କହିଲେ ଆଜିକାଲି ସେଇ ଝିଅ ହିଁ ମା"ଲାଗି ବିକଳ । ପୁଅ-ବୋହୁଙ୍କର ନିଜ ଜୀବନ ଲାଗି ଭୟ ସେଥିଲାଗି ହସ୍‌ପିଟାଲରେ ପକେଇ ଦେଇ ଆଉ ଦେଖିବାକୁ ବି ଆସୁ ନାହାନ୍ତି । ମାନସୀ ଚୁପ୍, ପୁଣି ବସିଲା ସେ ଚେୟାରରେ ଏଥର ମୁଁ ଟିକେ ବିରକ୍ତ ହେଇ କହିଲି, ଚାଲ ଘରକୁ ସେମାନେ ଦେଖିବାକୁ ଦେବେନି, ସେତିକି ବେଳେ ଡାକ୍ତର ଆସି କହିଲେ ତାଙ୍କ ଝିଅ ଏତେ ଅନୁରୋଧ କରୁଛନ୍ତି ସେଥିଲାଗି ମୁଁ ୱାର୍ଡ ବୟଙ୍କୁ କହିଛି ୧୦୮ ବେଡ୍‌ର ବଡିଟାକୁ ଜରି ପ୍ୟାକିଙ୍ଗ୍ କଲାବେଳେ ପଛପଟ ଗେଟ୍‌ପାଖେ ଟିକେ ମୁହଁଟା ଦେଖେଇ ଦେବେ ।

ହଠାତ୍ ରାଗି ଉଠିଲେ ମାନସୀ, ଖୁବ୍ ଜୋର୍‌ରେ କହିଲେ ମୁଁ ଝିଅ ନୁହେଁ ମୁଁ ବୋହୁ, ଆଉ ସେ ବଡି ନୁହଁନ୍ତି ସେ "ଆମ ବୋଉ" । ପୁରା କରିଡର ଚୁପ୍ ନର୍ସ, ଡାକ୍ତର, ୱାର୍ଡ ବୟ ଦଉଡି ଆସିଲେ ମାନସୀର ପାଟି ଶୁଣି, ମାନସୀ ଦୀର୍ଘ ଦିନର ବେଦନା ଚାପି ରଖିଥିଲା, ଆଖିରୁ ଏବେ ବୋହି ଚାଲିଲା ଲୁହ ଆଉ ସେ କହିଚାଲିଥାଏ, "ଆମେ ଦୁହିତା" ଦୁଇ କୁଳକୁ ହିତା ନୁହେଁ, ଦୁଇ କୁଳକୁ ପିତା" ।

ବାପ ଘରେ ହେତୁ ପାଇବାଠାରୁ ଶୁଣିବୁ ସେ ତ ପର ଘର ଯିବ, ତାକୁ କେଉଁ ବି ବଡ ନିଷ୍ପତିରେ ମିଶା ଯାଏନି, ଶାଶୁ ଘରକୁ ଆସିଲା ପରେ ସେ ତ ପର ଘରୁ ଆସିଛି ସେ କ'ଣ ବୁଝିବ ଆମ ଘର ସଂସ୍କାର, କାହା ମନ!

ସମସ୍ତେ ଚୁପ୍ ଚାପ୍ ଶୁଣୁଥାନ୍ତି, ଡାକ୍ତର ମତେ ଠାରିଦେଲେ ପଛ ଗେଟ୍‌କୁ ଯିବା ଲାଗି, ମାନସୀର ହାତ ଧରି ଟାଣି ଟାଣି ଚାଲିଲି, ସେପଟେ ଆମ୍ବୁଲାନ୍ସରେ ବଡି ନା' ବୋଉକୁ ରଖା ସରିଛି, ପି.ପି.ଇ କିଟ୍ ପିନ୍ଧା ଲୋକଟେ କହିଲା ବାସ୍ ଦୂରରୁ ଦେଖନ୍ତୁ, ଏ ଭାଇରସ୍ ଖୁବ୍ ମାରାତ୍ମକ ।

ମୁଁ ଆଉ ମାନସୀଙ୍କୁ ଅଟକାଇବାର ସାହାସ କରିଲି ନାହିଁ, ଦୀର୍ଘ ୧୮ ଦିନ ସେ ଯେ ନିଜ ଭିତରେ ଏତେ କଥା ଲୁଚାଇ ରଖିଥିଲା, ଛାଡି ଦେଲି, ତାର ଯାହା ଇଚ୍ଛା ସେ କରୁ । ଅପା-ଭାଇ ଦୂରରେ ଠିଆ ହୋଇଥାନ୍ତି, ମାନସୀ ଆମ୍ବୁଲାନ୍ସ ପାଖକୁ ଯାଇ ବୋଉର ବାସ୍ ମୁହଁଟିକୁ ଦେଖୁଥାଏ, ଆଖିରୁ ଅନବରତ ଲୁହ ଗଡି ଚାଲିଥାଏ, ମୋ ଆଡକୁ ବୁଲି ପଡି ହାତ ଯୋଡି କହିଲା ସୂର୍ଯ୍ୟ ସେମାନଙ୍କୁ କୁହ ପ୍ଲିଜ୍ ଆମ ବୋଉଙ୍କୁ ଆମକୁ ଦେଇ ଦେବେ, ତାଙ୍କ ନାତି ନାତୁଣୀ ଟିକେ ଦେଖିବେ, ସବୁବେଳେ ବୋଉଙ୍କ ମୁହଁରୁ ହାତ କାଚ ବଜ୍ର ହେଉର ଆଶିର୍ବାଦ ଶୁଣିଛି, ଆଜି ସେ କ'ଣ ଏମିତି ଧଳା କପଡା, ଦେହରେ ଗୁଡେଇ ହେଇଯିବେ! ବାପା ଟିକେ ତାଙ୍କୁ ଦେଖିବେନି? ମୁଁ ତାଙ୍କୁ ବୋହୁ ଭଳି ସଜାଇବିନି? ଏମିତି ବିଦାୟ ମୁଁ ବୋଉଙ୍କୁ ଦେଇ ପାରିବିନି ।

ମାନସୀ କଥା ଶୁଣିବାକୁ କାହାରି ଆଗ୍ରହ ନଥିଲା, ପିପିଇ କିଟ୍ ପିନ୍ଧା ଲୋକ ଜଣକ ମୋତେ ଆଖିରେ ଇଶାରା କରି କହିଲେ ମାନସୀଙ୍କୁ ଦୂରକୁ ନେବାଲାଗି । ମୁଁ ବି ବୋଉକୁ ଥରେ କୋଳେଇ ଧରି କାନ୍ଦିବାର ଇଚ୍ଛା ଥିଲେ ବି ନାଚାର, ବାଧ୍ୟ ହୋଇ ବଳପୂର୍ବକ ମାନସୀଙ୍କୁ ଟାଣି ଧରିଲି, ଆମ୍ବୁଲାନ୍ସର ଦ୍ୱାର ବନ୍ଦ ହେଇ ଆଗକୁ ବଢ଼ିଗଲା, ମୁଁ କିଛି କହିବି କି ନିଜକୁ ବୁଝେଇବି ଭାବି ପାରୁନଥିଲି । ସମସ୍ତେ ଘରକୁ ଫେରିଲୁ ମାନସୀ ଏମିତିରେ ବି ଖୁବ୍ କମ୍ କଥା କୁହନ୍ତି, ସେ ପୁରା ଚୁପ୍ । ବାସ୍ ତାଙ୍କ ବୋହୁ ହେବାର କର୍ତ୍ତବ୍ୟ କରି ଚାଲିଥାଏ ।

ଏମିତି ବେଳିକା ଖାଇବା, ବୋଉ ପାଇଁ ପତ୍ରରେ ଖୁବ୍ ଆଗ୍ରହ, ସ୍ନେହରେ ମାନସୀ ନିଜେ ବାଢ଼ି ବାହାରେ ଥୋଇ ଦୂରକୁ ଆସି ଅପେକ୍ଷା କରେ, କାଉଟେ କି ଗାଈଟେ ଆସି ସେତକ ଖାଇ ଦେଲେ ଯେମିତି ମାନସୀଙ୍କୁ ଗୋଟେ ଆତ୍ମସନ୍ତୋଷ ମିଳୁଥିଲା । ମୁଁ ବି ଦୂରରୁ ବାସ୍ ତାଙ୍କୁ ଦେଖୁଥାଏ । ଆଜି ୧୨ ଦିନ ପୁରିଲା, କାଲି ମାଛ ହେବ, ସାନ ଭାଇ କୁନା ଆଉ ତା ସ୍ତ୍ରୀ ବେଶ୍ ଆଗ୍ରହରେ ରୋଷେୟାକୁ ବରାଦ କରୁଥିଲେ, ପାଟି ଅରୁଚି ହେଲାଣି ନନା କାଲି ଟିକେ ଆମ୍ବୁଲ ଦେଇ ଛୋଟ ମାଛ ଚୁଡଚୁଡା, ଆଉ ବଡ ମାଛ କାଲିଆଟେ କରିବ । ସେମାନେ ମୋ ଆଡେ ଚାହୁଁଥାନ୍ତି ଓ ଗୋଟେ ପରେ ଗୋଟେ ବରାଦ ବି କରୁଥାନ୍ତି, ମୁଣ୍ଡ-ଲାଞ୍ଜ ଦେଇ ଛେଁଚଡାଟେ କରିବା । ବେଶି ଲୋକ ନାହାନ୍ତି, କୋଭିଡ୍ ଭୟ, ବାସ୍ ପରିବାରର ଦଶ-ପନ୍ଦର ଜଣ, ନନା ବି କହିଲେ ବଡ ବାବୁ କାଲି ମାଛ ଟିକେ ହବ, କାଲି ନଖାଇଲେ ବର୍ଷେ ଯାଏଁ ଆମିଷ ଖାଇ ପାରିବେନି । ମୁଁ ବି ମୁଣ୍ଡ ହଲାଇ ସନ୍ମତି ଦେଲି ।

ହେଲେ ଏ କ'ଣ ଚୁପ୍ ରହୁଥିବା ମାନସୀ ପଛରୁ ଆସି ମୋତେ ସମ୍ବୋଧନ କରି କହିଲେ କ'ଣ ଭୁଲି ଯାଉଛ ବୋଉ ପରା ଆମିଷ ଖାଆନ୍ତିନି, ତମେ ଚାରି ବର୍ଷ

ଆଗରୁ ମସ୍ତିଷ୍କ ଜ୍ୱରରେ ପଡିଥିଲ ବୋଲି, ସେ ପରା ମାନସିକ କରି ଆମିଷ ଛାଡିଥିଲେ । ଆଉ କାଲି କ'ଣ ବୋଉଙ୍କୁ ପତ୍ରରେ ଆମିଷ ବାଢ଼ିବି ? ସେ ଆମ ଲାଗି ମଲାଯାଏଁ ଆମିଷ ଛାଡିଦେଲେ, ଆମେ କ'ଣ ଗୋଟେ ବର୍ଷ ଛାଡି ପାରିବାନି ? କଥା ଟା ସତରେ ମୋ ପୁଅ ହେବା ଅହଂ ଉପରେ ଶକ୍ତ ଚାପୁଡାଟେ ପରି ଥିଲା । ସାନଭାଇ କହିଲା ଭାଉଜ ସାଧାରେ ଗୋଟେ ଜୋଡେ ଆଇଟମ୍ କରି ଦେବା, ତମେ ବ୍ୟସ୍ତ ହୁଅନା, ଆମେ ଆଉ ଏ ସାଧା ଖାଦ୍ୟ ଖାଇ ପାରିବୁନି । ମୁଁ ବୁଲି ପଡି ବଡ ଅପା ଆଡେ ଚାହିଁଲି, ଭାବିଲି ସେ ତ ଝିଅ, ସେ ନିଶ୍ଚେ ତା ଭାଉଜ କଥାରେ ଏକମତ ହେବ, ହେଲେ ଅପା କହିଲା ଆମେ ଆଉ କାହିଁ ରହିବୁ ଯେ, ଆମେ ଆମ ଘରକୁ ଚାଲି ଯାଉଛୁ ଆଜି, କାଲି ବୁଧବାରଟା ଘରେ ଗଲେ ଟିକେ ପେଟ ପୁରେଇ ଖାଇବୁ ହେଲେ ।

ଏତିକି ବେଳେ ମୋ ଫୋନ୍‌ଟି ବାଜି ଉଠିଲା, ମୋ ଶାଶୁଙ୍କ ଫୋନ୍ ଥିଲା, ଏକ ନିଶ୍ୱାସରେ କହିଗଲେ ଜ୍ୱାଇଁ ପୁଅ ତମ ଶଶୁର ଚାଲିଗଲେ, ମୋ ଝିଅକୁ ଧରି ଆସ । ଶ୍ୱଶୁର ବି ସେଇ କୋଭିଡ୍‌ରେ ଗଲେ, ଆମେ ଶେଷ ଦର୍ଶନ ବି କରି ପାରିଲୁନି, ଯାହା ଖବର ପାଇ ଜାଣିଲି ମାନସୀର ବାପା ଚାଲିଗଲେ । ମାନସୀ ତାଙ୍କ ଘରେ ସାନ, ଉପରେ ଦୁଇଭାଇ... ଫୋନ୍ ରଖି ବହୁତ ସାହାସ କରି ମାନସୀ ପାଖକୁ ଯାଇ କହିଲି ଚାଲ ତମ ଘରକୁ ଯିବା, ସେ ବୁଝିଗଲା, କହିଲା କ'ଣ ବାପା ବି ଚାଲିଗଲେ ? ମୁଁ ହଁ କହିଲି, ଭାବୁଥିଲି ସେ ବୋଧେ ଖୁବ୍ କାନ୍ଦିବ, ସାନ ଝିଅ ଭାରି ଗେହ୍ଲା, ହେଲେ ସେ ବସିପଡି କହିଲେ ସେଠି ବୋଉ ପାଖେ ଭାଇ-ଭାଉଜ ଅଛନ୍ତି, ଆଜି ପରା ରାତିରେ ପୁଷ୍କର ଛଡା ହେବାଲାଗି ପୂଜା ହେବ, ପୁଣି କାଲି ବୋଉଙ୍କୁ ୧୩ ପତ୍ର କିଏ ବାଢ଼ିବ ? କାଲି ସଂଧ୍ୟାରେ ଯିବା କହି ସେ ଲାଗି ପଡିଲା ପୂଜାର ଜୋଗାଡ କରିବାରେ । ତା'ପରଦିନ ମାଛ ବାସ୍ନାରେ ଛାତ ଉପର ଫାଟି ପଡୁଥିଲା, ମୋ ଭଳି ମାନସୀ ବି ଖୁବ୍ ଆମିଷ ପ୍ରିୟ । ମୋତେ ଲାଗୁଥିଲା ସେ ତା ଦିଅର-ଯାଆଙ୍କ କଥା ଭାଙ୍ଗି ପାରିବନି । ହେଲେ ସେ ତ ମେସିନ୍ ଭଳି ପତ୍ର ଧରି ଛାତକୁ ଗଲା ରୋଷେୟା ନନାଙ୍କୁ କହିଲା ନନା ସାଧା ଆଗେ ବାଢ଼ିଦେଲେ ମୁଁ ବୋଉଙ୍କୁ ଦେଇଆସେ । ଆମେ ସବୁ ଚୁପ୍, ସେ ପତ୍ର ନେଇ ଯିବା ବେଳେ ସାନ ଭାଇର ସ୍ତ୍ରୀ ଗୋଟେ ଆମିଷ ଥାଳି ବାଢ଼ି ମାନି ପଛେ ପଛେ ଚାଲିଲା, କହିଲା ଅପା ଦୁଇଟା ପତ୍ର ବାଢ଼ ଆଜି, ତମେ ତ ଜାଣିଛ ବୋଉଙ୍କୁ ଛୋଟ ମାଛ ଆମ୍ବୁଲ ରାଇ କେତେ ପସନ୍ଦ । ତା'କଥା ରଖି ମାନସୀ ଦୁଇଟା ଯାକ ପତ୍ର ଥୋଇ ଘରଆଡେ ଆଗେଇଲା, ତା' ମୁହଁରେ କିଛି ବି ଭାବ ନଥିଲା ନା ବାପାଙ୍କୁ ହରାଇବାର କଷ୍ଟ, ନା ଏ ଆମିଷ-ନିରାମିଷର ଶୀତଳ ଯୁଦ୍ଧ ।

ସେ ଆସି ଖାଇବା ଲାଗି ସାଧା ପଟେ ବସିଲା, ପୁରା ଚୁପ୍- ମୁଁ ବି ଆରପଟୁ ଉଠି ଆସି ତା' ପାଖରେ ବସିଲି ତା' ହାତକୁ ଜୋର୍‌ରେ ଧରି ମନେ ମନେ କହୁଥିଲି "ବେଦନାର ତୀର ବିଦ୍ଧ ହୋଇ ମଧ୍ୟ ରକ୍ତ ଝରାଇବାକୁ ମନା ତୁମକୁ, ଦୁହିତା ଦୁଇକୁଳ କୁ ହୀତା ରୁପକ ତାଜମହଲର ମମତାଜ ସାଜିବାକୁ ମନା ତୁମକୁ".... ଆଉ ବାପା ବି ସେପଟ ଧାଡିରୁ ଉଠି ଆସି ମାନସୀ ପାଖରେ ବସି କହିଲେ ବର୍ଷେ ଆମିଷ ନଖାଇଲେ ଚଳିବ ।

ସତରେ ଆଜି ଅନୁଭବ କଲି ଝିଅ ହୋଇ ଜନ୍ମ ହେବା ଆଉ ଦୁଇକୁଳକୁ ବାନ୍ଧି ରଖିବା ଆମ ପୁରୁଷ ଜାତି ଲାଗି ଅସମ୍ଭବ ପ୍ରାୟ.....ସତରେ ଝିଅଟିଏ "ଦୁହିତା" ।

■

ସାବିତ୍ରୀକୁ ଚିଠି

ପ୍ରିୟ ସାବି,

ପୁରା ତିନି ବର୍ଷ ହେଲା ସୁରତ ସୂତା କଳ ଆସିଲି, ତିନି ବର୍ଷ ଆଗରୁ ଜ୍ୟେଷ୍ଠ ଅମାବାସ୍ୟା ଆଗ ଦିନ ଘରୁ ଗୋଡ କାଢ଼ିଥିଲି, କିଛି ବାଟ ନଥିଲା ମୋ ପାଖରେ । ପିଲା ଦିନୁ ବାପା-ମା ନଥିଲେ ବୋଲି କକା, ଖୁଡି ପାଖେ ବଢ଼ିଥିଲି । ପାଠ ଦି' ଅକ୍ଷର ପଢ଼ିବା ଲାଗି ବହୁ ସର୍ତାବଳୀ ପରେ ଖୁଡି ରାଜି ହୋଇଥିଲେ ।

ସ୍କୁଲରୁ ଫେରି ଛେଳି ଚରେଇ ଯାଉଥିଲି, ଯେତେବେଳେ ମୋ ସାଙ୍ଗ ସାଥୀମାନେ ଗାଁ ପୋଖରୀ ପାଖ ବରଗଛ ଓହଳରେ ଦୋଳି ଝୁଲି ପୋଖରୀ ପାଣିରେ ଖେଳି ହାଲିଆ ହେଇ ଘରେ ଖାଇ ଆରାମରେ ଶୋଇ ପଡୁଥିଲେ, ମୁଁ କିନ୍ତୁ ଛେଳିଙ୍କ ଆଡୁ ନଜର ହଟାଇବାର ବି ସାହାସ କରିନଥିଲି । ଖୁବ୍ ମନ ହୁଏ ଖେଳିବାକୁ ସାଇ ପିଲାଙ୍କ ସହ, ହେଲେ ମନେ ପଡିଯାଏ ଦିନେ ଖେଳୁଥିଲି ଖୁଡି ଦେଖି ଦେଇଥିଲେ, ବାସ୍ ସେ ଦିନ ଛାଟରେ କେତେ ମାଡ, ଆଉ ଖାଇବାକୁ ବି ଦେଇନଥିଲେ ଦିନ ବାରଟାରୁ ରାତି ଅଧଯାଏଁ ଗୁହାଳ ଘରେ ବସି କାନ୍ଦି ଥିଲି । କକା ବି ବିଲରୁ ଫେରି ପଖାଳ ବେଲା ଧରି ପିଣ୍ଡାରେ ଖାଇଲା ବେଳେ ତାଙ୍କ ପୁଅ, ମାନେ ମୋ ବଡଭାଇକୁ ଡାକି ନିଜ ହାତରେ ଖୁଆଇ ଥିଲେ, ମୋ ଭୋକିଲା ଆଖିରେ ଆଖି ମିଶାଇବାକୁ ପଡିବ ବୋଲି ମୋତେ ପିଠି କରି ବସିଥିଲେ ।

ଯେମିତି ସେମିତି ଅଷ୍ଟମ ଯାଏଁ ପଢ଼ିଲି, ଛେଳି ଜଗିବା ଠାରୁ, ବିଲରେ କକାଙ୍କୁ ସାହାଯ୍ୟ କେଉଁଥିରେ ବି ହେଳା କରୁନଥିଲି, ଆଶାରେ କି ଦିନେ ମତେ ବି କକା ପାଖରେ ବସାଇ ପଖାଳ ଗୁଣ୍ଡେ ଖୋଇ ଦେବେ । ହେଲେ ସେ ଭାଗ୍ୟ ମୋର ନଥିଲା । ମୋର ଅଷ୍ଟମ ବେଳକୁ ବଡ ନନାର ଦଶମ ଶେଷ ।

କକା-ଖୁଡି ତାଙ୍କୁ ଯଶିପୁର ଆଦିବାସୀ ଗାଁରୁ ବାରିପଦା ସହର ପଢ଼ିବାକୁ

ସରକାରୀ କଲେଜ ପଠେଇ ଦେଲେ । ମୁଁ ବି ସ୍ୱପ୍ନ ବୁଣି ଚାଲିଲି କି, ମୋର ବି ବାସ୍ ଆଉ ଦୁଇ ବର୍ଷ । ତା' ପରେ ମୁଁ ବି ଯିବି ସହର, ବହୁତ ପଢ଼ିବି, ହେଲେ ମୋର ସ୍ୱପ୍ନ ପୁରା ହେବାର ହିଁ ନଥିଲା, ଖୁଡିଙ୍କର ପୁରା କଡା ଆଦେଶ ମଦନା ଆଉ ସ୍କୁଲ ଯିବନି । ଘର ଲେପା ପୋଛା, ବିଲ କାମ କରିବ । ପେଟକୁ ଦୁଇବେଳା ଖାଇବା ଓ ମୁଣ୍ଡକୁ ଛାତ ଖଣ୍ଡେ ଲାଗି ସବୁ ମାନିଲି ଏମିତି ଏମିତି ମତେ କୋଡିଏ ବର୍ଷ ହେଲା, ବଡ ନନା ଯେ, ସହର ଗଲା ଆଉ କେବେ ଗାଁ ଆସିଲାନି ।

ଆଗ ଆଗ କିଛି ଦିନ କକା ସହ ନନାର ହଷ୍ଟେଲ ଭୂଜା, ଆରିଷା, ଛୋଟ ମାଛ, ଚୁଡା ଧରି ଯାଇଥିଲି । ହେଲେ ନନାର ସେ କଟୁ କଥା ବା' ତମେ ଆଉ ଆସିବନି ଏମିତି ମଇଳା କୋଚଟା ଧୋତି ପିନ୍ଧି, ଅଖାରେ ଜିନିଷ ଧରି ତମେ ଆସିଲେ ହଷ୍ଟେଲ ପିଲାଙ୍କ ଆଗରେ ମୋତେ ଲାଜ ଲାଗୁଛି । ମୁଁ କକା ସହ ବସ୍‌ରେ ଫେରିଲା ବେଳେ କକା ଗୋଟେ ଶବ୍ଦ ବି କଥା ହେଲେନି । ସହର ରୁ ଫେରେଇ ଆଣିଥିବା ଭୂଜା, ଆରିଷା ସବୁ ଗାଁ ମୁଣ୍ଡରେ ଗୋରୁଙ୍କୁ ଦେଇ ଦେ ବୋଲି କକା କହିଲା ବେଳେ ସାହାସର ସହ କହିଥିଲି କକା ମୁଁ ଖାଇ ଦେବି କି ? କକା କିଛି କହିଲେନି, ମୁଣ୍ଡ ତଳକୁ କରି ଲମ୍ବା ଲମ୍ବା ପାଦ ପକେଇ ପୋଖରୀ ହୁଡା ଆଡେ ଚାଲି ଯାଇଥିଲେ । ପଛକୁ ଫେରି ବଡ ପାଟିରେ କହିଲେ ତୋ ଖୁଡିକୁ କିଛି କହିବୁନି, ମୁଁ ବି ଖୁସ୍ ।

ସବୁଦିନ କକା ସହ ବିଲକୁ ଯିବା ବାଟରେ "ସୁକ"ର ଘର ପଡେ, ସେ ବି ମୋ ଯିବା ସମୟରେ ପିଣ୍ଡାରେ ଠିଆ ହୋଇଥାଏ । ଖରା ବେଳେ କକା ବୟସ ଯୋଗୁ ଆଉ ଘରକୁ ଯାଉନଥିଲେ, ମୁଁ ଗୋଟେ କୋଶ ବାଟ ଆସି କକା ଲାଗି ଖାଇବା ନେଇ ଯାଉଥିଲି, କିନ୍ତୁ ଖୁସିରେ କି "ସୁକ" କୁ ଦେଖି ପାରିବି ଆଉ ସେ ମୁରୁକୁନ୍ତି ହସରେ ଲାଜେଇ ଯାଏ, ବାସ୍ ସେତିକିରେ ମତେ ଖରା ବି କାଟେନି । କକା କେବେ କେବେ କୁହନ୍ତି ତୁ ଯାନି, ମୁଁ ଯାଉଛି ହେଲେ ମୁଁ ଆଗଭର ହେଇ ସବୁଦିନେ ଚାରି ଥର ଦେଖିବା ଲୋଭରେ ବାଧ କରି ଯାଏ । କେବେ ସାହାସ କରି କକା କି ଖୁଡିକୁ କହି ପାରିଲିନି ମନ କଥା ।

"ସୁକ" ସ୍କୁଲ କେବେ ଯାଇନି, ଆଉ ଆମର ଛେଳି ପଲେ, ବିଲ, ବଳଦ ହଳେ ଆଉ ଖୁଡିଙ୍କର ଖୁବ୍ ଗର୍ବ କି ପୁଅ ମୋର ସହରରୁ ବଡ ଅଫିସର ହେଇ ଫେରିବ । ତ ମୁଁ ବଡ ଘରେ ତା' ବାହାଘର କରିବି । ହେଲେ ଖୁଡିଙ୍କ ଆଶା ପୁରଣ କରିବାକୁ ନନା ଆଉ ଗାଁକୁ କେବେ ଫେରି ନଥିଲା । ହଠାତ୍ ଦିନେ ବିଲକୁ ଗଲା ବେଳେ ଦେଖିଲି "ସୁକ" ସେଠି ନାହିଁ, ମୋ ଆଖି ତାକୁ ଖୋଜି ବୁଲିଲା, ତା' ଘର ତାଲା ପଡିଥିଲା, ଖରାବେଳେ ଭାତ ନବାକୁ ଆସି ସାହାସ କରି ଖୁଡିଙ୍କୁ ପଚାରିଲି,

ଖୁଡି ସେ ମୋହନ କକା ଘର କୁଆଡେ ଗଲେକି ? ଖୁଡିଙ୍କ ଉତରଟା ମୋର ଆଉ ଗୋଟେ ସ୍ୱପ୍ନକୁ ଭାଙ୍ଗି ଦେଇଥିଲା, ସେ କହିଲେ ଓହ ! ତୁ ଯୋଉ ଝିଅ ସହ ନାରେ ନାରେ ହଉଥିଲୁ ? ତାକୁ ପରା ତୋଳା କନ୍ୟା କରି ବାହା ଦେବାକୁ ଆର ଗାଁକୁ ନେଇଯାଇଛନ୍ତି, ଖୁଡିଙ୍କ କଥାରେ ମୋର ହାର୍ ଲାଗି ଖୁସିର ଝଲକ ଦେଖିଥିଲି ।

ସଂଧ୍ୟାରେ ଡିବି ଆଲୁଅରେ କକା, ଖୁଡିକୁ କହୁଥିଲେ, ତୁ ତ ଆଉ ଏତେ କାମ ପାରୁନୁ, ପୁଅ କେବେ ଆସିବ ଆସୁ, ଆମେ ମଦନାଟାକୁ ବାହା କରିଦେବା, ସେ ବୋହୁ ଗୋରୁ କାମ, ରନ୍ଧା ରନ୍ଧି ତ ଟିକେ କରିବ । ଖୁଡି ଚୁପ୍ ରହିଲେ, ହେଲେ ତା' ପର ଦିନହିଁ ସଂଧାରେ ଫେରିଲା ବେଳକୁ ଖୁଡି ବେସ୍ ଖୁସିରେ କକାକୁ ଗୁହାଳକୁ ନେଇ ଦେଖେଇଲେ ହେଇ ଦେଖ ଚାରିଟା ଛେଳି ଦେଇ ଯାଇଛନ୍ତି ସେ ଜଙ୍ଗଲ ପାଖରେ ଯୋଉ ସାହିଟା ସେଠି ଝିଅଟେ ମଦନା ଲାଗି ଠିକ୍ କରିଦେଇଛି । ମାଣେ ବିଲ ବି ଦେବେ ହଁ ତମେ କକା ପୁତୁରା ଚୁପ୍ ରହିବ, ମୁଁ ସବୁ ଦବା-ନବା ତୁଟେଇ ଦେଇଛି । ଆଉ ମଦନା ତୁ ଦଶମ ପାସ୍ ବୋଲି ବି କହିଛି । ବାହାଘର ପରେ ତୁ ସହର ଯିବୁ ଚାକିରି ଲାଗି କହିଲି ବୋଲି ମାଣେ ବିଲ ବି ଦେବେ । ମୁଁ ପୁଣି ଭାଗ୍ୟକୁ ଦୋଷ ଦେଇ ମନ ବୁଝେଇ ନେଲି ଯେ ଏତେ ବର୍ଷ କକା-ଖୁଡି ଘରେ ଖଟି ଖଟି ବୁଢ଼ା ବଳଦକୁ ଯେମିତି ଅକାମି ହେଲେ କଂସେଇକୁ ବିକିଲା ଭଳି ମୋର ବି ବିକ୍ରି ସରିଛି ।

ତା' ପରେ ସେଇ ତୋଳା କନ୍ୟା ବିଧିରେ "ସାବି" ତୁ ଆସିଲୁ ମୋ ସୁଖ-ଦୁଃଖର ସାଥୀ ହେବାକୁ । ତୋ ନାଁଟା ଖାଲି ସାବିତ୍ରୀ ନଥିଲା ତୁ ଦେଖିବାକୁ ବି ବେଶ୍ ସୁନ୍ଦର ଥିଲୁ । ଗୋଟେ ମାସ ତୋ ଠାରୁ ଆଦର ଭରା କଥା ପାଇଛି । କେବେ କେହି ମୋ ଖାଇବାକୁ ଅପେକ୍ଷା କରି ନଥିଲେ, ହେଲେ ତୁ କରୁଥିଲୁ । ବିଲରୁ ଫେରିଲା ପରେ ଘଷା ମୋଡା ବି କରି ଦଉଥିଲୁ । ହେଲେ ତୋର ସବୁ ଦିନିଆ ପ୍ରଶ୍ନ କେବେ ସହର ଯିବା ? ମୋ ବାପା କ'ଣ ଏଠି ଗୁହାଳ କାମ କରିବାକୁ ବାହା ଦେଇଥିଲେ ? ମୁଁ କିଛି କହି ପାରେନି ତତେ । କିନ୍ତୁ ତୁ ଖୁଡିଙ୍କୁ ବି ଏ ପ୍ରଶ୍ନ ପଚାରିବା ଆରମ୍ଭ କଲୁ, ଆଉ କହୁ କହୁ କହିଦେଲୁ, ଯଦି ଚାକିରିରେ ଡେରି ଥିଲା ତ ଛାନିଆଁ କରି କାହିଁ ତମ ପୁତୁରା କୁ ବାହା କରୁଥିଲ । ଖୁଡି ବି ତୋ ପାଟି ଚୁପ୍ କରାଇବା ଲାଗି ଭରି ଦେଲେ ତୋ ମନରେ କି ମୁଁ କାଳେ "ସୁକ" ବୋଲି ଗୋଟେ ତଳ ଜାତି ଝିଅ ପ୍ରେମରେ ପଡିଥିଲି, ସେଥିଲାଗି ମୋର ବାହାଘର ତୋ ସହ ତରବରିଆ ଭାବେ କରିଦେଲେ । ତୁ ବି ସଂଧ୍ୟାରେ ମତେ କିଛି ପଚାରିଲୁନି, ଆଉ ଘଷା ମୋଡା, ଆସ ଖାଇବ ଶୁଣିବାକୁ ପାଇଲିନି, ଏତେ ବଡ ଦୁନିଆରେ ତୁହିଁ ଖାଲି ମୋର ଥିଲୁ ।

ବାପା -ମା ପରେ ସ୍ନେହ କ'ଣ ଭୁଲି ସାରିଥିଲି ହେଲେ ତୁ ପୁଣି ମତେ ମନେ ପକେଇ ଦେଲୁ କି ମୁଁ ମଣିଷ, ଗୋଟେ ହଡା ବଳଦ ନୁହେଁ ।

ଥରେ ମୋ ଉପରେ ଭରଷା କରି ପଚାରିଲୁନି ଯେ ମୁଁ ଏ କୋଡିଏ ବର୍ଷ କେମିତି କାଟିଛି । କେତେ ସ୍ୱପ୍ନ ମାରିଛି, ତୋ ଠାରୁ କଟୁ କଥା ଗୁଡା ବେଶୀ ବାଧୁଥିଲା "ସାବି", କାହିଁକିନା ମୁଁ ଖାଲି ତୋରି ଠାରୁ ସ୍ନେହ ଟିକେ ଆଶା କରିଥିଲି । ତୋର ସେ ତାଗିଦ୍ ଦୁଇ ଦିନ ରହିଲା ସାବିତ୍ରୀ ବ୍ରତକୁ, ମୋ ବାପା ଏତେ ଯୌତୁକ ଦେଲେ ପୁଣି କ'ଣ ବାହାଘର ଦୁଇବର୍ଷ ପରେ ବି ସେ ହିଁ ମୋ ଲାଗି ଲୁଗା ପଟା, ଫଳ ଆଣୁଥିବେ? ଏଥର ଆଉ ମୋତେ ବାପା ଘରକୁ ପଠାଇଲେ ଯିବିନି, ମୋ ଲାଗି ଭଲ ଲୁଗା, ରୂପା ପାଉଁଜି, ଫଳ-ଚୁଡି ଯଦି ନ ଆଣିଛ ତ ମୁଁ କୁଅ-ପୋଖରୀରେ ଡେଇଁ ମରିବି ପଛେ, ତୋ ମୁହଁ ଚାହିଁବିନି, ମୁଁ ବାସ୍ ଚୁପ୍ ଚାପ୍ ତୋ କଥା ଶୁଣୁଥିଲି, କେହି ତ କେବେ ମୋ ଇଛା, ମୋ ଖୁସି, ମୋ ସ୍ୱପ୍ନ କଥା ପଚାରି ନାହାନ୍ତି, ସମସ୍ତେ ନିଜ ମୁତାବକ ମୋ ଭାଗ୍ୟ ଲେଖିଛନ୍ତି, ସେତିକିରେ ବି ତୋ ରାଗ ଶାନ୍ତ ହେଲାନି ଲୋ ସାବି ତୁ ମନେ ପକେଇ ପାରିଲୁନି ଦୁଇବର୍ଷ ବାହା ପରେ ବି ଛୁଆଟେ ନାହିଁ ବୋଲି ଖୁଡିଙ୍କ ବହୁ କହିବା ପରେ ବି ମୁଁ ଆଉ ଗୋଟେ ବାହା ହେଇନଥିଲି, ଦିନ ସାରା ଯେତେ ଖଟିଥିଲେ ବି ରାତିରେ ତତେ କାଠ ଚୁଲିରେ ରୋଷେଇରେ, କୁଅରୁ ପାଣି ଆଣିବାରେ, ଆଉ ତୁ ଟିକେ ବେମାର ପଡିଲେ ଖୁଡିକୁ ଲୁଚେଇ ବଇଦଠୁ ଔଷଧ ଆଣି ଦେବାରେ କେବେ ହେଳା କରିନଥିଲି ।

ଏତେ ସବୁ ଶୁଣିଲା ପରେ ବି ମୋର ଗୋଟେ କେମିତି ବିଶ୍ୱାସ ଥିଲା ତୁ ମତେ, ମୋ ନିସହାୟତାକୁ ବୁଝୁ । ଅମାବାସ୍ୟା ଆଗ ଦିନ ବିଲକୁ ନ ଯାଇ ସାଇକେଲ୍‌ରେ ଗାଁଠାରୁ ୧୦ କି.ମି. ଯାଇ ତୋ ଲାଗି ଫୁଲ ପକା ଲୁଗାଟେ, ଆଉ ନାଲି ପାଣି କାଚ ଦି ମୁଠା ଆଣି ଥିଲି । ଜାଣିଥିଲି ଖୁଡି ଘରେ କ'ଣ କରିବେ ମୋର, ଆଉ ମୁଁ ବି ପ୍ରସ୍ତୁତ ଥିଲି ଖୁଡିଙ୍କ କଟୁକଥା ହଜମ କରିବାକୁ । ଆଶାରେ କି ଏ ସବୁ ଦେଖି ତୁ ଯୋଉ ଖୁସି ଦେବୁ, ସେଟା ଖୁଡିଙ୍କ କଟୁ କଥା ଠାରୁ ଢ଼େର ମୁକ୍ତି ଦେବ । ହେଲେ ତୁ ବ୍ୟାଗଟା ଖୋଲି ଦେଇ ଲୁଗାଟି ଦେଖି ପାଟି କରି କହିଲୁ, ଏଟା ଲୁଗା ନା ଗାମୁଛା, ଆଉ ରାଗରେ ମୋ ଉପରକୁ ଲୁଗା-ଚୁଡି ଫିଙ୍ଗି ଦେଇଥିଲୁ, ଚୁଡି ସବୁ ଭାଙ୍ଗି ମୋ ସ୍ୱପ୍ନ ଭାଙ୍ଗିଲା ଭଳି ଏଣେ ତେଣେ ପଡିଥିଲା, ତୁ କହିଥିଲୁ ଏ ସବୁ ଶସ୍ତା ଜିନିଷ ତମ ସେଇ ସୁକକୁ ଦେଇ ଦେଲନି । ଆଉ ମୋ ସାବିତ୍ରୀ ରାଗରେ ମଥାରୁ ସିନ୍ଦୁର ପୋଛି ମୋତେ କହିଥିଲୁ, ତୁ ମୋ ଲାଗି ମରିଗଲୁ, ଯୋଉ ଦିନ ମତେ ଭଲ ସିଲିକ୍

ଲୁଗା, ରୂପା ପାଉଁଜି, ଆଉ ଭଲ ଚୁଡି ଆଣି ଦେବୁ ସେଇ ଦିନ ତୋ ଲାଗି ସାବିତ୍ରୀ ବ୍ରତ କରିବି, ଆଉ ତୁ ମୁହଁ ବୁଲେଇ ଦେଲୁ ।

ମୁଁ ଏତେ ବର୍ଷ ଅଧା ପେଟ ଖାଇ ଗୋରୁ ପରି ଖଟିଛି କକା ଘରେ, ହେଲେ କେବେ ମନକୁ ଆସି ନଥିଲା ଗାଁ ପାରି ହେଇ ବାହାରି ଯିବାକୁ । ହେଲେ ତୋର ଏ କଥା ମତେ ଯେମିତି ଗଳା ଧକା ଦେଇ ସେ ଘରୁ, ସେ ଗାଁରୁ ବାହାର କରିଦେଲା ।

ମୁଁ ଏକମୁହାଁ ହେଇ ଚାଲି ଆସିଲି, ବାସ ଚାଲିଲି......... କେତେ ବେଳେ ରାତି ପାହି ସକାଳ ହେଲା ଜାଣିନି । ହଠାତ୍ ମୋ ବୟସର ବହୁତ ଲୋକ ଦଳ ହେଇ ଚାଲିଛନ୍ତି । ପଚାରିଲି କିଛି କାମ ମିଳିବ କି? ସେମାନେ କହିଲେ ଆରେ ଆମେ ବି ତ କାମ ଲାଗି ଗୁଜୁରାଟର ସୁରତ ଯାଉଛୁ ସୂତାକଳରେ ଯାହାକୁ ଯେତେ କାମ, ମୁଁ ବି ସେମାନଙ୍କ ସହ ଚାଲିଲି । ଟ୍ରେନ୍‌ରେ ବିନା ଟିକେଟରେ ପାଇଖାନା ପାଖେ ସମସ୍ତେ ବସିଗଲୁ । ମୁଁ ସୂତା କଳରେ ଦୁଇଟା ଯାକ ବେଳା କାମ କରୁଥିଲି, ଆଉ ଟଙ୍କା ଯୋଡୁଥିଲି କେବେ ତୋ ଲାଗି ସିଲିକି ଲୁଗା, ରୂପା ପାଉଁଜି ଆଉ ଭଲ ଚୁଡି କିଣି ପାରିବି, ହେଲେ ଘରଭଡା, ଠିକାଦାରର କମିଶନ ପରେ ତୋ ଇଛା ମୁତାବକ ଜିନିଷ ଯୋଗାଡିବାକୁ ତିନିବର୍ଷ ଲାଗିଗଲା ସାବି । ବେଳେ ଖାଇ ଆରବେଳାକର ପଇସା ବି ମୁଁ ସାଇତି ରଖୁଥିଲି ।

ଆଜି ତିନିବର୍ଷରେ ମୁଁ ପ୍ରଥମ ଥର ଗୋଟେ ସ୍ୱପ୍ନ ପୁରା କରିଲି । ତୋ ଲାଗି ଲୁଗା, ରୂପା ପାଉଁଜି, ଚୁଡି ସବୁ କିଣିଲି, ଆଉ ହଁ ତୁ ଯେଉଁଟା ଭୁଲି ଗଲୁ କହିବାକୁ ସାବିତ୍ରୀ ଓଷା ଲାଗି ସିନ୍ଦୁର ଡବାଟିଏ, ସେଟା ବି କିଣିଛି । ମିଲ୍ ମାଲିକ ମୁଁ ତିନିବର୍ଷ ଛୁଟି ନେଇନି ବୋଲି ମୋତେ ପନ୍ଦର ଦିନ ଛୁଟି ଦେଇଛନ୍ତି । ସକାଳୁ ଟ୍ରେନ୍, ସେ ପାଖ ଗାଁର କିଛି ପିଲା ବି ଛୁଟିଯିବେ ବୋଲି ବେସ୍ ଖୁସି, ହେଲେ ସାବି ମୁଁ କିନ୍ତୁ ତତେ ଏ ଚିଠି ଲେଖୁଛି । ତୋର ବରାଦ ମୁତାବକ ସବୁ ପଠାଉଛି ଲୋ, ମୁଁ ତ ମଣିଷ ନୁହେଁ, ମତେ କିଛି ବାଧେନି, ତୁ ଖୁସିରେ ସାବିତ୍ରୀ ବ୍ରତ କରିବୁ ବୋଲି ଏ ସବୁ ଦଉନି, ବ୍ରତ ତ ଆମ୍ଭାର ପୂଜା, ସେଥିଲାଗି ଠାକୁର ଦାମି ଶାଢ଼ୀ, ରକମ ରକମ ଫଳ ଖୋଜି ବେନି, ଖାଲି ମୋ ସାବିତ୍ରୀ ଟିକେ ଖୁସି ହେବ ବୋଲି ପଠାଇଲି । ରହିଲି ସାବି.... ତୋର ମଦନା,

ଚିଠିଟି ପଢୁଥିବା ଲୋକଟି ପଢୁ ପଢୁ ଆଖିରୁ ତା'ର ଲୁହ ଧାର ବୋହି ଚାଲିଥିଲା, ସେ ଡାକୁଥିଲା ଭାଉଜ ଏ ନିଅ ମଦନା ଭାଇର ଚିଠି, ହେଲେ ସାବିତ୍ରୀ ଭାଉଜ ଜରିରୁ ଲୁଗା ପାଉଁଜି ଦେଖୁଥିଲେ, ହାତରେ ସିନ୍ଦୁର ଡବାଟି ଧରି ପଚାରିଲେ କାହିଁ ମଦନାକୁ କ'ଣ ଛୁଟି ମିଳିଲାନି କି? ତିନି ବର୍ଷ ହେଲା ଯାଇଛି ଯେ, ଯାଇଛି ମୁଁ

ମଲି କି ଗଲି ଖବର ନେଲାନି, ଆଉ ରାତି ପାହିଲେ ସାବିତ୍ରୀ ବ୍ରତ, ମୁଁ ତିନି ବରଷ ହେଲା ଓଷା କରିନି, ସେ ଆସିଥିଲେ ଏଥର କରିଥାନ୍ତି..... ସାବିତ୍ରୀର କଥା ଅଧାରୁ କାଟି ସେ ପିଲାଟି କହିଲା ଭାଉଜ, ମଦନା ଭାଇ ସତରେ ବହୁ ଦୂରକୁ ଚାଲି ଯାଇଛି, ଟ୍ରେନ୍‌ରେ ଆମ ସହ ଚଢ଼ିଲା, ତା' ବ୍ୟାଗ ଆଉ ଏ ଚିଠି ମତେ ଦେଇ କହିଲା, ଭାଉଜକୁ ଦେଇ ଦେବୁ, ଆଉ କହିବୁ ସେ ଆଉ ବ୍ରତ କରିବାକୁ ପଡିବନି, ଖାଲି ଦାମି ଶାଢ଼ୀ, ପାଉଁଜି ପିନ୍ଧି ଖୁସି ହେଲେ ମୋର ଏତିନି ବର୍ଷର ଶ୍ରମ ସାର୍ଥକ ହେବ । ଆଉ ଏତିକି କହି ମଦନା ଭାଇ ଚଳନ୍ତା ଟ୍ରେନରୁ ଡେଇଁ ପଡିଲା ଭାଉଜ ।

ଭାଉଜଙ୍କ ହାତରୁ ସିନ୍ଦୁର ଡବାଟା ତଳେ ପଡିଗଲା ଦିନେ ତା ସ୍ୱାମୀ ସେ ଫିଙ୍ଗିଥିବା ଭଙ୍ଗା କାଚ ମାଡି ପାଦରୁ ରକ୍ତ ଝରାଇ ଏ ଘର ଛାଡିଥିଲେ.... ଆଉ ଆଜି ଏ ସିନ୍ଦୁର ଗୁଡା ତଳେ ମାଟିରେ ପଡି ସାବିତ୍ରୀ କୁ ଚାହିଁ ରହିଥିଲେ ।

■

ତୁମେ ବି ମହଙ୍ଗା ହେଲ

କରୋନା ମହାମାରିରେ ମୋ ଏକମାତ୍ର ପୁଅ କବଳିତ ହେଇଥିଲା, କିଛି ବାଟ ପାଇଲିନି, ମାନସିକ କରିଦେଲି ପ୍ରଭୁ ଜଗନ୍ନାଥଙ୍କ ପାଖରେ ମୁଁ ଜାତିରେ ଶବର, ଘର ମୋର କୋରାପୁଟର କୋଟପାଡରେ, ମୋ ଘରଠାରୁ ଶାବର ଶ୍ରୀକ୍ଷେତ୍ର ଜଗନ୍ନାଥ ମନ୍ଦିର ୬୭ କି ୬୮ କିଲୋମିଟର ହେବ । ସରକାରଙ୍କ କଡା ଆଦେଶରେ ଗାଡି ମଟର ସବୁ ଠପ୍ । ମା' ଛେଉଣ୍ଡ ଛୁଆଟା ମୋର, କରୋନାର କୁଆଡେ ଔଷଧ ନାହିଁ । କିନ୍ତୁ ମୋର ବଡ ଡାକ୍ତରଖାନା ଆଉ ବଡ ଡାକ୍ତର ହେଲେ ଜଗତର ନାଥ ଜଗନ୍ନାଥ ।

ଗାଁର ଗୋଟେ ପିଲାକୁ ଅନୁରୋଧ କରି ତା' ମଟରସାଇକେଲରେ ଗଲି କୋରାପୁଟ ଶାବର ଶ୍ରୀକ୍ଷେତ୍ର ମନ୍ଦିର । ମନ୍ଦିରର ଦ୍ୱାରା ତାଲା, ହେଲେ ଜଣେ ପୂଜକ ତାଙ୍କ ଆଡୁ ମୋ ପାଖକୁ ଆସି କହିଲେ, କ'ଣ ଦର୍ଶନ କରିବ କି ? ଆସ....ମୁଁ ଚାଲିଲି ତାଙ୍କ ପଛରେ, ମନେ ମନେ ଭାବୁଥିଲି ପ୍ରଭୁ କେତେ ମହାନ ମୋ ମନ ଜାଣି ବ୍ୟବସ୍ଥା କରିଦେଲ, ପଶ୍ଚିମ ଦ୍ୱାର ପାଖରେ ଗଳା ବାଟ ଦେଇ ନେଇଗଲେ ଭିତରକୁ, ଭିତରେ ମୋ ଭଳି ଆଉ କିଛି ଦିଗହରା ଲୋକ ଶରଣ ପଶିଛନ୍ତି, ମୁଁ ବି ପ୍ରଭୁଙ୍କୁ ଦେଖି ସାଷ୍ଟାଙ୍ଗ ଦଣ୍ଡବତ ଟେ ପକେଇଲି ।

ଉଠିପଡି ପ୍ରଭୁଙ୍କୁ କହିଲି, ମୋ ପୁଅକୁ ସୁସ୍ଥ କରିଦିଅ ପ୍ରଭୁ, ମୁଁ ତ ଗରିବ ମୁଁ ବା କ'ଣ ଅର୍ପଣ କରିବି, ହେଲେ ପୁଅ ଭଲ ହେଇଗଲେ ମୁଁ ଏ ଶାବର ଶ୍ରୀକ୍ଷେତ୍ରରେ କଥା ଦଉଛି, ଶ୍ରୀକ୍ଷେତ୍ର ପୁରୀ ଯାଇ ମୋ ଯଥା ସଖ୍ୟ ପୂଜାଟେ କରିବି, ଆଉ ମହାପ୍ରଭୁଙ୍କ ପାଖେ କୃତଜ୍ଞତା ଜଣାଇବି । ଆଖି ଖୋଲିଲା ବେଳକୁ ମୋ ଦେହରେ ମନରେ ସତେ ଗୋଟେ ଶକ୍ତି ଆସିଯାଇଥିଲା, ସେ ପୂଜକଙ୍କ କହୁଣୀ ଠେସାରେ ତାଙ୍କଆଡେ

ଚାହିଁଲି, ସେ ତୁଳସୀ ଟିକେ ମୋ ହାତକୁ ବଢ଼େଇ ଦେଇ, ବାକି ତକ ଅଂଟାରେ ଖୋସିଲେ ଓ ତା'ପରେ କହିଲେ ହଉ ଦକ୍ଷିଣା ଟା କାଢ଼ । ମୁଁ ଛାତି ପକେଟରୁ ପଚାଶ ଟଙ୍କା କାଢ଼ି କହିଲି, ଭାଇନା ଠାକୁରଙ୍କ ପାଖେ ଦୀପଟେ ଦେଇ ବାକି ଆପଣ ରଖିବେ । ଭାବିଥିଲି ସେ ଖୁସି ହେଇଯିବେ, ହେଲେ ତାଙ୍କ ସେ ହସ ହସ ମୁହଁ ରାଗ ତମ ତମ ହେଇଗଲା । କହିଲେ କ'ଣ ଦୟା କରୁଛକି ? ଶହେ କାଢ଼ ଆଉ ଜଲଦି ଏଠୁ ବିଦା ହୁଅ । ମୁଁ ପ୍ୟାଣ୍ଟ ପକେଟ ଅଣ୍ଡାଳି ଆଉ କୋଡିଏଟି ଟଙ୍କା ଦେଇ କହିଲି, ନନା ଆଉ ଗୋଟେ ଟଙ୍କା ବି ନାହିଁ । ଭାବିଥିଲି ଫେରିଲାବେଳେ ପୁଅ ଲାଗି ସେଓ... ଚୁପ୍ କର କହି ସେ ମୋତେ ଗଳା ଧକ୍କା ଦେବା ପରି ବାହାରକୁ ପେଲି ଦେଲେ । ତଥାପି ପ୍ରଭୁଙ୍କ ଭଲ ଦର୍ଶନଟେ ପାଇ ଆତ୍ମ ସନ୍ତୋଷରେ ମନେ ମନେ କହିଲି ପ୍ରଭୁ ୟାଙ୍କୁ କ୍ଷମା କରିବେ ।

ଗାଁ ପିଲାଟି ସେମିତି ତା' ବାଇକ୍ ପାଖେ ଗଛ ତଳେ ଠିଆ ହେଇଥିଲା, ମତେ ଦେଖୁ ଦେଖୁ ଗାଡି ଷ୍ଟାର୍ଟ କଲା, କହିଲା ମଉସା ମୁଁ ଏ ଆଖ ପାଖ ଦେଖୁଥିଲି କିଛି ବି ଦୋକାନ ଖୋଲା ନାହିଁ, ନ ହେଲେ ଟିକେ ଜଳଖିଆ ଖାଇ ଯାଇଥାନ୍ତେ ।

ମୁଁ ମନେ ମନେ ହିସାବ କରୁଥିଲି ପକେଟରେ ସର୍ବ ମୋଟ ୧୭୫ ଟଙ୍କା ଥିଲା । ଆସିଲା ବେଳେ ତା' ବାଇକ୍‌ରେ ଶହେ ଟଙ୍କାର ତେଲ ପକେଇ ବାକି ପଂଚସ୍ତରୀ ଟଙ୍କା ଧରି ମନ୍ଦିର ଆସିଥିଲି, ଏବେ ପକେଟରେ ବାସ୍ ପାଂଚ ଟଙ୍କାର ଗୋଟେ କଏନ୍ । ପ୍ରଭୁଙ୍କୁ ଡାକି ଚାଲିଥାଏ ରାସ୍ତାରେ ବି କିଛି ଦୋକାନ ଖୋଲା ନଥାଉ । ଆଉ ମହାପ୍ରଭୁ ମୋ ଡାକ ଶୁଣି ସେମିତି ହିଁ କଲେ, ଠିକ୍ ଗାଁ ପାଖ ହେଇଛୁ, ପୁଅଟି କହିଲା ମଉସା, ଏଇଠି କ୍ୟାବିନ୍‌ଟେ ଖୋଲା ଅଛି ମୁଁ ଗୋଟେ ଗୁଟ୍‌କା ପାଟିରେ ପକେଇ ଦିଏଁ, ଏତେ ବାଟ ଗାଡି ଚଲେଇ ବ୍ୟସ୍ତ ଲାଗିଲାଣି, ମୁଁ ସତେକି ସିଂହର ବଳ ପାଇଗଲି, କହିଲି ତୁ ଏଇଠି ଥା ପୁଅ ମୁଁ ତୋ ଲାଗି ଆଣି ଦଉଛି, ଦୋକାନୀକୁ ପାଂଚ ଟଙ୍କା କଏନଟା ବଢ଼େଇ ବଡ ଦର୍ପରେ କହିଲି ବାବୁରେ ଗୋଟେ ଗୁଟ୍‌କା ଦେଲୁ.... ମନେ ମନେ କହୁଥିଲି ସବୁ ଲିଳାମୟଙ୍କ ଇଛା ।

ସେ ମୋ ମହତ ରଖିଦେଲେ, ଦୋକାନୀ ପଚାରିଲା କୋଉ ଗୁଟ୍‌କା ମଉସା... ତୁଳସୀ ? ଧୀରେ ମୁଣ୍ଡ ହଲେଇ, ମୋ ଛାତି ପକେଟ୍‌ରେ ଜଗନ୍ନାଥଙ୍କ ପାଖରୁ ଆଣିଥିବା ଛଡା ତୁଳସୀଟାରେ ହାତ ବୁଲେଇ ଭାବିଲି ଧନ୍ୟ ହେ ପ୍ରଭୁ କାହିଁ ତମ ଅମୁଲ ମୁଲ ତୁଳସୀ ଆଉ କାହିଁ ଏ ମାଲ ମାଲ ଟଙ୍ଗା ହେଇଥିବା ଜହର ତୁଳସୀ ।

ଘରେ ପହଞ୍ଚି ପୁଅ ପାଟିରେ ପ୍ରଭୁଙ୍କ ତୁଳସୀ ଦେଇ କହିଲି ଦେଖ ରେ ଧନ ଏଥର ତୁ ଜଲଦି ଠିକ୍ ହେଇଯିବୁ । ପ୍ରଭୁକୃପାରେ ମୋ ପୁଅ ବି ପୁରା ଠିକ୍ ହେଇଗଲା ।

ମାସ ଗୋଟାଏରେ ସେ କାମ ଦାମ ବି କରିବାକୁ ଲାଗିଲା । ମନେ ମନେ ସବୁ ଘଡି ମହାପ୍ରଭୁଙ୍କୁ ଧନ୍ୟବାଦ ଦେଉଥାଏ ।

ପ୍ରଭୁ ଯେ ମୋ କଥା ରଖିଲେ, ମୁଁ ଜମା କୃତଘ୍ନ ହେବିନି, ଏମିତି ଏମିତି ଗୋଟେ ମାସ ହେଲା, ଟଙ୍କା ପନ୍ଦର ଶହ ଯୋଡି ବାହାରିଲି ଶ୍ରୀକ୍ଷେତ୍ର ପୁରୀ, ମହାବାହୁଙ୍କୁ ଟିକେ ଦର୍ଶନ କରି ମୋ ପୁଅର ଜୀବନ ରକ୍ଷା ଲାଗି ଧନ୍ୟବାଦ ଜଣାଇ ଆସିବି । ବେଶୀ ତ ଟଙ୍କା ନଥିଲା ତ ଗାଁ ପିଲା କୋରାପୁଟ ଟାଉନ୍ ଯାଉଥିଲା ତା ବାଇକ୍‌ରେ ମାଗଣା ଚାଲି ଆସିଲି । ସାଥିରେ ବେଗ୍ ଟେ, ପାଣି ବୋତଲଟେ, ଆଉ ଘର ଅଗଣାରୁ ତୋଳିଥିବା ତୁଳସୀ ମେଂଚେ ।

ବସ୍ ପାଖରେ ପହଂଚିଲି, କଣ୍ଡକ୍ଟର ପଚାରିଲେ ମଉସା କୁଆଡେ । ବଡ ଆନନ୍ଦରେ କହିଲି ବାପାରେ ବସ୍‌ର ଶେଷ ଷ୍ଟପେଜ୍ ଯିବି । ଓଃ ପୁରୀ ? ହଉ ସାତ ଶହ ଟଙ୍କା କାଢ଼ । ସାତ ଶହ ? ପକେଟ୍‌ରେ ହାତ ରଖି ହିସାବ କଲି ଯିବା ଆସିବା ତ ଚଉଦ ଶହ ହେଇଯିବ, ରାତି ବସ୍, ପୁଣି ମନ୍ଦିର ପୂଜା ଆଉ ରାତି ଯାଏଁ ପୁରୀ ସହରରେ ରହିବାକୁ ହବ, କହିଲି ବାପାରେ ମୁଁ ଗରୀବ ଲୋକ ଏତେ ଟଙ୍କା ଦେଇପାରିବିନି, ଟଙ୍କା ଦୁଇଶହ ହେଲେ ହୁଅନ୍ତାନି ? କଣ୍ଡକ୍ଟରଟି ଯମା ରାଗିଲାନି, କହିଲା ମଉସା ହେ ସେ ରାସ୍ତା ଆରପଟେ ଟାଉନ ବସ୍ ମିଳିଯିବ, ସେଥିରେ ଦଶ ଟଙ୍କା ଦେଇ ଷ୍ଟେସନ ପଳା, ଟ୍ରେନ୍‌ରେ ମାଗଣାରେ ଭୁବନେଶ୍ୱରରେ ଓହ୍ଲେଇ ଲୋକାଲ ଟ୍ରେନ୍‌ରେ ପୁରୀ । ତମ ଦୁଇଶହ ବି ଖର୍ଚ୍ଚ ହେବନି । ମନେ ମନେ ଭାବିଲି ଏ ସବୁ ଲିଳାମୟଙ୍କର ଲୀଳା, ସେ ହିଁ ବାଟ ଦେଖାଉଛନ୍ତି ।

ବସ୍ ଚଢ଼ି ଷ୍ଟେସନ ଗଲି, ଆଉ ଅଧଘଂଟା ଅପେକ୍ଷାରେ ହିଁ ଟ୍ରେନ ବି ଆସିଗଲା । ଗୋଟେ ବଗିରେ ଚଢ଼ିଲି ଟ୍ରେନ୍ ଚାଲିଲା କି ନାହିଁ କଳା କୋଟ ପିନ୍ଧା ଟି.ଟି. ଆସିଗଲେ, ଟିକେଟ୍ ଦେଖା ମଉସା, କୁଆଡେ ଯିବ ? ମୁଁ ଡରି ଡରି କହିଲି ଆଜ୍ଞା ଟିକେଟ୍ କରିନି, ଟ୍ରେନ୍ ଆସିଗଲା ତ ଚଢ଼ିଗଲି, ପୁରୀକୁ ଯିବି, ହେଇ ଦେଖୁନ ତୁଳସୀ ନେଇ ଯାଉଛି କହି ବ୍ୟାଗଟି ଦେଖେଇଲି । ସେ ଟି.ଟି. ବି ଯେମିତି ମୋ ପ୍ରଭୁଙ୍କ କଥା ବୁଝିପାରି କହିଲେ ମଉସା ଏଟା ରିଜର୍ଭ ବଗି, ଆଗ ଷ୍ଟେସନରେ ଓହ୍ଲେଇ ଜେନେରାଲ ବଗିକୁ ପଳେଇବ, ହଉ ଟଙ୍କା ପଚାଶଟା ଦିଅ । ମୁଁ ବଡ ଖୁସିରେ ପଚାଶ ଟଙ୍କା ଦେଇ ପୁଣି ମୋ ପ୍ରଭୁଙ୍କୁ ଧନ୍ୟବାଦ ଦେଲି କି ମୋ ପକେଟ ଅନୁଯାୟୀ ସେ ବାଟ କରି ଦଉଛନ୍ତି ।

ପରେ ଷ୍ଟେସନରେ ଦଉଡି କି ଜେନେରାଲ ବଗିରେ ଚଢ଼ିଲି, ରାତି ଅଧା ବଗି ସାରା ତଳ ଉପର ଲୋକ ଶୋଇଛନ୍ତି । କ'ଣ କରିବି... ପାଇଖାନା ପାଖେ

ବସିବିନି ପ୍ରଭୁଙ୍କ ତୁଳସୀ ଯେ ଧରିଛି । କଷ୍ଟେ ମଷ୍ଟେ ଜାଗା ଟିକେ କରି ଗେଞ୍ଜିହେଇ ଜଣଙ୍କ ଗୋଡ ତଳେ ବସିଲି । ଭାବିଲି ହଉ ପ୍ରଭୁଙ୍କୁ କାଲି ଦର୍ଶନଟେ ହେଇଗଲେ ସବୁ କଷ୍ଟ ଲାଘବ ହେଇଯିବ । ଟ୍ରେନ୍ ଯାଇ ପୁରୀରେ ପହଂଚିଲା ବେଳକୁ ଦିନ ନଅଟା । ଓହ୍ଲେଇ ପଡି ଷ୍ଟେସନରୁ ଶ୍ରୀମନ୍ଦିର କେତେ ଦୂର ପଚାରିଛି କି ଅଟୋବାଲାଟିଏ ହାତ ଧରି ମଉସା ଆସ, ମୋର ବାସ୍ ଗୋଟେ ସିଟ୍ ଫାଙ୍କା, ମୁଁ ବି ଯାଇ ବସିଗଲି । ଆରେ ଏ ଲୋକ ତ କ'ଣ ଦଶ ହାତରେ ନେଇ ଛାଡି ଦେଲା, କହିଲା କୋଡିଏ ଟଙ୍କା । ମୁଁ କହିଲି କିହୋ ମୁଁ କୋରାପୁଟରୁ ପଚାଶ ଟଙ୍କାରେ ଆସିଲି ଆଉ ତମେ ଏ ଦଶ ହାତ ରାସ୍ତା ଲାଗି କୋଡିଏ ? ତା'ର ନାଲି ଆଖି ଦେଖି ଚୁପ୍ ଚାପ୍ କୋଡିଏ କାଢ଼ିଲି ।

ମୋ ସହଯାତ୍ରୀ ଜଣଙ୍କୁ ପଚାରିଲି ଆଜ୍ଞା କଉଠି ଟିକେ ଗାଧୋଇ ହେବ କି ? ଅଗାଧୁଆ ପ୍ରଭୁଙ୍କ ପାଖକୁ କେମିତି ଯିବି ? ସେ ହାତ ଦେଖେଇ କହିଲେ ସେଇଠି ପରା ସୁଲଭ ଶୌଚାଳୟ । ମୁଁ ପୁଣି ଏ ଲିଳାମୟଙ୍କ ଇଛା କହି ଖୁସିରେ ବଢ଼ିଲି । ଜଣେ ମହିଳା ଟେବୁଲ ଟେ ପକେଇ ବସିଥିଲେ । କହିଲେ କ'ଣ ପସି ଆସୁଛ, ଆଜ୍ଞା ଟିକେ ଗାଧୋଇ ମହାପ୍ରଭୁ ଦର୍ଶନ ଲାଗିଯିବି । ସେ ମହିଳା କହିଲେ କୋଡିଏ ଟଙ୍କା ଦିଅ । ଲିଳାମୟଙ୍କ ଇଛା କହି ବିନା ପ୍ରତିବାଦରେ ଟଙ୍କା ପୈଠ କରି ନିତ୍ୟକର୍ମ ସାରି ଚାଲିଲି ଶ୍ରୀମନ୍ଦିର, ହେଇ ନୀଳଚକ୍ର ଦିଶିଲାଣି, ଦଣ୍ଡେ ଠିଆ ହେଇ ଦେଖିଲି, ପତିତପାବନ ବାନାକୁ, ଦେହରେ ଶିହରଣ ଖେଳି ଯାଉଥିଲା ମୋର, ଆଖିରେ ଆତ୍ମସନ୍ତୋଷର ଲୁହ ।

ବଢ଼ିଚାଲିଲି ସିଂହଦ୍ୱାର ଆଡେ, ଅରୁଣ ସ୍ତମ୍ଭ ପାଖେ ପହଂଚିଲା ଯାଏଁ ବିଶ୍ୱାସ ହେଉନଥିଲା ମୁଁ ସତରେ କାଳିଆ ଡାକପାଇ ଆସିପାରିଛି । କୋଭିଡ୍ କଟକଣା ଯୋଗୁ ବିଶେଷ ଗହଳି ନଥିଲା, ମୁଁ ସିଂହଦ୍ୱାରରେ ପାଦ ରଖିଛି କି ପୋଲିସ୍ ଭାଇ କହିଲେ କୋଭିଡ୍ ଟିକା ନେଇଛ ? ତା' ପ୍ରମାଣ ଆଉ ଆଧାର କାର୍ଡ ଦେଖାଅ । ଏଁ ମୁଁ ପ୍ରଭୁଙ୍କୁ ଦର୍ଶନ କରିବି, ସେ ତ ବିଶ୍ୱର ଠାକୁର, ତାଙ୍କ ଦର୍ଶନ ଲାଗି ଆଧାର ? ବହୁ ନେହୁରା ହେଲି ହେଲେ ସେ ନଛୋଡ ବନ୍ଧା, ଟିକେ କଡକୁ ଠେଲିଦେଲେ । ମୁଁ ସେଇଠୁ ବାଇଶି ପାହାଚ ଆଡେ ଚାହିଁ ଅଭିମାନ କରି ମନେ ମନେ କାନ୍ଦୁଥିଲି, ପ୍ରଭୁ ତୁମେ ସେଇ ଯିଏ ଦାସିଆ ବାଉରି ହାତରୁ ନଡିଆ ନେଇଥିଲ ? ତୁମେ ସେଇ ଯିଏ ଭକ୍ତ ସାଲବେଗ ଲାଗି ରଥରେ ଅଡି ବସିଥିଲ ? ଆଉ ଏ ଦୁନିଆ ବଦଳିଲା ଭଳି ତୁମେ ବି କ'ଣ ବଦଳି ଗଲ ପ୍ରଭୁ ?

ମୋ ଭାବନାରେ ପୂର୍ଣ୍ଣଛେଦ ପଡିଲା ଭଳି ଦଳେ ଭକ୍ତ ବୋଧ ହୁଏ

କଲିକତା ଭାଷାରେ କଥା ହଉଥିଲେ, ମୋ ଆଗ ଦେଇ ପସୁଥିଲେ, ତାଙ୍କ ସହ ଜଣେ ଟାଣୁଆ ସେବାୟତ, ସେମାନେ ଅବାଧ ପ୍ରବେଶ କରୁଥିଲେ ଆଉ ମୁଁ ବି ତାଙ୍କ ଦଳରେ ସାମିଲ ହୋଇ ଚାଲି ଗଲି ଶ୍ରୀମନ୍ଦିର ଭିତରକୁ, ପଣି ଅନୁଭବ କଲି ଏତ ମୋ ଲିଳାମୟଙ୍କ ଇଛା । ବାଇଶି ପାହାଚ ଟପିଲା ବେଳକୁ ଜଣେ ସେବାୟତ କହିଲେ ଆସ ଭଲ ଦର୍ଶନଟେ କରେଇ ଦେବି, କଉଠୁ ଆଇଛ ? କୋରାପୁଟ ଶୁଣି ସେ ବହୁତ ଆଦରେ ମୋ ହାତରୁ ତୁଳସୀ ତକ ନେଇ, ମୋ ପଛରେ ଆସ କହି ଚାଲିଲେ, ଠିଆ କଲେ ଗୋଟେ ଭୋଗ ଦୋକାନ ପାଖେ, ପଚାରିଲେ କ'ଣ ମାନସିକ ଅଛି ନା' ଦର୍ଶନ ଲାଗି ଆଇଚ ? ମୁଁ ଖୁବ୍ ଗର୍ବରେ କହିଲି, ପ୍ରଭୁ ମୋ ଇଛା ପୁରଣ କରିଛନ୍ତି ତ, କୃତଜ୍ଞତା ଜଣାଇବାକୁ ଆସିଛି । ସେ ଭୋଗ ଦେକାନୀକୁ ବରାଦ କରି ଚାଲିଲେ, ଆଉ ତାଳପତ୍ର ଭୋଗେଇରେ ଭୋଗ ସାମଗ୍ରୀ ଧରି କହିଲେ ତିନିଶହ ଟଙ୍କା ଦିଅ, ମୁଁ ବି ବିନା ଦ୍ୱନ୍ଦରେ ଦେଇ, ଜଗା ଦର୍ଶନ ଲାଗି ଦୌଡ଼ିଲି, ଭିତରେ ପଶିଛି କି ଚତୁର୍ଦ୍ଧା ମୂର୍ତ୍ତି ଦେଖି ଗରୁଡ ସ୍ତମ୍ଭ ପାଖରୁ ବାସ୍ ସେଇ ଚକା ଆଖିକୁ ଅପଲକ ନୟନରେ ଚାହିଁ ରହିଲି । ସେ ଭାଇନା ଭିତର ବେଢ଼ା ଆଡେ ଯାଇ ଭୋଗ ପୁଡିଆଟା ଠାକୁରଙ୍କୁ ଦେଖାଇ, ପ୍ରଭୁଙ୍କୁ ତୁଳସୀ ତକ ଅର୍ପଣ କରିଲେ, ମୁଁ ମନଭରି ପ୍ରଭୁଙ୍କୁ ଦେଖୁଥାଏ । ସେ ଫେରି ଆସି ଭୋଗ ଧରେଇ ଦେଇ କହିଲେ ହଉ ଦକ୍ଷିଣା ଏ ଥାଳିରେ ଦିଅ, ମୁଁ ମୁକ୍ତ ହସ୍ତରେ ଶହେ ଟଙ୍କା କାଢ଼ି ଥାଳିରେ ରଖିଲି, ଭିତରେ ଠିଆ ହୋଇଥିବା ନନା ମତେ ଟିକେ ତୁଳସୀ ବଢ଼ାଇ ଦେଲେ । ବୁଲି ପଡିଲା ବେଳକୁ ସେ ଭାଇନା କହିଲେ ମୋ ଦକ୍ଷିଣାଟା ଦିଅ, ମୁଁ ପରା ଦେଲି, ପୁଣି କ'ଣ ? ହଉ ଏତେ ଭଲ ଦର୍ଶନଟେ ହେଇଛି ଖୁସିରେ ପଚାଶ ଟଙ୍କା ଦେଲି, ସେ ଭାଇନା କହିଲେ କ'ଣ ମଣି ଥଟ୍ଟା କରୁଛ କି ? ଏ ମହଙ୍ଗା ଯୁଗରେ ପଚାଶ ? ଦୁଇଶହ ଦିଅ ଦେଖ ଆମକୁ ଅଶାନ୍ତି କଲେ ଜଗା ବି ଅଶାନ୍ତି ହେବେ । ମୁଁ କାକୁତି ହେଇ ଶହେ ଟଙ୍କା ଦେଇ ହାତ ଧରିପକାଇ କହିଲି ଆଜ୍ଞା ମୁଁ ଗରିବ କୁଆଡୁ ଦେବି ? ହଉ ହଉ ତେମେ ତ ଦୂରରୁ ଆଇଚ, ଅବଢ଼ା ଖାଇବ ନିଶ୍ଚୟ, ନହେଲେ ତମ ମାନସିକ ଅଧୁରା, ମୁଁ ବ୍ରାହ୍ମଣ ମତେ ଖୋଇଦେଲେ ତମ ପ୍ରଭୁ ବି ପାଇଯିବେ । ମୁଁ ବେଶ୍ ଖୁସି ହେଇ ରାଜି ହେଲି, ପ୍ରଭୁ ସତରେ ତମେ ମହାନ । ଅବଢ଼ା କଥା ତ ମୁଁ ଭାବି ନଥିଲି । ମତେ ମନ୍ଦିର ବୁଲିବାକୁ କହି ଠିକ୍ ଦୁଇଟାରେ ଏଇ ଆନନ୍ଦ ବଜାରରେ ପହଂଚିବାକୁ କହି ସେ ଭାଇନା, ଅନ୍ୟ ଭକ୍ତଙ୍କ ଆଡେ ଚାଲିଲେ ।

ମୁଁ ରାତି ଠାରୁ କିଛି ଖାଇନଥିଲି, ମନ୍ଦିର ବୁଲି ଗୋଟେ କୋଣରେ ବସି ସୁଖିଲା ଭୋଗ ଟିକେ ଖାଇଲି, ଆଉ ଦୁଇଟା ବାଜିବାର ଅପେକ୍ଷାରେ ବସି ରହିଲି ।

ଠିକ୍ ଦୁଇଟାରେ ସେ ଭାଇନା ଆସିଗଲେ । ଏବେ ମହାପ୍ରସାଦ ପାଇବା ମହା ଆନନ୍ଦ ମୁଁ ଅନୁଭବ କରୁଥାଏ । ମନେ ମନେ ଭାବିଲି ଛୋଟ କୁଡୁଆ ଖେଚୁଡିଟେ ପୁଅ ଲାଗି ନେବି । ସେ ଭାଇନା ଦୁଇଟା କଦଳୀ ପତ୍ର ଆଣି ଗୋଟେ ଜାଗାରେ ପକାଇ ବସିଲେ, ଆହା କି ଆନନ୍ଦ ଏ ଆନନ୍ଦ ବଜାର ମହକରେ.... ବିନା ଡାକରାରେ ଗୋଟେ ପରେ ଗୋଟେ ଅନ୍ନ, ଡାଲି, ବେସର, ଶାଗ, ଲୁଣ ସବୁ ଆଣି ପିଲାଟିଏ ବାଢ଼ିଦେଇ ଗଲା । ଭାଇନା ଟିକେ ଅଧିକ ଖାଆନ୍ତି ବୋଧେ, ହଉ ଖାଆନ୍ତୁ ମୋ ମହାପ୍ରଭୁ ଯେ ଖୁସି ହେବେ, ସରିଲା ପରେ ଭାଇନା ଗୋଟେ ଦୋକାନକୁ ଦେଖେଇ କହିଲେ ଏଇଠି ଟଙ୍କା ଦେଇଦେବ, ମୁଁ ଆଉଛି ।

କେତେ ହେଲା କି? ସାତ ଶହ ପଚାଶ ଦିଅ, ମୋ ମୁଣ୍ଡ ଝାଏଁ କିନା ହେଇଗଲା । ଏତେ କ'ଣ ପାଇଁ ଆଜ୍ଞା ? ସେ କହିଲେ କ'ଣ ମହଙ୍ଗା ହେଲାଣି ସବୁ ବୋଲି ଜାଣିନା କି? ମୁଁ କହିଲି ପିଲାଦିନେ ବାପା ସହ ଆସିଥିଲି ଦଶ ଟଙ୍କାରେ ପେଟେ । ହେ ଚୁପ୍ କର, ଟଙ୍କା ଦିଅ ଆଉ ହଟ୍ ଏଠୁ । କିଛି ଉପାୟ ନାହିଁ ଟଙ୍କା କାଢ଼ି ଦେଲି । ମହାପ୍ରଭୁଙ୍କ ନୀଳଚକ୍ରକୁ ଦେଖି ବାଇଶି ପାହାଚରେ ବସି ମୁଣ୍ଡିଆଟେ ମାରିଲି, ଆଉ ବାହାରି ଆସିଲି ।

ବାହାରେ ଭିକାରୀମାନେ ଯେମିତି ଅପେକ୍ଷାରେ ଥିଲେ, ଏକ ସଙ୍ଗେ ଡାକ ଦେଲେ ବାବୁ ଦୟା ହଉ । କିଛି ଖାଇନୁ ସକାଳୁ କିଛି ଦିଅ, ମୁଁ ସୁଖିଲା ଭୋଗ ପେଡି ଖୋଲି ଗୋଟେ ଖଜା ବଢ଼େଇଲି, ସେ କିନ୍ତୁ ଅର୍ଥ ଚାହୁଁଥିଲେ । ପାଂଚ ଟଙ୍କାଟେ ଦେଲି, ସେ ଫେରେଇ ଦେଇ କହିଲେ ନେଇ ଯା ହେ ବାବୁ, ଜୋତା ଷ୍ଟାଣ୍ଡରେ ୧୦ଟଙ୍କା ଦଉଛ ଆଉ ଆମକୁ ୫ ଟଙ୍କା । ମନେ ପଡିଲା ଆରେ ମୋ ଜୋତା ହଳକ ତ ମୁଁ ଏମିତି ରାସ୍ତାରେ ଛାଡି ଯାଇଥିଲି, କାହିଁ ଦିଶୁନି ତ! ଏ ତ ମହାପ୍ରଭୁଙ୍କ ଜାଗା ଏଠି କ'ଣ କିଛି ଚୋରି ହୁଏ, ଖୋଜିଲି ଚାରି ଆଡେ ହେଲେ ପାଇଲିନି, ଛାଡ ଖାଲି ପାଦରେ ଷ୍ଟେସନ ଆଡେ ଯାଏ, ରିକ୍ସା କରିବାକୁ ଆଉ ଟଙ୍କା ଖର୍ଚ୍ଚ କରିପାରିବିନି, ଟ୍ରେନ୍‌ରେ ପୁଣି ଦେବାକୁ ଅଛି, ଲୋକ ଗହଳି ବିଶେଷ ନଥିଲା, ଖରା ସହ ସୁଲୁ ସୁଲିଆ ପବନରେ ମୁଁ ଷ୍ଟେସନରେ ପହଂଚି ଗଲି ।

ଗୋଟେ ବେଂଚରେ ବସି ଚା ବାଲାକୁ ପଚାରି ଭୁବନେଶ୍ୱର ଲୋକାଲରେ ଯାଇ ସେଠାରୁ କୋରାପୁଟ ଯାଇ ହେବ ବୁଝିନେଲି । କିଛି ସମୟ ପରେ ଟ୍ରେନ୍‌ରେ ଚଢ଼ିଲି, ଟିକେ ଭିଡ ଥିଲା । ସେଇଥିରେ ଭୁବନେଶ୍ୱର ପହଂଚିଲି । ଏଥର ଟିକେଟ କରି ଯିବି, ଆଉ ଗୋଟେ ରାତି ଅନିଦ୍ରା ରହିବା କଷ୍ଟକର ପକେଟ୍‌ରେ ଯେତିକି ଅଛି ସେଥିରେ ହେଇଯିବ, ଆରେ ଏ କ'ଣ ମୋ ପକେଟ୍‌ରେ ଯେ କିଛି ବି ନାହିଁ, ପଛ

ପକେଟ୍‌ରେ ଯାହା ଶହେ-ଦୁଇ ଶହ ଥିଲା ସେ ବି ନାହିଁ, ବାସ୍ ଛାତି ପକେଟ୍‌ରେ ପ୍ରଭୁଙ୍କ ତୁଳସୀ ଟିକେ ! ପ୍ରସ୍ତୁତ ହେଲି ପୁଣି ଜେନେରାଲ ବଗିରେ ଚଢ଼ି ଆଉ ଗୋଟେ ରାତି ଅନିଦ୍ରା ହେବା ଲାଗି । ରାତିରେ ଟ୍ରେନ୍‌ରେ ବସିଲା ପରେ, ଭୋକ ଅନୁଭବ କରୁଥିଲି, ହେଲେ ଆଉ ସୁଖିଲା ଭୋଗ ବି ଖାଇ ହେବନି, ପୁଅଟା ଚାହିଁ ଥିବ, ସାଇ ପଡିଶା ବି ବରାଦ କରିଥିଲେ ଭୋଗ ଟିକେ ଆଣିବ । ଚୁପ୍ ଚାପ୍ ଛାତି ପକେଟରେ ହାତ ରଖି, ସେ ଚକାଡୋଳାକୁ ମନେ ପକଉଥିଲି ଆଉ ପଚାରୁଥିଲି ଭଗବାନ ତୁମେ ବି ମହଙ୍ଗା ହେଲ ??....... ।

■

କିନ୍ନର

ଆଖି ଆଗରେ କେତେ ଟ୍ରେନ ଗୋଟେ ପରେ ଗୋଟେ ଚାଲିଥିଲେ, ଆଉ ମୁଁ ରେଳ ଧାରଣା କଡ ଅନ୍ଧାରରେ ବସି ଭାବୁଥିଲି କି ମତେ ବି ଭଗବାନ ଏମିତି ଟ୍ରେନଟିଏ କରିଦେଲେନି, ମୁଁ ବି କାହାକୁ ଅପେକ୍ଷା ନ କରି ବାସ୍ ବଢ଼ି ଚାଲିଥାନ୍ତି ମୋ ଲକ୍ଷ୍ୟସ୍ଥଳକୁ ।

ହେଲେ ମତେ ତ ଏଇ ଅନ୍ଧାରରେ ଖରା, ବର୍ଷା, କୋଇଲା ଗୁଣ୍ଡ, ଧୂଳିରେ ଲେସି ହେଇ ଜଡ ଗଛଟେ ଭଳି କରିଦେଲେ, ମୋ ଭାଗ୍ୟରେ ବାସ୍ ଏ ମଣିଷ ମାନଙ୍କ ଠାରୁ କଟୁ କଥା, ଅଭଦ୍ର ବ୍ୟବହାର ଓ ଦୟାରେ ଚଳିବା ଲେଖା ।

ମନେ ନ ପକାଇବାକୁ ଯେତେ ଚେଷ୍ଟା କଲେବି, ଦିନ ସାରା ଏ ଭୁବନେଶ୍ୱରର ବିଭିନ୍ନ ଟ୍ରେନ୍‌ରେ ଖରା, ବର୍ଷାରେ ତାଳି ମାରି ହାତ ପତାଇ, ଲୋକଙ୍କ ଛି ଛାକର ବ୍ୟବହାରରେ ଅଣନିଶ୍ୱାସୀ ହେଲେ, ଏଇଠି ସତ୍ୟନଗର ରେଳଧାରଣା କଡ ଜରି ପାଲ ଟଣା ଆମ ବସ୍ତିରୁ ଦୂର ଅନ୍ଧାରରେ ବସିଲେ ଆଖି ଆଗରେ ଗୋଟି ଗୋଟି କଥା ଭାସି ଚାଲେ, ମୋର ତିନିଟା ଅପା, ତା'ପରେ ମୁଁ ପୁଅ ହେଇ ଜନ୍ମ ହେଇଥିଲି ବୋଲି ମୋ ବାପା-ମା କୁଆଡେ ବହୁତ ଖୁସି ହେଇଥିଲେ, ଆଉ ଆଦରରେ ନା ଦେଇଥିଲେ କୃଷ୍ଣ ଚନ୍ଦ୍ର । ମୋର ଟିକେ ହେତୁ ହେଲା ପରେ ଅପା ମାନେ ଅଭିମାନ କରୁଥିଲେ କି ତୁ ଜନ୍ମ ହେଲା ପରେ ଆମେ ତିନି ଝିଅ ବାପା-ମା ଲାଗି ବୋଝ ହେଇଗଲୁ । ମୁଁ ବି ଘରେ ରଜା ଭଳି ଚଳୁଥିଲି, ମତେ ଅପାମାନଙ୍କ ଭଳି ଟିକିଲି, ନେଲ୍‌ପଲିସି ଲଗାଇବାକୁ ବହୁତ ଭଲ ଲାଗୁଥିଲା । ମା' ବି କିଛି କହୁନଥିଲା, ଅପାମାନେ ବି ଖୁସି ହଉଥିଲେ । ସ୍କୁଲ ଯିବା ବୟସ ହେଲା ପରେ ବି ମୋର ଏ ଅଭ୍ୟାସ ଛାଡି ନଥିଲା, ମୋର ଝିଅ ପିଲାଙ୍କ ସହ ସାଙ୍ଗ ହେବା, ତାଙ୍କ ଭଳି କଥା ହେବା କେହି କେବେ ବିରୋଧ କରୁନଥିଲେ ।

ହେଲେ ମୁଁ ଯେତେ ଯେତେ ବଡ ହେଲି ଝିଅମାନେ ଆଉ ମୋ ସହ ସାଙ୍ଗ ହେଲେନି, ପୁଅମାନେ ମୋର ଥଟ୍ଟା କଲେ । ମୁଁ ଘରେ ଆସି ଅପାମାନଙ୍କୁ କହିଲେ ସେମାନେ ବି ହସନ୍ତି ମୋ ଉପରେ । ମୁଁ ଅପାର ଡ୍ରେସ୍ ପିନ୍ଧିବାକୁ ଜିଦ୍ କଲେ ମା' ବି ତାଗିଦ୍ କରିବା ଆରମ୍ଭ କଲେ ।

ହେଲେ ମୋ ହାତରେ କିଛି ନଥିଲା ଯେମିତି । ମୁଁ ନିଜକୁ ରୋକି ହିଁ ପାରୁନଥିଲି । ଧୀରେ ଧୀରେ ମୋତେ ବନ୍ଧୁ ବାନ୍ଧବଙ୍କ ଘରକୁ ଯିବା ବି ଭଲ ଲାଗିଲାନି, ଏମିତି ଏମିତି ୧୨ ବର୍ଷ ବେଳକୁ ଗୋଟେ ବାହା ଭୋଜି ଲାଗି ବାପା ସମସ୍ତଙ୍କୁ ରେଡି ହେବାକୁ କହିଥିଲେ । ବାପା ମୋର ସବୁ ଇଚ୍ଛା ପୁରା କରୁଥିଲେ, ମା' ବି ମୋ କୃଷ୍ଣ କୃଷ୍ଣ ବୋଲି କୋଳେଇ ଧରୁଥିଲା । ହେଲେ ସେ ସନ୍ଧ୍ୟା ମୋ ଜୀବନର ଗତିପଥ ବଦଳାଇ ବାର ସନ୍ଧ୍ୟା ଥିଲା । ସମସ୍ତେ ରେଡି ହୋଇ ଡ୍ରଇଁ ରୁମ୍‌କୁ ଆସି ସାରିଥିଲେ, ମୁଁ ବି ସାନ ଅପାର ଖୁବ୍ ସୁନ୍ଦର ଗୋଲାପି ଫ୍ରକ ସହ ଗୋଲାପି ଚୁଡି, ଟିକିଲି ଆଉ ଓଠରେ ହାଲ୍‌କା ଲିପିଷ୍ଟିକ୍ ଲଗାଇ ଆସିଥିଲି, ଆଜି ମୋତେ ଦେଖି କେହି ହସିଲେନି, ମୁଁ ଭାବିଲି ବୋଧେ ମୁଁ ବହୁତ ସୁନ୍ଦର ଦିଶୁଛି, କିନ୍ତୁ ବାପାଙ୍କ ଶକ୍ତ ଚାପୁଡା, ଆଜି ଯାଏ ମନେ ଅଛି ।

ଭୋଜି ଯିବା ବନ୍ଦ, ମା'ର କାନ୍ଦ ଆଉ ବାପା ଜଲଦି ଡ୍ରେସ୍ ବଦଳା ଆଉ ଚାଲ୍ ମୋ ସାଙ୍ଗରେ, ମୁଁ ବି ଗାଲ ଆଉଁସି, ଆଖିରେ ଆଖିଏ ଲୁହ ନେଇ ଭିତରକୁ ଗଲି ଆଜି ଆଉ ଧନରେ ରେଡି ହେଲୁ ଶୁଭିଲାନି । ବାପା ହାତ ଧରି ଭିଡି ଭିଡି ମୋତେ ମାନସିକ ରୋଗ ଚିକିତ୍ସକଙ୍କ ପାଖକୁ ନେଇଗଲେ । ଆଉ ମୋର ପିଲାଦିନରୁ ସେ ଦିନ ଯାଏଁ କରିଥିବା ସବୁ କିଛି କହିଲେ । ଡାକ୍ତର କିନ୍ତୁ କହିଲେ ଏହା ମାନସିକ ରୋଗ ନୁହେଁ, ମୋର ଯାହା ସନ୍ଦେହ ହେଉଛି ଆପଣଙ୍କ ପୁଅ ଗୋଟେ କିନ୍ନର ! କିଛି କିଛି କ୍ଷେତ୍ରରେ ହରମୋନ ଅସନ୍ତୁଳନ ହେତୁ ଏମିତି ହୁଏ ଆଜ୍ଞା । ତଥାପି ଆମେ ଥେରାପି କରିବା, ହୁଏତ ସେ ବଦଳିଯିବ । ଆଉ ମୁଁ କାନ୍ଦି କାନ୍ଦି ପଚାରିଥିଲି କିନ୍ନର ମାନେ କ'ଣ ? ଏଇଟା କ'ଣ ଗୋଟେ ରୋଗ କି ? ମତେ ତ ଖାଲି ଯାହା ଝିଅଙ୍କ ଭଳି ରହିବା, ଝିଅଙ୍କ ସାଙ୍ଗ ହେବା ଭଲ ଲାଗେ, ବାକି ତ ମୋର ଜର, ମୁଣ୍ଡବିନ୍ଧା କିଛି ନାହିଁ, ପାଠ ବି ତ ଭଲ ପଢୁଛି ।

ରାତି ସାରା ଘରେ କାନ୍ଦ ବୋବାଳି । ଆଉ ଭଗବାନ ମତେ ଯାହା ଦଣ୍ଡ ଦେଇଥିଲେ ତା'ଠାରୁ ବି ଅଧିକା କଷ୍ଟଦାୟକ ଦଣ୍ଡ ବାପା ଦେଲେ । ରାତିରେ ଗୋଟେ ବ୍ୟାଗରେ ଅପାର ସେ ଡ୍ରେସ୍ ଆଉ ୫୦୦ ଟଙ୍କା ରଖି ମୋତେ ଷ୍ଟେସନରେ ଗୋଟେ ଟ୍ରେନ୍‌ରେ ବସେଇ ଦେଲେ, ମୁଁ କେବେ ଟ୍ରେନ୍ ଦେଖି ନଥିଲି । ମନେ ମନେ

ଭାବୁଥିଲି ବୋଧେ ସେ କ'ଣ ଥେରାପି ଲାଗି ନଉଛନ୍ତି । ବସି ବସି ମୁଁ କେତେବେଳେ ଶୋଇପଡିଥିଲି । ଆଉ ଆଖି ଖୋଲିଲା ବେଳକୁ ଟ୍ରେନ୍‌ରେ ବାପା ନଥିଲେ । ଟ୍ରେନ୍‌ଟା ଚାଲୁ ନଥିଲା, ତଳକୁ ଓହ୍ଲେଇ ବହୁତ ଖୋଜିଲି । ମୁଁ ବହୁତ କାନ୍ଦିଲି । ମୋ କାନ୍ଦ ଦେଖି କାହାରି ମନରେ ଦୟା ଆସିଲାନି ହେଲେ ମଧୁ ଅପା ଯିଏ ଏବେ ମୋର ସର୍ବେ ସର୍ବା ସେ ଦୌଡି ଆସି, ଧନରେ କ'ଣ ହେଲା କହି, ପାଣି, ବିସ୍କୁଟ ଖୋଇଦେଲେ । ଆଉ ମନେ ମନେ ମତେ ଡର ଲାଗୁଥିଲା ଏ କିଏ ଝିଅ ଭଳି ଶାଢ଼ି, ଚୁଡି ହେଲେ କଥା ତ ପୁଅ ଭଳି ଲାଗୁଛି । କିଛି ସମୟ ମୋ କଥା ଶୁଣି ସାରି କହିଲେ ଆଉ କାନ୍ଦନା, ମୁଁ ଅଛି ତୋ ମଧୁ ଅପା ।

ସେ ନେଇଆସିଲେ ଏଇ ବସ୍ତିକୁ... କହିଲେ ଏଠି ତୋର ଯେମିତି ଇଛା ସେମିତି ରହ, ସଜବାଜ କଉଥିରେ କେହି କିଛି କହିବେନି, ଆଉ ମୁଁ ଛୋଟ କୃଷ୍ଣରୁ କୃଷ୍ଣା ଅପା ହେଇଗଲି । ଧୀରେ ଧୀରେ ବୁଝିଲି ଏଠି ସମସ୍ତେ ମୋ ଭଳି କିନ୍ନର.... ତାଳି ବଜେଇବା, ସଜ ହେବା ଏସବୁ ଦେଖି ଦେଖି ଶିଖିଲି । କେତେ ଭଦ୍ର ସମାଜର ଭଦ୍ର ଲୋକ ସଞ୍ଜ ନଇଁଲେ ଆସନ୍ତି ଆମ ବସ୍ତି, ଯାହା ଉପରେ ନଜର ପଡିଲା ଟାଣି ଓଟାରି ତାକୁ ନିଜ ଗାଡିରେ ନେଲେ, ଆଉ ଫେରିଲା ବେଳକୁ ହାତରେ ଦୁଇ କି ଶହେ ଟଙ୍କା ଆଉ ଆଖିରେ ଲୁହ ଥାଏ ।

ମୋର ବି ଅନେକ ଥର ପାଳି ପଡିଲା.... ପ୍ରଥମେ ପ୍ରତିବାଦ କରୁଥିଲି, ହେଲେ ଟ୍ରେନରେ ଭୋକ ଉପାସ ରହି ଦୁଇ ପଇସା ପାଇବାକୁ କେତେ କ'ଣ ଶୁଣିବାକୁ ହଉଥିଲା । କିଏ କହୁଥିଲା ଶଳେ କାମ କରୁନ, ଗୋଟେ ପାଲା ଚଲେଇଛନ୍ତି, କିଏ ଟିକେ ଦେହ ମୁଣ୍ଡରେ ହାତ ନ ବୁଲେଇବା ଯାଏ ଦଶ ଟଙ୍କାଟେ ଦିଅନ୍ତିନି । କେହି ଆମକୁ ମଣିଷ ହିଁ ଭାବନ୍ତିନି, କି କାମ ଦିଅନ୍ତିନି, ଆଉ ଦିନ ଯାକର ରୋଜଗାରରୁ ଭାଗ ନେବାକୁ ପୋଲିସ୍ ଠାରୁ କଳା କୋଟ୍ ବାବୁ ସମସ୍ତେ ଆଗଭର । ନ ଦେଲେ କାଲି ଠାରୁ ଟ୍ରେନ୍ ଚଢ଼େଇ ଦବୁନିର ଧମକ । ପୁଣି ମୋର ଏଇ ଟ୍ରେନ୍ ଲାଇନ୍ କଡର ଅନ୍ଧାର ମୋର ପ୍ରିୟ ଜାଗାକୁ ଫେରେ, ଦିନେ ଖାଇଲେ ଦିନେ ନାହିଁ ।

ମଧୁ ଅପା ଦିନେ ଡାକି ନେଲେ ଆ କୃଷ୍ଣା ଗୋଟେ ବଡ ବାବୁ ଘରକୁ ଯିବା, ଆମେ ଏଗାର ଜଣ ଯିବା । ତା'ହେଲେ କ'ଣ ଆଜି ଟ୍ରେନ୍‌କୁ ଯିବାନି ଅପା ? ଆଉ ଆଜି ବି ଉପାସ ! ଆରେ ନା' ନା ସେ ବଡ ବାବୁ ଘରେ ପୁଅ ହେଇଛି, ଭଲ ଲୁଗା ଆଉ ପେଟପୁରା ଖାଇବା ସାଙ୍ଗକୁ କିଛି ଟଙ୍କା ବି ମିଳିବ । ପିଲାର ଏକୋଇଶିଆ ତ ଆମ ଆଶିର୍ବାଦ ପରା ଠାକୁର ଆର୍ଶିବାଦ ପରି, ସେଠି କେହି କଟୁ କଥା କହିବେନି, ବାସ୍ ଦି, ଚାରିଟା ନାଚ ଶିଖିନେ....କାମରେ ଆସିବ ।

ମନେ ମନେ କାନ୍ଦୁଥିଲି ଆମ ଆର୍ଶିବାଦ ? ଆମେ ନିଜେ ତ ନିଜ ଲାଗି ଅଭିଶାପ, ଓହୋ ଟ୍ରେନ୍‌ରେ ଥରେ ଥରେ ମହିଳା ଯାତ୍ରୀ ପାଂଚ-ଦଶ ଦେଇ ନିଜ ପିଲାଙ୍କୁ ଟିକେ ଆଶିର୍ବାଦ କର କୁହନ୍ତି, ଆଉ ମଧୁ ଅପା ଯେମିତି ଶିଖେଇଥିଲେ ମୁଁ ମୋ ଲୁଗା କାନି ପିଲାଙ୍କ ମୁଣ୍ଡରେ ବୁଲେଇ ଆଣେ । ଏମିତି ଏକୋଇଶିଆ ଯିବା ମୋର ପ୍ରଥମ । ପେଟରେ ଭୋକ ଯୋଗୁ କୁଡୁ କୁଡୁ ହେଉଥାଏ, ଏଠି ଭଲ ଖାଇବା ମିଳିବ ବୋଲି ଆମେ କେହି ଚୁଡା ମୁଠେ ବି ଖାଇନଥିଲୁ, ହେଲେ ଆମ ପେଟ କିଏ ଦେଖୁଛି । ଗୋଟେ ପରେ ଗୋଟେ ନାଚର ଫରମାଇସ୍, ସତେ କି ଆମେ ଅଲଗା ଦୁନିଆରୁ ଆସିଛୁ, ସେମିତି ଦେଖୁଥାନ୍ତି, ପିଲାଟିକୁ ମଧୁ ଅପା କୋଳକୁ ଦେଇ କହିଲେ ଆଶିର୍ବାଦ କର । ହଉ ଯାହା କହିବେ କରିବୁ, ପେଟ ପୁରା ଖାଇବା ଯେ ମିଳିବ । ମୋ ପରେ ମୋ ଭଳି ଆହୁରି କେତେ ପିଲା, ଭଦ୍ର ସମାଜର ଭଦ୍ର ପରିବାରରୁ ତଡା ଖାଇ ଆମ ବସ୍ତିରେ ରହୁଥାନ୍ତି । ମୁଁ ଯେମିତି ୧୨ ବର୍ଷରେ ଆସିଥିଲି ମୋ ବୟସର ମାଧୁରୀ ବି ଆସିଥିଲା । ସେ ବଡ ଆଗ୍ରହରେ କହିଥିଲା କୃଷ୍ଣା ଅପା, ମୋର ଖିରି ଭାରି ପସନ୍ଦ, ମୋ ଲାଗି ଟିକେ ଆଣିବନି ? ଆଉ ଛୋଟ ଜରିଟେ ଦେଇଥିଲା । ନାଚି ନାଚି ଦିନ ଦୁଇଟା ହେଲା, ସମସ୍ତେ ଖାଇସାରିଲେଣି, ଆଉ ଆମକୁ ନିର୍ଦ୍ଦେଶ ସବୁ ସରୁ ତମେମାନେ ଖାଇବ । ମୋ ଆତ୍ମା ଚିତ୍କାର କରୁଥିଲା, ଏତେ ଯଦି ଲଜ୍ୟା ତ ଆଶିର୍ବାଦ ଲାଗି କାହିଁ ଡାକିଥିଲ । ହେଲେ ଚୁପ୍ ରହିଲି, ମନେ ପଡୁଥିଲା ମାଧୁରୀର ମୁହଁ । ସେ ଯେ ଚାହିଁଥିବ । ପ୍ରାୟ ସାଢ଼େ ତିନିଟାରେ ଖାଇବାକୁ ଡାକିଲେ, ଭାତ ଥିଲେ ଡାଲି ଶେଷ, ତଥାପି ଯାହା ମିଳିଲା ଖାଇ ପକେଇ ମୁଁ କ୍ଷୀରି ଆଡେ ଧାଇଁଲି, ହେଲେ ଛୋଟ ଚା କପ୍‌ରେ ଠିକ୍ ଏଗାରଟି କପ୍ କ୍ଷୀରି ଅଛି, ମୁଁ ମୋ ମା' ହାତ କ୍ଷୀରିକୁ ସବୁ ବେଳେ ମନେ ପକାଉଥିଲି, ହେଲେ ସେଦିନ ହାତ ଗଲାନି ଖାଇଦେବାକୁ, ମୋ ଭାଗଟି ଜରିରେ ପୁରେଇଲି ।

ମଧୁ ଅପା ସେ ବଡ ବାବୁ ଠାରୁ ଟଙ୍କା ଲାଗି ଅପେକ୍ଷାରେ ଥିଲେ, ଆଉ ସେ ବାବୁ ଏକୋଇଶ ଶହ ଟଙ୍କା ଦେଲେ, ଅପା କେତେ କହିଲେ ବାବୁ ଆମେ ଏଗାର ଜଣ ଆଉ ଶହେ ଦେଲେ ସମସ୍ତେ ସମାନ ଟଙ୍କା ପାଆନ୍ତେ, ଦିନ ସାରା ନାଚିଛୁ ସେ ବାବୁ ବିରକ୍ତ ହେଇ କହିଥିଲେ, ତମଗୁଡାଙ୍କୁ ଯେତେ ଦେଲେ କମ୍ ଲାଗେ.. ଶାଢ଼ୀ, ଖାଇବା ସବୁ ତ ଦେଲୁ ପୁଣି ଦେଖ । ହେ ଯାଅ ଏଠୁ, ମୋ ଆଖି ଆଗରେ ଆଗଦିନ ସେଇ ବଡ ବାବୁର ହାତ ଯୋଡିକି ନମ୍ର ଅନୁରୋଧ ଆଉ ଆଜିର ଏ ବ୍ୟବହାର....ହଁ ଆମେ ପରା ମଣିଷ ନୁହେଁ... ନିଜ ନିଜ ଭିତରେ ବି ସମାନତାର ଅଧିକାର ନାହିଁ,

ଆଉ ସମାଜରେ ଆଶା କରିବା ଭୁଲ୍ । ଫେରିଲୁ... ସତରେ ମାଧୁରୀ ରାସ୍ତା ଉପରେ ମତେ ଜଗି ଠିଆ ହେଇଥିଲା ।

ହଠାତ୍ ଡଲି ଅପାର ଡାକରେ ମୋ ଭାବନା ରାଇଜରୁ ଫେରିଲି, ଆଲୋ କୃଷ୍ଣା ଆ, ଜଣେ ବଡ ବାବୁ ଆସିଛନ୍ତି, କାଲି ଯିବା ତାଙ୍କ ନାତି ଏକୋଶିଆ । ମୁଁ ଉଠି ଚାଲିଲି, ଭଗବାନଙ୍କ ଏ ବିଚିତ୍ର ନିୟମ... ଆମେ ପରିବାର ଲାଗି ଅଭିଶାପ... ସମାଜ ଲାଗି ବୋଝ.... ଆଉ ଆମେ ଆଶିର୍ବାଦ ଦେବୁ ? ହଠାତ୍ କାହିଁ ମନହେଲା ଡଲି ଅପାକୁ କହିଲି ଅପା ତମେ ଟିକେ ମତେ ଆଶିର୍ବାଦ କରିଦଉନ, ଏ ଅଭିଶାପରୁ ମୁକୁଳି ଯାଆନ୍ତି । ହସ ହସ ଡଲି ଅପା ବି ଗମ୍ଭୀର ହେଇ ମୋ ହାତ ଧରି କହିଲେ କୃଷ୍ଣା ସେ ଭାଗ୍ୟ ଆମର ନାହିଁଲୋ । ଅନ୍ଧାର ରୁ ଆଲୁଅକୁ ଆସିଲା ବେଳକୁ ଆମ ଦୁଇଜଣଙ୍କ ଆଖି ଲୁହରେ ଭର୍ତି ଥିଲା, ଆଉ ବଡ ବାବୁ ଆଗରେ ମୁହଁ ହଲେଇ ତାଳି ମାରି ଠିଆ ହେଇଥିଲୁ, ଆଉ ସେ ବାଛୁଥିଲେ କାହାକୁ କାଲି ଆଶିର୍ବାଦ ଦେବାର ଯୋଗ୍ୟ ଭାବିବେ ବୋଲି....

■

ମୋ ରାଣ

ନିର୍ବାଚନ ପ୍ରକ୍ରିୟାରୁ ଶପଥ ଗ୍ରହଣ ଯାଏଁ ଦିନ ରାତି ଖଟି ଖଟି ମଣିଷ କିଛି ଘଣ୍ଟା ଶାନ୍ତିରେ ଶୋଇବି ପାରିବନି । ବିରକ୍ତ ହେଇ ମିତା ଚୁପ୍ କର, କାହିଁକି ସକାଳୁ ବାପାଙ୍କ ସହ ଝେକ୍ ଝେକ୍ । ମିତା ବେଡ୍‌ରୁମ୍‌କୁ ପଶି ଆସି କହିଲା, ହଁ ମୁଁ ଖାଲି ପାଟି କରୁଛି, ତମ ବାପାଙ୍କ ଶତ୍ରୁ ତ ମୁଁ.... ଓହୋ ଚୁପ୍ କର କ'ଣ ହେଲା ?

ହେଇ ବାପା କଥା ଜମା ଶୁଣୁ ନାହାନ୍ତି, ଏଇ ଘର ଅଗଣାରେ ଚଲା ବୁଲା କରିବାକୁ କହିଲେ ବି ଶୁଣୁ ନାହାନ୍ତି, କ'ଣ ନା ମୁଁ ଛକ ଯାଏଁ ଯିବି । ତମେ ଏତେ ଦିନ ଭଲରେ ଟିକେ ଖାଇନ ବୋଲି ବ୍ୟାଗ୍ ଧରି ବାହାରିଛନ୍ତି ବଜାର ଯିବେ, ତଟକା ପରିବା, ଦେଶୀ ମାଛ ଆଣିବେ । ତମ ଅଫିସ୍ ପିଅନ ଭଲ ଜିନିଷ ଆଣୁନି । କାନକୁ ତ ଭଲ ଶୁଭୁନି, ବଙ୍କୁଲି ବାଡି ଧରି ଚାଲୁଛନ୍ତି..... ହଉ ହଉ ମିତା ତମେ ରୁହ ମୁଁ ତାଙ୍କୁ ବୁଝେଇ ଦେବି, ଇଛା ନଥାଇ ବି ବିଛଣାରୁ ଉଠି, ଫ୍ରେସ୍ ହେଇ ବ୍ରେକ୍‌ଫାଷ୍ଟ ଟେବୁଲ୍‌ରେ ପେପର ଧରି ମତେ ଅପେକ୍ଷାରତ ବାପାଙ୍କ ପାଖେ ବସିଲି ।

ବାପା ତମର ଆଉ ବୟସ ଅଛି-ବଜାର-ହାଟ ଯିବ । ମିତା ତମ ଲାଗି ଚିନ୍ତା କରୁଛି ବୋଲି କହୁଛି । ତମେ ଛୁଆଙ୍କ ଭଳି ଜିଦି କରନି । ଚା' ପିଉ ପିଉ କହିଲେ ସେ ରଘୁ ଆନ୍ଧ୍ରା ମାଛ ଗୁଡା ଆଣୁଛି, ପରିବା ଯେ ସକାଳେ ଆଣିଲେ ସନ୍ଧ୍ୟାକୁ ହଳଦିଆ । ତୁ ବି ତ ଦେଶୀ ମାଛ ଭଲ ପାଉ । ବୋଉ ଥିଲା ବେଳେ ତ ମୁ ହିଁ ଆଣୁଥିଲି ନା । ହଁ ଯେ ବାପା ଏବେ ଆଉ ସେ ବୟସ ନାହିଁ କି ରାସ୍ତା ଘାଟରେ ଗାଡି ମଟର କମ୍ ନାହିଁ, ଆଉ ଲୋକ ସିନା ବଢ଼ିଛନ୍ତି ହେଲେ ମଣିଷପଣିଆ ପରା କମିଯାଇଛି ।

ମୋ କଥା ପୁରା ଶୁଣି ନପାରି ବାପା ପୁଣି ଉଠିଲେ, ତାଙ୍କ ବଙ୍କୁଲି ବାଡି ଧରି.... ସେକ୍ରେଟାରିୟେଟ୍‌ରୁ ସହକାରୀ ନିର୍ଦ୍ଦେଶକରୁ ରିଟାୟର୍ଡ ହେବା ପନ୍ଦର ବର୍ଷ

ହେଲାଣି ବୋଉ ଥିବାବେଳେ ବି ଏଇ ପାଟି ସୁଆଦ ଲାଗି ବହେ ଝଗଡା ହୁଅନ୍ତି, କାହା କଥା ଶୁଣନ୍ତିନି । ମୁଁ ଆଉ ବାଟ ନପାଇ କହିଲି ବାପା ତମେ ମୋ ବୋଉ-ବାପା ଉଭୟ ତମକୁ ମୋ ରାଣ ତମେ ହାଟ-ବଜାର ଯିବନି, ବାପାଙ୍କ ଗୋଡ ଅଟକି ଗଲା । ରାଗରେ ବ୍ୟାଗ୍‌ଟା ଫୋପାଡି ଦେଇ ସେ ରାଗ ତମ ତମ ହେଇ କହିଲେ ହଉ ତମ ଇଛା, ମୁଁ ଏଇଠି ବୁଲା-ବୁଲି କରି ଆସୁଛି, ଆଉ ଅନ୍ୟଦିନ ଅପେକ୍ଷା ଜୋର୍ ଜୋର୍ ପାଦ ପକେଇ ଘରୁ ବାହାରିଗଲେ । ଗେଟ୍ ଖୋଲି ମୋ ଆଖି ଆଗରୁ ଅଦୃଶ୍ୟ ହେବା ଯାଏଁ ଚାହିଁ ରହିଲି, ମିତା ବି ପାଖକୁ ଆସି କହିଲା ହେଇ ଦେଖ ତାଙ୍କ ଶ୍ରବଣ ଯନ୍ତ୍ରଟା ନେଲେନି । ଛୋଟ ଛୁଆ ଭଳି ଜିଦି, ଆମେ ଦୁହେଁ ହସିଲୁ ।

ଆଉ ମନେ ମନେ ଖୁସି ବି ହେଲୁ କି ଏ ବୟସରେ ବି ବାପା ଏତେ ସୁସ୍ଥ ଓ ଆମ ମାନଙ୍କ ଲାଗି ଚିନ୍ତା । ମୋବାଇଲ୍‌ଟା ବାଜିଲା, ଅଫିସ୍‌ରୁ ଫୋନ୍, ଇଲେକ୍ସନ କମିଶନ ଅଫିସ୍‌ରେ ମୋ ଚାକିରି, ତ ଫୋନ୍ ଆଭଏଡ କରିବାର ନଥିଲା । ସେ ପଟୁ ବଡ ବାବୁ ଫୋନ୍ କରିଥିଲେ କିଛି ଚେକ୍ ଦସ୍ତଖତ ହେବା ଜରୁରୀ ଆପଣ ଆସିବେ ନା ମୁଁ ଘରକୁ ନେଇଯିବି ପଚାରିଲେ । ମୋର ମନେ ପଡିଗଲା ବାପା ଅଫିସ୍ ଲୋକଙ୍କୁ ଘରକୁ ଡକାଇ କାମ କରିବା ପସନ୍ଦ କରନ୍ତିନି, ତ' ମୁଁ କହିଲି ନା' ମୁଁ ଆସୁଛି ।

ଫୋନ୍ କାଟୁ କାଟୁ ମିତାର ଅଭିଯୋଗ ତମେ କହିଥିଲ ଆଜି ପୁରା ଘରେ ରହିବ, ଶାନ୍ତିରେ ଖାଇବ, ରେଷ୍ଟ ନେବ, ବାପାଙ୍କୁ ସମୟ ଦେବ । ହଁ ହଁ ମୁଁ ଖାଲି ଘଣ୍ଟେ- ଦୁଇ ଘଣ୍ଟାରେ ଆସିଯିବି । ତମେ ରୋଷେଇ ସାରି ନଥିବ ମୁଁ ପହଞ୍ଚିଯିବି । ଆଉ ଫୋନ୍‌କୁ ଚାର୍ଜରେ ବସେଇ ରେଡିହେଇ କାର୍‌ଟା କାଢ଼ି ଗେଟ୍ ବାହାରକୁ ଯାଇଛି, ମିତା ଗେଟ୍ ପାଖକୁ ଆସି କହିଲା ବାପା କୁଆଡେ ଗଲେ ? ଓହୋ ! ଏଇଟି କଲୋନିରେ ବୁଲୁଥିବେ, ଆସିଯିବେ । ଡେରି ହେଲେ ତାଙ୍କ ମୋବାଇଲ୍‌କୁ କଲ୍ କରିଦେବ । ମୁଁ ଯାଉଛି, ଶିଘ୍ର ଗଲେ ସିନା ଶିଘ୍ର ଫେରିବି ।

ଆଉ ଏକା ମୁହାଁ ହେଇ ଅଫିସ୍ ଆଡେ ଦୃତ ଗତିରେ ଗାଡି ଗଡେଇଲି । ମେନ୍‌ରୋଡ୍‌ରୁ କିଛି ବାଟ ଯାଇଛି ଦୂରରୁ ଭିଡ ଦେଖି ଭାବିଲି ଆଜି କ'ଣ ଏଇ ଦିନ ଦଶଟାରୁ ପୋଲିସ୍ ଚେକିଙ୍ଗ୍ ! ମୋର ତ ପାସ୍, ଲାଇସେନ୍ସ ସବୁ ଆର ସାର୍ଟରେ ରହିଲା । ଆରେ ଫୋନ୍‌ଟା ବି ଛାଡି ଆସିଛି । ସେପାଖ ଦେଇ ନ ଯାଇ ଆଗ ବୁଲାଣିରୁ ପଶିକି ପଳେଇବି । ଠିକ୍ ଗହଳି ପୂର୍ବରୁ ଗାଡି ବୁଲୋଉଛି କି ଜଣେ ଲୋକ ଦୌଡି ଆସି କହିଲେ ଆଜ୍ଞା ଗୋଟେ ଆକ୍ସିଡେଣ୍ଟ ହେଇଯାଇଛି, ଟିକେ ହସ୍ପିଟାଲ୍ ନେଇଯାଆନ୍ତୁ । ମୁଁ କାଚ ଉପରକୁ କରି କହିଲି ନାଁ ମୋର ଅରଜେଣ୍ଟ ମିଟିଙ୍ଗ୍ ଅଛି, ଆଉ କାହାକୁ କୁହନ୍ତୁ ।

ଅଫିସ୍‌ରେ ଏପଟ ସେପଟ ହେଇ ଦିନ ବାରଟା ବାଜିଲା । ରଘୁ ହଠାତ୍ ଅଫିସ୍‌ରେ ? କିରେ ମୁଁ ତ କହିଥିଲି ଖାଇବା ଟାଇମ୍‌କୁ ଆସିଯିବି, ମନେ ମନେ ମିତା ଉପରେ ବିରକ୍ତ ହେଇ ଭାବିଲି ଫୋନ୍‌ଟା ଆଣିନି ବୋଲି ରଘୁଟାକୁ ପଠେଇ ଦେଲା । ହେଲେ ରଘୁ କହିଲା ବାବୁ ବାପା ଏଯାଏଁ ଘରକୁ ଫେରି ନାହାନ୍ତି । ମୋ ହାତରୁ କଲମ ଖସି ପଡିଲା, ଏତେ ବେଳଯାଏଁ ଫେରିନାହାନ୍ତି, ତାଙ୍କୁ ଫୋନ୍ କଲନି ? ବାବୁ- ବାପା କାନ ଯନ୍ତ୍ରଟା ନେଇ ନାହାନ୍ତି ତ ଶୁଭୁନି ବୋଧେ, ମା' କେତେ ଫୋନ୍ କଲେଣି । ଆଉ ଡେରି ନ କରି ଉଠି ଦୌଡିଲି ।

ରଘୁ ମୋ ପାଖ ସିଟ୍‌ରେ ବସ୍, ମୁଁ ରାସ୍ତା ବାଁ ପଟ ଦେଖୁଛି ତୁ ଡାହାଣ ପଟ ଦେଖୁ ଥା.... କାଳେ କଉ ଚା' ଫା' ଦୋକାନରେ ସାଙ୍ଗ ପାଇ ଯାଇଥିବେ, ଗପୁଥିବେ । ଆଉ ସକାଳେ ବି ତ ଅଭିମାନ କରିଥିଲେ । ହେଲେ ରଘୁର ସେ କଥା କି ବାବୁ ବାପା କ'ଣ ରାଗି ଘରଛାଡି ପଳେଇଲେ କି ? ଆପଣ ବି ବାବୁ ବୁଢ଼ା ମଣିଷ ବଜାର ଯିବେ କହୁଥିଲେ ତ ଛାଡିଥାନ୍ତେ ମୁଁ ତାଙ୍କ ପଛେ ପଛେ ଦୂରରୁ ତାଙ୍କୁ ଜଗିବାକୁ ଯାଇଥାନ୍ତି ।

ହଉ ହଉ ତୁ ଆଉ ବେଶୀ ଗପ ନା ରାସ୍ତା ଆଡେ ନଜର ଦେ । ଘର ଆଉ ତିନି କିଲୋମିଟର ଅଛି, ରଘୁ କହିଲା ବାବୁ ଗାଡି ରଖ ରଖ, ବାପାଙ୍କ ବଙ୍କୁଲି ବାଡିଟା ବୋଧେ ପଛରେ ପଡିଥିଲା ଭଳି ଲାଗୁଛି । ମୁଁ ଗାଡି ରଖି ପଛକୁ ଚାହିଁଲି, ରଘୁ ଦୌଡି ଯାଇ ଗୋଟେଇ ଆଣିଲା, ହଁ ଏ'ତ ବାପାଙ୍କ ବାଡି, ଭାଙ୍ଗିଯାଇଛି, ହେଲେ ବାପା କାହାନ୍ତି ? ଓହ୍ଲେଇ ପଡି ଚାରିଆଡେ ଚାହିଁଲି, ଆଉ ମନେ ପଡିଲା ସକାଳେ ଏଇଠି ତ ଭିଡ ହେଇଥିଲା, କାହାର ଆକ୍ସିଡେଣ୍ଟ.... ନା' ବାପାଙ୍କର କ'ଣ ଦୁର୍ଘଟଣା ହେଇଗଲା ।

ପାଖରେ ଗାଡି ମରାମତି ଦୋକାନଟେ ଥିଲା ସେ ପିଲାକୁ ପଚାରିଲି ସକାଳେ ଏଠି ଯେଉଁ ଦୁର୍ଘଟଣା ହେଇଥିଲା କିଛି ଜାଣିଛ କି ? ସେ ଏକା ନିଶ୍ୱାସରେ କହିଚାଲିଲା । ହଁ ଆଜ୍ଞା ଜଣେ ବୁଢ଼ା ଲୋକ ରାସ୍ତାକଡରେ ଯାଉଥିଲେ, ବସ୍ ଟେ ଗୋଟେ ବାଇକ୍ ବାଲାକୁ ସାଇଡ୍ ମାରି ସେ ବୁଢ଼ା ଆଡେ ମାଡିଗଲା, ଏତେ ହର୍ଣ୍ଣ ମାରୁଥିଲା ଯେ ଆମେ ସବୁ ଦୋକାନ ବାହାରକୁ ପଳେଇ ଆସିଲୁ ସେ ବୁଢ଼ା ବୋଧେ କାଲ । ଶୁଣିଲାନି କି ଟିକେ ଘୁଞ୍ଚିଲାନି ବସ୍‌ଟା ବାଡେଇ ଦେଲା । ବୁଢ଼ା ଜରିବେଗ୍‌ରେ ବଡ ମାଛଟେ ଧରିଥିଲା । ସେ ବୁଢ଼ା ବଞ୍ଚିଥିବ କି ନାହିଁ କେଜାଣି କେହି ଅଟକେଇଲେନି ଟିକେ ମେଡିକାଲ ନେବା ଲାଗି, ଗୋଟେ ଡାଲା ଅଟୋ ବାଲା ଦୟା ପାଇ ମେଡିକାଲ ନେଲା ଆଜ୍ଞା ।

ମୁଁ ଆଉ ଶୁଣିବା ପରିସ୍ଥିତିରେ ନଥିଲି, ରଘୁ ଚାଲ୍.... ଦୌଡିଲି ଗାଡି ପାଖକୁ । ରଘୁ ବାପାଙ୍କ ବାଡିଟା ଧରି କାନ୍ଦିବାରେ ଲାଗିଲା । ମୋତେ ବି ଲୁହ ଭର୍ତ୍ତି ଆଖିରେ

କିଛି ଦିଶୁ ନଥିଲା । ଠାକୁରଙ୍କୁ ଡାକୁଥାଏ ସେ ମୋ ବାପା ନହେଇ ଥାନ୍ତୁ, ସକାଳେ କ'ଣ ମୁଁ ମୋରି ବାପାଙ୍କୁ ରାସ୍ତାରେ ନିଃସହାୟ ଛାଡି ଅଫିସ୍ ଚାଲିଗଲି ? ମେଡିକାଲର ଏମରଜେନ୍ସିରେ ପଶି ସବୁ ବେଡ୍ ଆଡେ ଆଖି ବୁଲେଇଲି ନା' କୋଉ ବେଡ୍‌ରେ ବି ନାହାନ୍ତି । ରଘୁ ସେଠା ନର୍ସଙ୍କୁ ପଚାରୁଥିଲା ଆଜି ଦଶଟା ବେଳେ ଜଣେ ବୁଢ଼ା ଲୋକ ରାସ୍ତା ଦୁର୍ଘଟଣାରେ ପଡି ଏଠାକୁ ଡାଲା ଅଟୋରେ ଆସିଥିଲେ କି ? ନର୍ସ ନ ଶୁଣିଲା ପରି କହିଲା ଖୋଜ, ଏତେ କିଏ ମନେ ରଖୁଛି ।

ନା' ଏଠି ନାହାନ୍ତି, ବାହାର ପଟରେ କେତେ ଆମ୍ବୁଲାନ୍ସ ହେଲେ କଉଥିରେ ବି କେହି ନାହାନ୍ତି । ରଘୁର ଡାକରେ ଭିତରକୁ ଗଲି, ବାବୁ, ବାବୁ ବାପା.... ସେ ଚିତ୍କାର କରି କାନ୍ଦୁଥାଏ ଆଉ ହାତ ଦେଖେଇଲା ୱାର୍ଡ ବାହାର ବାରଣ୍ଡା କଡରେ ବାପା ତଳେ ପଡିଥିଲେ । ବାପା.... ନା' ଯେତେ ହଲେଇଲେ ବି ସେ ଉଠୁନାହାନ୍ତି ।

ମୋ କାନ୍ଦରେ ଡାକ୍ତର ବାହାରି ଆସିଲେ, ସାର୍ ଏଇ ଆପଣଙ୍କ ବାପା ? ପକେଟ୍‌ରେ କିଛି ପରିଚୟ ପାଇବା ଭଳି ନଥିଲା, ତ ଖବର କରି ପାରିଲୁନି । ଏଠାକୁ ଆଣିଲା ବେଳକୁ ସେ ମରି ସାରିଥିଲେ । ହେଲେ ବାପାଙ୍କର କଉଠି କିଛି ବି କ୍ଷତ ନାହିଁ । ଆଉଥରେ ଦେଖନ୍ତୁ ଡାକ୍ତର । ନା' ସାର୍ ମୁଣ୍ଡ ମାଡ ହେଇଛି, ସେ କୁଆଡେ ପ୍ରାୟ ଘଣ୍ଟାଏ ରାସ୍ତାରେ ଛଟ ପଟ ହେଉଥିଲେ, ଗୋଟେ ଅଟୋବାଲା ଆଣି ଆସିଥିଲା । ମରିଯାଇଛନ୍ତି ଶୁଣି ସେ ବି ଛାଡି ପଳେଇଲା ।

ରଘୁ ଫୋନ୍ କରି ମିତାକୁ ଆଉ ମୋ ଅଫିସ୍‌କୁ ବି ଜଣେଇ ଦେଇଥିଲା । ଅଳ୍ପ ସମୟ ଭିତରେ ସବୁ କାମ ଛାଡି ସମସ୍ତେ ପହଞ୍ଚିଗଲେ ।

ମୁଁ ନିଜକୁ ଧିକାର କରୁଥିଲି, ବାପା ଏ କି ଅଭିମାନ । ମୁଁ ରାଣ ଦେଇଥିଲି ଆଉ ତମେ ଚାଲିଗଲ ? ତା'ହେଲେ ଏ ରାଣ ଗୁଡା ମିଛ ।

ତମେ ଗଲାପରେ ଆମ ସମସ୍ତଙ୍କୁ ସବୁ କାମ ତୁଛ ଲାଗିଲା, ସବୁ ଛାଡି ତମ ଶବ ପାଖରେ ଏକାଠି, ହେଲେ ବଞ୍ଚିଥିଲା ବେଳେ ସବୁ କାମ ଜରୁରୀ ଥିଲା । ତମ ଛୋଟ ଛୋଟ ଖୁସି, ଅଳି ଆମକୁ ପିଲାଳିଆମି ଲାଗୁଥିଲା । ତମେ ମୋର ସବୁ ସହିଥିବ, ମତେ ବଡ କରିବାରେ ଟିକେ କିଛି ହେଳା କରିନଥିବ ହେଲେ ମୁଁ ତମକୁ ଏ ଝଡିଗଲା ବୟସରେ ହେଳା କରିଦେଲି, ତମ ଅଭିମାନକୁ ଜିଦି ଭାବି ନେଲି, ତମକୁ ଶେଷ ବିଦାୟ ବି ଦେବାକୁ ଜରୁରୀ ମଣିଲିନି ? ମୋ ରାଣ ଟା ବି ତମେ ନିଜ ଉପରକୁ ନେଇଗଲ ବାପା....... ।

ବାପାଙ୍କୁ କାନ୍ଦିବା ମନା

ବାହାଘରର ଆଠ ବର୍ଷ ପରେ, ବହୁ ଦିଅଁ ଦେବତା କରି ଆମର ଝିଅ ହେଇଥିଲା । ପ୍ରଦୀପ ଆଉ କ୍ଷମା, ଠାରୁ ଜନ୍ମ ବୋଲି ଝିଅ ନାଁ ଆଦରରେ "ପ୍ରତୀକ୍ଷା" ରଖିଲି । ଝିଅ ହେବା ଯାଏଁ ଆଶାରେ ରହିଥିଲି କି ପ୍ରଦୀପଙ୍କ ବାପା ମା' ଆଉ ମୋ ବାପା ଆମକୁ ଗ୍ରହଣ କରିବେ । ହେଲେ ସେମିତି କିଛି ହେଇନଥିଲା ।

ସେଲ୍ସମ୍ୟାନ ଚାକିରୀରେ ଆମର ଗୋଟେ ବଡ ସ୍ୱପ୍ନ ଥିଲା ଝିଅକୁ ସମାଜରେ ପ୍ରତିଷ୍ଠିତ କରିବୁ । ଆଉ ଆଜି ସବୁ ସ୍ୱପ୍ନ ଆଖି ଲୁହ ଭଳି ବୁନ୍ଦା ବୁନ୍ଦା ହେଇ ଝରି ପଡୁଥିଲେ । ପ୍ରତୀକ୍ଷାକୁ ଆମ ସ୍ୱପ୍ନଠାରୁ ସେ ରାଜମିସ୍ତ୍ରୀର ପ୍ରେମ ବଡ ଲାଗିଲା । ମାତ୍ର ଷୋହଳ ବର୍ଷରେ ଘରୁ ଗୋଡ କାଢିଦେଲା । ଥରେ ଭାବିଲାନି, ଆମେ ତା' ଲାଗି କେତେ କଷ୍ଟ କରିଛୁ । ତା'ର ଟିକେ ଦେହ ପା' ହେଲେ ରାତି ରାତି ଜଗିଛୁ । ପ୍ରଦୀପ ଓଭର ଟାଇମ୍ କରି ଝିଅର ସବୁ ଅଳି ପୁରା କରିଛନ୍ତି । ଦାଣ୍ଡ ପିଣ୍ଡାରେ ପ୍ରଦୀପ ସେମିତି ବସିଥିଲେ ଆଉ ମୁଁ ଏ ସବୁ କହି ମୋ ଦୁଃଖ ବ୍ୟକ୍ତ କରୁଥିଲି ।

ପାଖ ଘର ମାଉସୀ ଆସି ବୁଝାଉଥିଲେ,ଏବେ କାନ୍ଦିଲେ କ'ଣ ହେବ, ବେଳ ଥାଉ ଥାଉ ଟିକେ ଦେଖିଲନି ! ସବୁ ତମମାନଙ୍କ ଅତ୍ୟଧିକ ଭଲ ପାଇବାର ଫଳ । ମୋର ଚିନ୍ତାରେ ସେ ମାଉସୀଙ୍କ କଟାକ୍ଷ ଆହୁରି ଯନ୍ତ୍ରଣାଦାୟକ ହେଇଚାଲିଥିଲା । ପ୍ରଦୀପ ଘର ଭିତରକୁ ଉଠିଗଲେ । ମୁଁ ବି ରାଗି ତାଙ୍କ ପଛରେ ଆସି କହିଲି ଖୋଜିବାକୁ ଯିବନି ? ସେ ରାଜମିସ୍ତ୍ରୀ ମୋ ଛୁଆକୁ କୋଉଠି ବିକିବକି ମାରିବ । ତମେ କି ବାପା, ଟିକେ ବି କଷ୍ଟ ହଉନି ?

ମୁଁ ପ୍ରଦୀପଙ୍କୁ ଝିଅ ଲାଗି ମାନସିକ ଠାରୁ ତା'ର ପଢ଼ା, ସଜବାଜ, ମାନ-ଅଭିମାନ କହି ଚାଲିଥାଏ ଆଉ ମୋ ଲୁହ ବି ବହିଚାଲିଥାଏ । ରାତି ପ୍ରାୟ ୨ଟା, ପ୍ରଦୀପ ଶୋଇ ପଡିଲେ ? କି ବାପା ଇଏ ? ମୁଁ କିନ୍ତୁ ଦାଣ୍ଡ ଘରେ ବସି ଠାକୁର

ଡାକୁଥାଏ ଝିଅ ମୋର ଫେରିଆସୁ । ଆଉ ସହିପାରିଲିନି, ଶୋଇବା ଘର ଲାଇଟ୍‌ଟା ଦେଇ ତାଙ୍କୁ ଉଠାଇବାକୁ ଗଲାବେଳେ ଦେଖିଲି ସେ ଶୋଇନାହାନ୍ତି, କଡ ଲେଉଟାଇ ମୋତେ ମୁହଁ ବୁଲାଇ ନେଲେ । ମୁଁ ଖୁବ୍ କଟୁ ଭାବେ ତାଙ୍କ ପିତୃତ୍ୱକୁ ଧୀକାର କରିଚାଲିଲି ।

ହଠାତ୍ ପ୍ରଦୀପ ବସିପଡି କହିଲେ "କ୍ଷମା" ବାପାମାନଙ୍କୁ ପରା କାନ୍ଦିବା ମନା ! ସେମାନେ ମା' ଭଳି ନଅ ମାସ ଗର୍ଭରେ ରଖନ୍ତିନି ସତ କିନ୍ତୁ ଜୀବନ ସାରା ନିଜ ପିଲା ଲାଗି ନିଜ ଖୁସି, ନିଜ ସ୍ୱପ୍ନ ଭୁଲି ଯାଆନ୍ତି । ଆଉ ପିଲାମାନେ ବାପାଙ୍କୁ ହୃଦୟହୀନ, ନିଷ୍ଠୁର, କଂଜୁସ୍, ସ୍ୱାର୍ଥପର କେତେ କ'ଣ ଉପାଧି ମାନ ଦିଅନ୍ତି । ମନେ ପକେଇଲ ଟିକେ ୨୪ ବର୍ଷ ଆଗରୁ ତମେ ବି ତ ମୋ ପ୍ରେମରେ ତମ ବାପାଙ୍କୁ ଛାଡି ଆସିଥିଲ । ତମ ମା'ଙ୍କ ମୃତ୍ୟୁପରେ ବାପା ତମ ଲାଗି ଆଉ ଗୋଟେ ବାହା ହେଇନଥିଲେ । ଛୋଟ ଗ୍ୟାରେଜ୍‌ରେ ରାତି ଦିନ ଏକ କରି ତମକୁ ସବୁ ସଜାଡି ଦଉଥିଲେ । ଆଉ ମୁଁ... ମୁଁ ବି ତ ମୋ ବାପା-ମା'ଙ୍କୁ ରାଜି କରେଇ ପାରିଥାନ୍ତି, ହେଲେ ନା' ଆମେ ଖାଲି ଆମ ବିଷୟରେ ଭାବିଲେ ।

ମୁଁ କଥା ଅଧାରୁ କାଟି କହିଲା, ମୁଁ ତ ତା'ପର ଦିନ ବାପା କେମିତି ଅଛନ୍ତି ବୋଲି ପାଖ ଘର ଅପାଙ୍କଠୁ ବୁଝିଥିଲି, ବାପା ଯେମିତି କିଛି ହେଇନି, ସେମିତି ସକାଳୁ ଗ୍ୟାରେଜ୍ ଯାଇଥିଲେ । ମତେ ଖୋଜି ନଥିଲେ, ଠିକ୍ ଯେମିତି ତମେ ଆମ ଝିଅକୁ ଖୋଜୁନ ।

କ୍ଷମା.... ତମର ମନେ ଅଛି ତମ ବାପା କେବେ ନୂଆ ପ୍ୟାଣ୍ଟ ସାର୍ଟ ପିନ୍ଧିଥିଲେ ? ନା' ସେତ ଗ୍ୟାରେଜରେ ଖରାପ ହେଇଯିବ ବୋଲି ସେ ବାସନ ବଦଳା ବାଲାଠୁ ପୁରୁଣା କିଣି ପିନ୍ଧନ୍ତି । ପ୍ରଦୀପ ପୁଣି କହିଲେ, ଆଉ ତମ ଲାଗି ? ହଁ ମୋତେ ସବୁ ପୂଜା ପର୍ବରେ ନୂଆ ଡ୍ରେସ୍, ଜୋତା, ଟିକିଲି କିଣି ଦଉଥିଲେ । ତମେ ବାପାଙ୍କ ସହିତ ଖାଅ ପରା..... ମୁଁ କହିଲି ନା' ସବୁ ବେଳେ ବାପା ମୋର ଡେରି ହବ କୁହନ୍ତି ତ ମୁଁ ଖାଇ ନିଏ । ହେଲେ ସେ ଗ୍ୟାରେଜରୁ ମଝିରେ ଆସି ରୋଷେଇ ବି କରୁଥିଲେ । ମତେ କେବେ ରୋଷେଇ ଘରକୁ ଛାଡନ୍ତିନି, କାଳେ ମା' ଭଳି ମୁଁ ବି ପୋଡି ହେଇଯିବି ! ଆଉ ତମ ଦେହ ଖରାପ ବେଳେ ? ହଁ ବାପା ରାତି ସାରା ମୋ ପାଖେ ବସନ୍ତି । ହେଲେ ଏ ସବୁର ଆମ ଝିଅ ସହ କ'ଣ ଅଛି ଯେ ପଚାରୁଛ ?

ପ୍ରଦୀପଙ୍କ ଗୋଟେ ଗୋଟେ କଥା ମୋ କାନର ପରଦା ଫଟେଇ ଦେଉଥିଲା । ତମେ ତାଙ୍କୁ ଛାଡି ଆସିଲା ପରେ ସେ କାନ୍ଦିଲେନି, କି ଖୋଜିଲେନି ବୋଲି, ସେ ମଲା ଯାଏଁ ତମେ ଗଲନି । ସେ ଆଉ କେମିତି କାନ୍ଦିଥାନ୍ତେ କ୍ଷମା । ସେ ତ ତମକୁ

ହସେଇବା ଲାଗି ନିଜେ ହସ ଭୁଲିଯାଇଥିଲେ । ତାଙ୍କର ପରା ଇଛା ଥିଲା ଅଟୋ ଟେ କିଣି ନିଜେ ଚଳେଇବେ । ତମ ଲାଗି ସ୍କୁଟି କିଣିପାରିଲେ । ଯାହା ପଢ଼ିବ କହିଲ ପଢ଼େଇଲେ, ତାଙ୍କ ସ୍ୱପ୍ନ ମାରି ତମ ଲାଗି ସୁନାର ଭବିଷ୍ୟତ ତୋଳା ଭିତରେ ତାଙ୍କ ଆଖି ଲୁହ ଦେଖିପାରିଲନି, ଠିକ୍ ଯେମିତି ଆଜି ମୋ ଆଖି ଲୁହ ନାହିଁ ବୋଲି ନିଷ୍ଠୁର କହୁଛ ।

ବାପାମାନଙ୍କୁ ପରା ଆଖିର ଲୁହ ଝରାଇବା ଲାଗି ଭଗବାନ ଗଢ଼ି ନାହାନ୍ତି, ହେଲେ ତାଙ୍କ ହୃଦୟ କାନ୍ଦେ । ମା'ତ ପ୍ରତି କଥାରେ ତତେ ଜନ୍ମ କଲି, ତୋ ଦେହ ପା ଜଗିଲି କହିବାର ସୁଯୋଗ କେବେ ଛାଡେନି, ହେଲେ ବାପା ଅନ୍ତରର ଲୁହ ସବୁ ଲହଡି ଭାଙ୍ଗୁଥିଲେ ବି କେବେ କୋଉ ବି ପରିସ୍ଥିତିରେ ସେ କରିଯାଇଥିବା ତ୍ୟାଗ ଦେଖାନ୍ତି ନାହିଁ । ନ କହିପାରିଲେବି ବାପାମାନଙ୍କୁ ବି କଷ୍ଟ ହୁଏ, ସେ ବି କାନ୍ଦନ୍ତି । ଆଉ ପିଲାମାନେ କେବେ ବୁଝନ୍ତିନି - କେତେ ସହଜରେ କହିଦିଅନ୍ତି ଆମ ଲାଗି ଯାହା କରିଛ ସେ ତ ତମ କର୍ତ୍ତବ୍ୟ । ହେଲେ ଭାବନ୍ତିନି ଅନେକ ବାପାଙ୍କ ପରି ଆମ ବାପା ଆମକୁ ଡଷ୍ଟବିନ୍‌ରେ ତ ଫୋପାଡି ନାହାନ୍ତି ! ଖାଇଲା ବେଳେ ନିଜ ଗାମ୍ଭୀରତ୍ୱ ବଜାୟ ରଖିବାକୁ ଆଉ ଇଛା ନାହିଁ କହି ନିଜ ଥାଳିରୁ ପିଲା ଥାଳିକୁ କାଢ଼ି ଦିଅନ୍ତି । ମା' ଦୀପ ଜାଳି, ପଣତ କାନିରେ ଲୁହ ପୋଛି ପିଲା ଲାଗି ପ୍ରାର୍ଥନା କଲାବେଳେ ବାପା କିନ୍ତୁ ନିରବରେ ସବୁ କିଛି କରିଯାଆନ୍ତି । ହେଲେ ତା'ମାନେ ନୁହେଁ ବାପା ଖାଲି ଆବଶ୍ୟକତା ପୁରଣର ମାଧ୍ୟମ । ବାପା ପରା ଝିଅ ମୁଣ୍ଡର ଛତା, ଅନ୍ଧାର ରାସ୍ତାର ଆଲୁଅ, ସେ ପରା ଏମିତି ଗଢ଼ା ଯେ ଗୁମୁରୀ ଗୁମୁରୀ ବଞ୍ଚେ । କାହିଁକି ନା ତାଙ୍କୁ ପରା କାନ୍ଦିବା ମନା.......

ମୋ ଆଖି ଆଗରେ ବାପାଙ୍କ ପାଖେ କରିଥିବା ଅନେକ ଅବାନ୍ତର ଅଳି ସବୁ ଆସିବାରେ ଲାଗିଲେ । କେବେ ବି ମୋର କଉ ବି ଇଛାକୁ ବାପା ମନା ତ କରିନଥିଲେ ! ହେଲେ ମୁଁ ଘର ଛାଡିବା ଆଗରୁ ଥରୁଟେ ତାଙ୍କୁ ମତ ରଖିବାର ବି ଅଧିକାର ଦେଇନଥିଲି । ବୋଉ ମଲା ପରେ ବାପା ଠାକୁର ପୂଜା କରୁନଥିଲେ । ହେଲେ ମୋର ସାମାନ୍ୟ ଜ୍ୱର ହେଇଥିଲେ ସେ ଠାକୁରଙ୍କ ଉପରେ ଅଭିମାନ ଛାଡି ରାତି ସାରା ମୋ ପାଖେ ବସି ମହାମୃତ୍ୟୁଞ୍ଜୟ ମନ୍ତ୍ର ଜପୁଥିଲେ । କେତେଥର ହାତ ପୋଡି ବି ମୋ ଲାଗି ରାନ୍ଧନ୍ତି ଆଉ ମୁଁ କଲେଜର ଚାଟ୍ ବାଲାର ହାତ ତମଠୁ ଶହେଗୁଣା ଭଲ ବୋଲି କହି କେବେ ବାପାଙ୍କ ଝାଉଁଳା ମୁହଁକୁ ଅନେଇ ବି ନାହିଁ । ପ୍ରଦୀପ ଠିକ୍ କହିଲେ । ହେଲେ ମୁଁ ବୁଝିବାରେ ବହୁତ ଡେରି କରିଦେଲି ।

କଳିଯୁଗର ମା'

ମାନସୀ ଆମକୁ ପରକରି ଯିବା ପୁରା ଗୋଟେ ମାସ ହେଲା । ତା' ସେ ଚିଠିର ଗୋଟି ଗୋଟି ଅକ୍ଷର ମୋ ଆଖି ଆଗରେ ଭାସି ଚାଲିଛି । ମନୋଜ ମୁଁ ପନ୍ଦର ବର୍ଷ ନିଜ ସ୍ୱପ୍ନ ମାରି ରହିଲି, ଆଉ ପାରିବିନି, ମୁଁ ଯାଉଛି ତୁମକୁ ଆମ ଝିଅକୁ ଛାଡ଼ି, ମୋ ଗୋଡର ବେଡ଼ି ଛିଡେଇ ମୋ ସ୍ୱପ୍ନ ପୁରା କରିବାକୁ ଯାଉଛି । ମତେ ଖୋଜିବନି କିନ୍ତୁ ଦିନେ ଦେଖିବ ମୁଁ ଏତେ ନାଁ କରିବି ଯେ, ତମେ ବାପ-ଝିଅ ଖବର କାଗଜ ଆଉ ଟିଭିରୁ ଦେଖିବ, ଯାଉଛି । ବାସ୍ ଏଇ କିଛି ଧାଡିରେ ମାନସୀ ତା' ନିଜ ହାତରେ ସୁନା ସଂସାର ଭାଙ୍ଗି ଚାଲିଗଲା ।

ମୋର ବୋଉ ବଂଚିଥିବା ଯାଏଁ ମୁଁ ଆଉ, ମୋ ପଛେ ପଛେ ଝିଅ ମୋ ବୋଉକୁ ବୋଉ ଡାକ, ମୁଁ ଖାଇସାରି ବୋଉର ସେ ପଣତକାନିରେ ମୁହଁ ପୋଛା, ସନ୍ଧ୍ୟାବେଳେ ଠାକୁର ଆଳତି ବୋଉ ମୁଁ ଆଗ ନେବି ଆଉ ରାତିରେ ମୁଁ ବୋଉ ପାଖେ ଶୋଇବି, ବୋଉ ମତେ ଗପ କହିବ, ସତେ ଯେମିତି ତାକୁ ଜନ୍ମ ସିନା ମାନସୀ ଦେଇଥିଲା କିନ୍ତୁ ସେ ମୋ ବୋଉର ଝିଅ ଥିଲା । ମୋ ବୋଉ ଅଶିକ୍ଷିତ ନଥିଲା ନା ହିଁ ଗାଉଁଲି । ହେଲେ ବି ପୂଜା ପର୍ବ, ନୂତନ ଯୁଗର ଚଳିବା ଶୈଳୀ ଠାରୁ ପୁରାଣ କଥା, ପିଠା ପଣା ଠାରୁ ପିଜା ଯାଏଁ ବୋଉ ସବୁ ଜାଣିଥିଲା । ହେଲେ ତା'ମୁଣ୍ଡରୁ ଲୁଗା କେବେ ଖସି ନଥିଲା କି ସେ ଶାଶୁ ବୋଲି ମାନସୀକୁ ବାରଣ କରିବା ବି ମୁଁ ଦେଖିନି କେବେ, ସିଲୁ ତାକୁ ମାମା ଡାକିଲେ, ସେ କୁହେ ମାମା କ'ଣ ମମି ଡାକ, ସିଲୁ ମୋ ଭଳି ମୋ ବୋଉ ପଣତରେ ମୁହଁ ପୋଛିବା ଦେଖିଲେ ମାନସୀ ମୁହଁ ମୋଡି କୁହନ୍ତି, ସେ କାନିରେ କେତେ ଝାଳ, ମଇଳା ସେଥିରେ ମୁହଁ ପୋଛା କାହିଁକି ? ଆଉ ସିଲୁ ବି ବଦମାସି କରି କୁହେ ମମି ତମ ନାଇଟିରେ କେମିତି ମୁହଁ ପୋଛିବି ଯେ ।

ବୋଉ ମୋର, କଥା ନ ବଢ଼ାଇବା ଲାଗି କହେ ତମେ ବାପ-ଝିଅ ମୋ

ସରସ୍ୱତୀ ଭଳି ବୋହୁଟାକୁ କାହିଁକି ହଇରାଣ କରୁଛ । ବୋଉ ମୋର, ମରିବା ଦିନ ଯାଏଁ ମତେ କେବେ କିଛି କହିବାର ମୌକା ଦେଇନି । ୬୫ ବର୍ଷ ବୟସରେ ବି ଖୁବ୍ ଚଳ ଚଂଚଳ । ମୁଁ ଜନ୍ମ ହେବା ପରେ ବୋଉ ତା' ସରକାରୀ ଚାକିରି ବି ଛାଡି ଦେଇଥିଲା, ମୋ ଯତ୍ନ ନେବାରେ ହେଳା ହେବା ଭୟରେ ଖାଲି । ବାପା ମୋ ଦାୟିତ୍ୱ ବୋଉ ଉପରେ ଦେଇ ଚାଲିଗଲେ ମୁଁ ଯେତେବେଳେ ଦଶମରେ ପଢୁଥିଲି । ଜମି ବାଡି, ବାପାଙ୍କ ପେନସନ ସାହାଯ୍ୟରେ ବୋଉ ମତେ ପେଟ ପୋଷିବା ଲାଗି ଯୋଗ୍ୟ କରି ଦେଇଥିଲା । ଭଲ ଚାକିରି ଥିଲେ ବି ବୋଉ ଯୌତୁକରେ ଗୋଟେ ଟଙ୍କା ବି ମାଗିନଥିଲା ।

ମାନସୀ ତ ଏ ଘର ଛାଡିବା ଯାଏଁ ଗୋଟେ ପୁରା ଦିନର ଘର କାମ ବି କରିନଥିଲା । ଆଗ-ଆଗ ମାନସୀ ବୋଉ ହାତରୁ ଛଡେଇ ରୋଷେଇ କରୁଥିଲା, ହେଲେ ବୋଉ ହାତରୁ ସୁଆଦକୁ ମୁଁ ଚୁପ୍ ରହି ଖୋଜୁଥିଲି ବୋଲି ମୋ ବୋଉ ବି ସବୁ ରୋଷେଇ ନିଜେ କରୁଥିଲା । ଏମିତି କି କାର୍ତିକ ମାସରେ ଥରେ ଅଫିସ୍‌ରୁ ଫେରିଲା ବେଳେ ତଟକା ଛୋଟ ମାଛ ଦେଖି ନେଇ ଆସିଥିଲି, ମାନସୀର ପାଟି କିଏ ବାଛିବ, କରିବ ଏତେ ପାଲା । ଆଉ ମୋ ବୋଉ ସଂଧ୍ୟା ଧୁପ ଦଉଥିବା ଅବସ୍ଥାରେ ବି କହିଲା ମା'ରେ ତୁ ରୋଷେଇ ଘରେ ରଖିଦେ ମୁଁ କରିଦେବି । ତୁ ଖାଲି ଉଷୁନା ଭାତ ଟିକେ ବସେଇ ଦେ । ଛୋଟ ମାଛ ବେସରକୁ ଉଷୁନା ଭାତ ମୋ ପୁଅ ଆଉ ନାତୁଣୀଙ୍କୁ ଭଲ ଲାଗେ ପରା, ମାନସୀ ଚଢ଼ା ଗଳାରେ କହିଥିଲା ବୋଉ କାର୍ତିକ ବୋଲି ତମେ ପିଆଜ ରସୁଣ ଖାଉନ ଆଉ ସଂଧ୍ୟା ପରେ ଏ ପାଲା କରିବ? ମୋ ବୋଉର ଉତର ବି ବେଶ୍ ଥିଲା, କହିଥିଲା ହଉ ରାତିରେ ମୁଣ୍ଡ ଧୋଇ ଗାଧୋଇ ପଡିବିନି, ମୋ ଛୁଆ ଖୁସିରେ ଖାଇବେ, ତା'ଠୁ ବଡ ମୋ ଲାଗି ଆଉ କ'ଣ?

ବୋଉ ଯିବା ଗୋଟେ ବର୍ଷ ହେଇଛି କି ନାହିଁ, ମାନସୀର ଜିଦି ମୁଁ ମଡେଲ ହେବି । ଝିଅ ତ କେବେ ମୋତେ ଖୋଜୁନି ମୁଁ ଘରେ ବସି ବସି ମୋ ସ୍ୱପ୍ନ ଭବିଷ୍ୟତ ନଷ୍ଟ କରିପାରିବିନି । କାମବାଲି ତ ରନ୍ଧା-ବଢ଼ା ସବୁ କରୁଛି ମୁଁ ଝିଅ ଟିଫିନ୍ ତିଆରି କଲେ ବି ତମେ ବାପ-ପୁଅଙ୍କ ହଜାରେ ନଖରା । ଏମିତି ଅନେକ କିଛି ଦଲିଲ୍ ।

ନିଃସନ୍ଦେହ ମାନସୀ ସୁନ୍ଦର ଥିଲା କିନ୍ତୁ ସେ ନିଜ ଛଡା ଆଉ କେବେ କାହାର ବି ଚିନ୍ତା କରୁନଥିଲା । ଆଉ ତା'ର ବିଭିନ୍ନ ଭଂଗୀରେ ଫଟୋ ସବୁ ଫେସ୍‌ବୁକ୍, ଇନ୍‌ଷ୍ଟାଗ୍ରାମରେ କେତେ କମେଂଟ, କେତେ ଲାଇକ୍‌ରେ ହିଁ ତା'ର ମୋର କଥା ସିମିତ ହୋଇ ଯାଇଥିଲା । ସେ ପୁରା ଭୁଲି ଯାଇଥିଲା ଘରେ ଥିବା ଝିଅର କମେଂଟ୍ ଆଉ ଲାଇକ୍ କଥା । ମୁଁ ତ ଛାଡ ମା' ବୋଲକରାର ଉପାଧି ପାଇସାରିଥିଲି । ଅଫିସ୍

ଷ୍ଟାଫ ବି ମତେ ବଡ ଭାଗ୍ୟବାନ ବୋଲି କହୁଥିଲେ ଏମିତି ମଡେଲ ଭଳି ସ୍ତ୍ରୀ ପାଇଥିବାରୁ, ଝିଅର ସାଙ୍ଗମାନେ ବି ତାକୁ କହୁଥିଲେ ତୋ ମମ୍ ପୁରା ହିରୋଇନ୍ ।

ହେଲେ ସେ ନା ଗୋଟେ ମଡେଲ ସ୍ତ୍ରୀ, ନା ମଡେଲ ମା' ହେଇପାରିଥିଲା । ଆଉ ଛାଡିଗଲା.....ତା' ପାଇଁ ଏ ପରିବାର, ଘର, ସମ୍ପର୍କ ସବୁ ଗୋଡର ବେଡି ଥିଲା । ମୋର ତଥାପି ତା' ଲାଗି ଚିନ୍ତା ହେଉଥିଲା, ଝିଅର କିନ୍ତୁ କିଛି ବି ଫରକ ପଡୁନଥିଲା । ଆଉ ମୁଁ ସେ ଯିବାଦିନ ଠାରୁ ଖବରକାଗଜ ଆଉ ନିୟୁଜ ଉପରୁ ଆଖି ଉଠାଉନଥିଲି, ଠାକୁରଙ୍କୁ ଡାକୁଥିଲି ସେ ସଫଳ ହେଉ, ତା' ସ୍ୱପ୍ନ ପୁରଣ ହେଉ ।

ପ୍ରାୟ ଯିବା ୨୦ ଦିନ ପରେ ଟିଭିରେ ଆସିଲା ମଡେଲ ମାନସୀ, ଓଡିଶା ତରଫରୁ ଶିମ୍‌ଲାଠାରେ ହେଉଥିବା ସୁନ୍ଦରୀ ପ୍ରତିଯୋଗିତାରେ ଭାଗନେବେ । ତା'ର ସେ ଅଧା ମୁକୁଳା ପୋଷାକ ଆଉ ଆଖିରେ ଗଡଜିଣା ଚମକ ମତେ କି ଝିଅକୁ କିଛି ଲାଗୁନଥିଲା । ମୁଁ ହେଲେ ତା' ଲାଗି ଚିନ୍ତା କରୁଥିଲି । ହେଲେ ଝିଅ ଯେତିକି ତା ଜେଜେ ମା'କୁ ଝୁରୁଥିଲା, ତା' ହାତ ରନ୍ଧା, ତା' ଗପ, ତା' ପଣତ କାନି..... ହେଲେ ନିଜ ଜନ୍ମ କଲା ମା'କୁ ଦିନେ ବି ଖୋଜୁନଥିଲା ।

ଘର କାମବାଲି ବି ପାଖ ପଡୋଶୀଙ୍କ ଠାରୁ ମୋ ପରିବାରର ସବୁ ଗୁମର ବୁଝି ସାରିଥିଲା ଆଉ ବେଳେ ବେଳେ କହେ ବି, ବାବୁ ବଡ ମା' ବହୁତ ଭଲ ଲୋକ ଥିଲେ । ହେଲେ ଝିଅଙ୍କ ମା' ମୁଁ ତା' କଥା ପୁରା ହେବାକୁ ଦିଏନି । ଯାହା ହେଲେ ମୋ ସ୍ତ୍ରୀ ସେ, ମୋ ଝିଅର ମା'......

ଆଜି କିନ୍ତୁ ସବୁ ସରିଯାଇଥିଲା, ନିଉଜ୍‌ରେ ବାର୍ ବାର୍ କହୁଥାଏ ମଡେଲ ମାନସୀଙ୍କ କ୍ଷତ-ବିକ୍ଷତ ଶରୀର ଶିମ୍‌ଲାର ପାହାଡ ତଳୁ ଉଦ୍ଧାର, ମୁଁ ସେ ଦୃଶ୍ୟ ଦେଖି ଶିହିରୀ ଉଠୁଥିଲି..... ଶେଷରେ କ'ଣ ମାନସୀ ସ୍ୱପ୍ନର ଏ କରୁଣ ପରିଣତି ? ମୋ ଆଖିରୁ ଲୁହ ଗଡି ଆସୁଥିଲା । ମୋ ପାଖେ ସିଲୁ ଠିଆ ହୋଇ ଟିଭି ଦେଖୁଥିଲା, ପାଖକୁ ଆସି ମୋ ଲୁହ ପୋଛି କହିଲା ପାପା-ମମ୍ ତ ଆମକୁ ଯେବେ ଛାଡିଗଲା ସେବେ ହିଁ ମରିସାରିଥିଲା, ତମେ ଆଜି ଆଉ କାହିଁ କାନ୍ଦୁଛ ?

ମୋର ମନେପଡୁଥିଲା ବୋଉ ମରିବା ବର୍ଷେ ପୁରିଥିଲେ ବି ସିଲୁ ବୋଉ ଫଟୋ ଧରି କେତେ କାନ୍ଦେ । ପଛରୁ କାମବାଲି କହୁଥିଲା ଏ କଳିଯୁଗର ମା'ର ଏ ଅବସ୍ଥା ହବନି ତ ଆଉ କ'ଣ ହବ ଯେ.... ଆଜି ମୁଁ ଆଉ ତା' ପାଟି ଚୁପ୍ କଲିନି, କେମିତି ଗୋଟେ ଲାଗିଲା ସେ କିଛି ଭୁଲ୍ କହୁନି, ମାନସୀ ସହ ବିତିଥିବା ବର୍ଷ ସବୁ ମନେ ପକେଇଲି, ଯେତେ ଆଖି ବନ୍ଦ କରି ଅତିତ ଦେଖିଲି କୋଉଠି ତ ଗୋଟେ ସ୍ନେହି ମା' ଦେଖିପାରିଲିନି । ଏମିତି କି ସେ ଝିଅକୁ ମୋ ବୋଉ ଆଗରେ କେତେଥର

ହାତ ଉଠାଏ, ଆଉ ସବୁ ସୀମା ଟପି ବୋଉକୁ ବି ଦିନେ କହିଥିଲା ତମେ ଜେଜେ ମା', ମା' ହବାକୁ ଚେଷ୍ଟା କରନି । ନହେଲେ ଯୌତୁକ କେସ୍‌ରେ ତମ ମା-ପୁଅକୁ ଜେଲ୍‌ରେ ପୁରେଇବି....

ଝିଅର ଅଳି ଅର୍ଦଳିରେ ବି ସେ ବୁଝାଏନି ବରଂ ନିଜେ ଖାଇ ତାକୁ ଡ୍ରଇଁରୁମ୍‌ରେ ଏକଲା ଛାଡି ବାସ୍ ତା' ଫେସ୍‌ବୁକ୍....ମୁଁ ଫେରିବା ଯାଏଁ ବୋଉ ବି ତାକୁ ଡରି ନଖାଇ ନାତୁଣୀଟାକୁ ଧରି ବସିଥାଏ । ବୋଉର ବି ସାହାସ ନଥିଲା ତା' ପୁଅ ଘର ରୋଷେଇ ଘରୁ ନାତୁଣୀକୁ କିଛି ଖୋଇ ଦେବ । ଦିନେ ସେ ଖୋଇଥିଲା ବୋଲି, ମାନସୀ ଝିଅକୁ ଏତେ ମାରିଲା ଯେ, ଛୁଆଟା ବିକଳରେ ବାନ୍ତି କରିବା ଯାଏଁ ଛାଡି ନଥିଲା । ମୁଁ ନିଷ୍ପତି ନେଇ ସାରିଥିଲି, ଯିବିନି ମାନସୀର ଶେଷକୃତ୍ୟ କରିବାକୁ । ଶ୍ରଦ୍ଧାରେ ଶ୍ରାଦ୍ଧ, ଏ ସମ୍ପର୍କରେ ତ ଶ୍ରଦ୍ଧା ହିଁ ନଥିଲା ତ କଳି ଯୁଗ ମା' ଲାଗି ଶ୍ରାଦ୍ଧ ବି ଠିକ୍ ହବନି ।

■

ସମ୍ପର୍କ

ଜିତୁ ଅଫିସ୍ ଆଉ ପୁଅ ସ୍କୁଲ ଗଲା ପରେ ମୋର ସବୁଦିନିଆ କାମ ବେଶ୍ କିଛି ସମୟ ଫେସ୍‌ବୁକ୍ ଆଡେଇବା । କାଲି ମିତା ଅପା ଫୋନ୍ କରିଥିଲେ । ମୋ ବଡ ଯା', ଜିତୁ ଘରେ ଥିଲେ ତ ମୁଁ ଉଠେଇଲିନି । ଜମି ବାଡି ଆଉ ଆମ ପ୍ରେମ ବିବାହର ଘୋର ବିରୋଧ ଯୋଗୁ ବାହାଘର କିଛି ବର୍ଷ ବି ମୁଁ ରହିପାରିଲିନି ଶାଶୁ ଘରେ । ସବୁବେଳେ ଝଗଡା-ପାଟି ତୁଣ୍ଡ । ହେଲେ ଅପା ଭାରି ସ୍ନେହି, ତାଙ୍କ ପରି ତାଙ୍କ ଝିଅ ସୌମ୍ୟା ବି ଖୁବ୍ ଭଲ ପାଉଥିଲା ମତେ । ଛୋଟ ପିଲା ହେଲେ ବି ସେ ବୁଝିପାରୁଥିଲା ଏ ବାହାରୁ ଦିଶୁଥିବା ଏକାନିବର୍ତକ ପରିବାର ଭିତରୁ କିନ୍ତୁ କେରା ....କେରା ।

ଶାଶୁ-ଶଶୁର କେହି ନଥିଲେ । ଅପା ଭାଇ ଆମ ମୁରବି । ମୁଁ ବି ଗୋଟେ ବଡ ପରିବାରରୁ ଯାଇଥିବାରୁ ମତେ ସମସ୍ତଙ୍କ ସହ ମିଶିକି ଚଳିବାକୁ ଭଲ ଲାଗୁଥିଲା । ହେଲେ ଝଗଡା ଝଡର ରୂପ ନେଉଥିଲା, ଆଉ ମୋର ସୌମ୍ୟା ଲାଗି ଭଲ ପାଇବା ବି ବଢୁଥିଲା । ଦିନେ ଭାଇ ଶୁଣେଇ ଦେଲେ ଜିତୁ ତୁ ତୋ ପରିବାର ଧରି ତୋ କର୍ମକ୍ଷେତ୍ରକୁ ଚାଲିଯା । ଏ ଘର ମୁଁ ତୋଳିଛି, ତୋ ଭାଗ ଜାଗା ତ ତୁ ବିକ୍ରି କରି ଗାଡି, ଫ୍ଲାଟ କିଣିଲୁ । ମୁଁ କାହିଁକି ତୋ ପରିବାରକୁ ପୋଷିବି ।

ଅପା ପଥର ପରି ସବୁ ସହିଯାଉଥିଲେ କିନ୍ତୁ ତାଙ୍କ ଆଖି ତାଙ୍କ ହୃଦୟର ଭାଷା ପ୍ରକାଶ କରୁଥିଲା । ମୋର ପୁଅ ହେଇ ପୁଅ ଦୁଇ ବର୍ଷ କେମିତି ହେଲା ମୁଁ ଜାଣିବି ପାରିନଥିଲି । ମିତା ଅପା ଆଉ ସୌମ୍ୟା ତାକୁ ଆଦର ଯତ୍ନରେ ପୋତି ପକେଇଥିଲେ । ଆମେ ତିନି ଜଣ ପୁଅ ସହ ବେଶ୍ ଖେଳୁ, ଯେ ପର୍ଯ୍ୟନ୍ତ ଭାଇ-ଆଉ ଜିତୁ ଘରକୁ ନ ଫେରିଛନ୍ତି । ସେଦିନ ଭାଇଙ୍କ ଏଇ କଥା ପଦକ ଆମକୁ ଅଲଗା କରିଦେଲା । ଜିତୁ ବି ମତେ କହିଲେ ମିନି ଭାଇ ଆମର ପୁଅ ହେଇଛି

ବୋଲି ସହି ପାରୁ ନାହାନ୍ତି । ତମକୁ ମୋ ରାଣ ଚାଲ ଏଠୁ । ମୋର ବୁଝେଇବା ବ୍ୟର୍ଥ ହେଲା । ଆଉ ଅପା-ସୌମ୍ୟାଙ୍କୁ ସାମ୍‌ନା କରିବାର ସାହାସ ମୋର ନଥିଲା ଘର ଛାଡିଲି । ବାପ ଘର ଛାଡିଯିବାଠୁ ବେଶି କଷ୍ଟ ପାଇଲି । ହେଲେ କିଛି ରାସ୍ତା ନଥିଲା । ଭାଇ ଯେ ଅନ୍ନ-ଜଳ ଛୁଇଁବେନି ବୋଲି ଜିଦ୍ ଧରି ବସିଥିଲେ । ଆଉ ମୋ ମନ ଜାଣେ ଅପା କେବେ ମୋର ପୁଅ ବୋଲି ହିଂସା କରିବା କି ମୁଁ ସୌମ୍ୟାର ଖୁଡି ବୋଲି କିଛି ବି ସୀମାରେଖା ଟାଣି ନଥିଲେ ।

ସବୁଦିନ ସକାଳେ ଭାଇ କାମରେ ଗଲା ପରେ ଅପା ମୋ ସହ କଥା ହୁଅନ୍ତି । ଭିଡିଓ କଲ୍ କରି ସୌମ୍ୟା ବି ତା ଭାଇକୁ କେତେ କଥା କୁହେ । ହେଲେ ଏ କରୋନା ବେଳେ ସବୁ ଯେମିତି ଠପ୍ । ଜିତୁ କିଛି କାମରେ ବାହାରକୁ ଗଲେ, ସେପଟେ ଭାଇ ଘରେ, ତ ଆମେ କଥା ହେବା ବହୁତ କମିଗଲା । ଦୁଇଦିନ ଆଗରୁ ରାତିରେ ଅପା ଲେଖିଥିଲେ ମିନି ସୌମ୍ୟାର ଦେହ ଖରାପ, ଜ୍ୱର ଛାଡୁନି, ସେ ତତେ ଆଉ ତା'ଭାଇକୁ ବହୁତ ଖୋଜୁଛି । ମୁଁ ଜିତୁଙ୍କୁ ବି ଜଣେଇଥିଲି, ହେଲେ ସେ ବି ତାଙ୍କ ଭାଇଙ୍କ ପରି ଏକ୍‌ଜିଦିଆ କହିଥିଲେ ମତେ ସେ ସବୁ ଶୁଣାନି ।

ଆଉ ଏବେ ଫେସ୍‌ବୁକ୍‌ରେ ପାଖ ଘର ଭାଇନା ଫଟୋ ଛାଡିଛନ୍ତି, ଆମ ସୌମ୍ୟା ଭଳି ଦିଶୁଛି, ଫୁଲ ଗଦାରେ ନିଶ୍ଚଳ ହେଇ ଶୋଇଛି ! ଲେଖା ହେଇଛି ବିଦାୟରେ ମା ! ନା ମୋ ଆଖି ଭୁଲ୍ । ଏ ଆମ ଝିଅ ନୁହେଁ, ଭଲ କି ଦେଖୁଥିଲି ଆଉ ତା' ଚାରିପଟେ ଥିବା ଭିଡରେ ଅପା ବି .... ମୋ ଆତ୍ମାଟା ବିକଳ ହେଇ ଉଠିଲା । ଦେହ ଥରିବାକୁ ଲାଗିଲା, ଆଖିରୁ ଟୋପେ ଲୁହ ବି ଗଡିବାର ସାହାସ କରୁନଥିଲା । ମୋ ଗେହ୍ଲୀ, ତା' ଭାଇର ଅପୁ କେମିତି ଚାଲିଯିବ ? ଆମ ବଡ ମାନଙ୍କ ଲଢ଼େଇରେ ଏ ଛୋଟ ଛୁଆ ଦି'ଟା କ'ଣ ପାଇଲେ । ପୁଅ ସ୍କୁଲ ନ ବାହାରିଲେ ମୋର ଗୋଟେ ଧମକ ତାହେଲେ ଭିଡିଓ କଲ କରିବନି ତୋ ଅପୁକୁ । ଆଉ ପୁଅ ସ୍କୁଲରୁ ଫେରି ଭୁଲେନି, ଜୋତା ଖୋଲୁ ଖୋଲୁ ଆଗ କହେ ମାମା ଅପୁକୁ ଫୋନ୍ କର, ସେ ନହେଲେ ସ୍କୁଲ ପଳେଇବ । ଆଜି ତାକୁ କ'ଣ କହିବି ? ଅପାଙ୍କୁ ଫୋନ୍ କରି ସାନ୍ତ୍ୱନା ଦେବି ? ନା ଜିତୁଙ୍କୁ ଫୋନ୍ କରିବି । ମୁଣ୍ଡ କାମ କରୁନଥିଲା ମୋର । ମନସ୍ଥ କଲି ଆମେ ଯିବାକୁ ହବ, ଏ ସମୟରେ କି ମାନ-ଅଭିମାନ ।

ଜିତୁଙ୍କୁ ଫୋନ୍ କଲି, ଭାବିଥିଲି ସେ ବି ମୋ ଭଳି ଜଡ ହେଇଯିବେ ! ହେଲେ ସେ କେମିତି କହିପାରିଲେ...ଭାଇ-ଭାଉଜ ତ ଜଣେଇ ନାହାନ୍ତି, ଆମେ

ତାଙ୍କର କେହି ନୁହେଁ । ଯାଇ ଅପମାନିତ ହେବା ଦରକାର ନାହିଁ ମୁଁ କିନ୍ତୁ ଖୁଡି, କି ସାନ ଯା' ହେଇ ନୁହେଁ, ଗୋଟେ ମା' ଭାବେ ବହୁତ କଷ୍ଟ ଅନୁଭବ କରୁଥିଲି । ସୌମ୍ୟାର ସେ ଚେହେରା, ସାନ ମା' ଡାକ, ମୋ ଚୁଟି କରିଦିଅ, ମୋତେ ଖୋଇ ଦିଅ, ଆଉ ତା' ଭାଇକୁ ଟିକେ ବି ଆଖି ଆଗରୁ ଛାଡେନି । ବଡ ଯା' ତ ମୋ ମା' ଭଳି ମୋର କରିଛନ୍ତି, ପୁଅ ହେବା ଆଗରୁ ହିଁ ମୋତେ କାନି ଘୋଡେଇ ରଖୁଥିଲେ । ଘର ପଦାକୁ ଗଲେ ଦୌଡି ଆସି ଫୁଲ ଝାଡୁରୁ ଟିକେ ମୋ ଖୋସାରେ ଗେଂଜି ଦିଅନ୍ତି, ମତେ କାଳେ କାହାର ନଜର ହେଇଯିବ ! ଅନ୍ଧ ବିଶ୍ୱାସ ଜାଣି ମଧ ତାଙ୍କ ସ୍ନେହ ଆଗରେ ମୋ ପାଟି ଫିଟେନି । ଆଉ ପୁଅର ତେଲ ଘଷା, ସଫା ସୁତୁରା ସବୁ ତ ଅପା କରୁଥିଲେ । କେବେ ବି ତାଙ୍କ ପାଖେ ପୁଅ-ଝିଅର ଫରକ ଦେଖି ନଥିଲି । ଆଉ ଆଜି ସେ ସ୍ନେହି ମଣିଷର ସେ ଝିଅଟିର ହସ ହସ ମୁହଁ ଆଖି ଆଗରେ ହିଁ ଠିଆ ହେଲା ।

ନା' ମୁଁ ଯିବି ! ଗୋଟେ ସାନ ଯା' କି ତାଙ୍କ ଦିଅରର ସ୍ତ୍ରୀ ନୁହେଁ, ଗୋଟେ ମା' ଆଉ ଗୋଟେ ମା' ପାଖକୁ ଯିବ । କିଏ କହିଲା ଜମି ବାଡି, ଟଙ୍କା ପଇସା ଆମକୁ ଭାଗ କରେ ବୋଲି ? ଆମେ ନିଜେ ନିଜ ଅହଂକାର ଯୋଗୁ ଭାଗ ହେଉ । ଟ୍ରାଭେଲକୁ ଫୋନ୍ କରି ଗାଡିଟେ ଡକେଇ, ଟିଫିନ୍‌ରେ ଦୁଇ ଖଣ୍ଡ କେକ୍ ଧରି ପୁଅ ସ୍କୁଲକୁ ଗଲି । ଦରଖାସ୍ତ ଦେଇ ପୁଅକୁ ସାଥିରେ ଧରି ଜିତୁଙ୍କୁ ମେସେଜ୍ ଦେଲି, ଜିତୁ ଗୋଟେ ମା' ଯେ କ'ଣ ହରେଇଛି ସେଟା ଆଉ ଗୋଟେ ମା' ଯଦି ନ ବୁଝିବ ତାହେଲେ ଭଗବାନ ବୋଧେ ଏ ଦାୟିତ୍ୱ ଆଉ କଉବି ମା'କୁ ଦେବେନି । ମୁଁ ଯାଉଛି, ସୌମ୍ୟାକୁ ଶେଷ ବିଦାୟ ଦେବାକୁ। ପୁଅକୁ ଟିଫିନ୍‌ଟା ବଢ଼େଇ ଖାଇଦେ, ଆମେ ବଡ ମାମା ଘରକୁ ଯାଉଛେ ଡେରିହବ ।

ସେ ଯେତେବେଳେ ଦୁଇଖଣ୍ଡ କେକ୍‌ରୁ ଖଣ୍ଡେ ଧରି କହିଲା ମାମା ଆରଟା ମୋ ଅପୁ ପାଇଁ ଥାଉ । ମୁଁ ଆଉ ସମ୍ଭାଳିପାରିଲିନି, ତାକୁ ଧରି ଭୋ ଭୋ କାନ୍ଦିଲି । କହିଲି ବାବୁରେ ଆମେ ଡେରି କରିଦେଲେ । ଘରଠି ପହଂଚିଲା ବେଳକୁ ତାକୁ ଶ୍ମଶାନ ନେଇସାରିଥିଲେ ଆଉ ଅପା ପଥର ପରି ଦୁଆରେ ବସିଥିଲେ । ପାଖ ଘର ମାଉସୀ କହିଲେ ମିତା କାଲିଠାରୁ ଥରେ ବି କାନ୍ଦିନି, ତୁ ଦେଖ ତୋ ଅପା କଥା । ମୁଁ ଯାଇ କୋଳେଇ ଧରି ମୋର ଭୁଲ୍ ହେଇଗଲା ଅପା, ମୋର ଏ ଘରୁ ଯିବାର ହିଁ ନଥିଲା, କ୍ଷମା କରିଦିଅ । ତଥାପି ମିତା ଅପା ଚୁପ୍, ପୁଅ ଜାଇ ତା ବଡ ମାମା ବେକରେ ହାତ ଗୁଡେଇ ପଚାରିଲା ମାମା ଅପୁ କାହିଁ, ମୁଁ ତାକୁ ଆଜି ମୋବାଇଲ୍‌ରେ ନୁହେଁ ସତରେ ଦେଖିବାକୁ ଆସିଛି ! ସେ ସ୍କୁଲ ଯାଇଛି କି ? ମୁଁ କବାଟ ପଛରେ

ଲୁଚିଥିବି ସେ ଆସିଲେ ତାକୁ ସରପ୍ରାଇଜ୍ ଦେବି ! ପଥର ପାଲଟି ଥିବା ବଡ ମାମାଟା ପୁଅକୁ ଧରି ଯେତେ ପାରେ ସେତେ କାନ୍ଦିଲେ ତୋ ଅପୁ ଆଉ ଆସିବନିରେ ଧନ..... ତୋ ଅପୁ ବି ଅଭିମାନ କରି ମତେ ଛାଡିଗଲା....

ଜିତୁ ବି ପଛେ ପଛେ ଯାଇ ପହଂଚିଲେ, ଘରେ ସୌମ୍ୟା ନାହିଁ ଦେଖି ପୁଅକୁ ଧରି ଶ୍ମଶାନ ଆଡେ ଦୌଡିଲେ.....ପୁଅ ପଚାରିଲା ଡାଡି ଅପୁ ପାଖକୁ ଯିବା କି ? ରୁହ ମୁଁ କେକ୍‌ଟା ନେଇ ଆସେ....ଆମେ ସମସ୍ତେ ନିରୁତର ଥିଲୁ.....କେହି ସାହସ କରିପାରିଲୁନି ଆମ ଜିଦି, ଅଭିମାନ ଯେ ତାକୁ ତା ଅପୁକୁ ଶେଷ ଦେଖାଟେ ବି କରେଇ ପାରୁନି, କିଏ କହିଲା ସମ୍ପର୍କ ଖାଲି ରକ୍ତର.... ? ସମ୍ପର୍କ ତ ସୃଷ୍ଟି କର୍ତାଙ୍କର ସବୁଠାରୁ ସୁନ୍ଦର ସୃଷ୍ଟି......... ।

■

କର୍ତ୍ତବ୍ୟ

ରାତି ପ୍ରାୟ ବାରଟା, ମନଟା ଭଲ ଲାଗିଲାନି ଉଠିଆସି ଡ୍ରଇଁ ରୁମ୍‌ରେ ବସି ଭାବିବାକୁ ଲାଗିଲି, ରାତି ପାହିଲେ ପୁଣି ସେଇ ଯୁଦ୍ଧ ଚାଲିବ ଘରେ । ମାନସୀର କଥା ତା' ବାଟରେ ଠିକ୍ ଆଉ ବାବା-ବୋଉଙ୍କର ତାଙ୍କ ବାଟରେ । ମାନସୀର ଅଭିମାନ ମିଶା ଯୁକ୍ତି ପୁଅ ସ୍କୁଲ ଯିବା ବୟସ ହେଲା, ମୋ ପୁଅ ତମ ସହ ହାଇଦ୍ରାବାଦରେ ରହି ପଢ଼ିବ । ଆଉ କେତେ ବର୍ଷ ତମେ ହୋଟେଲରୁ ଖାଇବ ! ମୋର ବି ମନ ହେଉଥାଏ ଅନ୍ୟ ଷ୍ଟାଫଙ୍କ ପରି ପରିବାର ଧରି ରୁହନ୍ତି । ସେଠି ଏତେ ବଡ ଘର ମିଳିଛି ହେଲେ ରାତିରେ ଖୁବ୍ ଡେରିରେ ଫେରେ । କିଏ ଚାହିଁଥିବ ଯେ ଘରେ ! ବହୁତ ବୁଝାଇବା ସତ୍ତ୍ୱେ ବାପା-ବୋଉ ଗାଁରୁ ସହର ଯିବାକୁ ନାରାଜ । ତାଙ୍କ ଯୁକ୍ତି ତୁ ବି, ଏ ଗାଁରେ ପାଠ ପଢ଼ିଛୁ, ତୋର କେମିତି ଏତେ ଭଲ ଚାକିରି, ଏତେ ସୁନ୍ଦର ବହୁ ମିଳିଲା !

ମୁଁ ଆସିବା ଆଗରୁ ହିଁ ମାନସୀ କହିଥିଲା ଏଥର ମତେ ନ ନେଇ ଗଲେ ମୁଁ ମୋ ବାପ ଘରକୁ ଚାଲିଯିବି । ବାହାଘର ପାଂଚ ବର୍ଷ ହେଲା, ତମ ବଡ ଭାଇ ଭାଉଜ ଦେଶ ବାହାରକୁ ଗଲେନି ଯେ, ନିସ୍ତାର ପାଇଗଲେ । ମୋ ବାପା ତମ ଚାକିରି ଦେଖି ବାହା ଦେଇଥିଲେ.... ଏମିତି ଅନେକ କିଛି ଦଲିଲ୍ ।

ଆଉ ବୋଉର କାନ୍ଦ ତୁ କେଡେ ରୋଗୀଣା ଛୁଆଟେ ହେଇଥିଲୁ ଯେ, ତତେ ପଣତ କାନି ଘୋଡେଇ ବଡ କରିଛି । ଭାଇ ତ ଗଲା, ଏ ବୟସରେ ତୁ ବି ସ୍ତ୍ରୀ ପିଲା ନେଇଗଲେ ଯାହା ଚାରି-ଛ' ମାସରେ ଆସୁଛୁ ଆଉ ଆସିବୁନି । ଯିବୁ ଯଦି ମୋତେ ଆଉ ବାପାଙ୍କୁ ବିଷ ଦେଇ ଦେ । ଏ ଘର ବାଡି ବିକି ତୋ ଛୁଆ ଭବିଷ୍ୟତ ଗଢ଼ିବୁ । ସେପଟେ ମାନସୀର ଲୁହକୁ ଏପଟେ ବୋଉର । ବାପା କିନ୍ତୁ ପୁରା ଚୁପ୍ । ଆଉ ମୋତେ କିଛି ବି କହିବାର ଅଧିକାର ନାହିଁ, ମୁଁ ପରା ପୁଅ ମୋର କର୍ତ୍ତବ୍ୟ, ଆଉ ମୁଁ ପରା ସ୍ୱାମୀ ସେଟା ବି ମୋ କର୍ତ୍ତବ୍ୟ । ଏ ସବୁ ଭିତରେ କେହି ମୋ ମନ

ବୁଝନ୍ତିନି । ମୋ ଆଖିରୁ ସିନା ଲୁହ ଗଡେନି କିନ୍ତୁ ଆତ୍ମା କାନ୍ଦେ । ବହୁତ ବ୍ୟସ୍ତ ଲାଗିଲେ ବି ମୁଁ କାନ୍ଦି ପାରିବିନି । ମୋର ପରା ନ କାନ୍ଦି କର୍ତ୍ତବ୍ୟ କରିବା ବି କର୍ତ୍ତବ୍ୟ ।

ବୋଉ କେବେ ପଚାରିନି ତୁ ଏକଲା କେମିତି ଚଳୁଛୁ, କି ମାନସୀ ବି କେବେ ବୁଝେନି, ବୟସ୍କ ବାପା ବୋଉଙ୍କୁ ଆଉ ପୁଅର ହେଇ ଚାଲିଲା, ହେଇ ବାବା ବାବା ହେଉଛି ଭିଡିଓ କଲ୍‌ରେ ଦେଖି ମନଟା ମୋର କ'ଣ ହେଉଥିବ । କାଲି ମୋର ଫେରିବାର ଅଛି, ଏଥର ନିଶ୍ଚିତ କହି ଆସିଥିଲି ବାଧ୍ୟକରି ସମସ୍ତଙ୍କୁ ନେଇଯିବି ବୁଲିବା ବାହାନାରେ, ଆଉ କିଛି ଦିନ ପରେ ଯଦି ବାପା-ବୋଉ ଗାଁକୁ ଫେରିବାକୁ ଚାହିଁବେ ତ ଛାଡି ଆସିବି ।

ଆସିଲା ଦିନଠାରୁ ସକାଳ ବ୍ରେକ୍‌ଫାଷ୍ଟ ଟେବୁଲ ରୁ ହିଁ ଆରମ୍ଭ ହେଇଯାଏ ଯୁଦ୍ଧ ମୋର କାହାପ୍ରତି ବେଶୀ କର୍ତ୍ତବ୍ୟ । କେହି କେବେ ଭାବିଲେନି ମୋର ନିଜ ଲାଗି କିଛି କର୍ତ୍ତବ୍ୟ ଅଛି ବୋଲି ।

ହଠାତ୍ ବାପାଙ୍କ ରୁମ୍ କବାଟ ଖୋଲିବାର ଶବ୍ଦରେ ମୁଁ ମୋ ଆଖିଲୁହ ପୋଛି ନିୟୁଜ ପେପରରେ ମୁହଁ ଲୁଚାଇଲା ଭଳି ବସିଲି । ବାପା ଆସି ପାଖରେ ବସି ପ୍ରଥମ ଥର ଏ ବିରାଟ ଯୁଦ୍ଧ ଉପରେ କିଛି କହିଲେ । ପୁଅରେ ତୁ ତୋ ଜେଜେ ମା'କୁ କେବେ ଦେଖିଛୁ ? ବହୁତ ମନେ ପକାଇ କହିଲି, ନା' ବାପା-ଜେଜେ ମା'ଙ୍କ ମୃତ୍ୟୁ ବେଳକୁ ପରା ମୋର ଦଶମ ପରୀକ୍ଷା ଥିଲା ବୋଲି ବୋଉ ଆଉ ମୁଁ ଯାଇ ପାରିନଥିଲୁ । ଆଉ ମୁଁ ତ ବର୍ଷକର ହେଇଥିଲି ତମେ ଆମକୁ ଏଇ ଚୌଦ୍ୱାର ନେଇ ଆସିଥିଲ । ଏଇଠି ତମ ଚାକିରି-ଘର କିଣା ସବୁ । ମୁଁ ଜେଜେ ମା'କୁ କେତେବେଳେ ଆଉ ଦେଖିଲି ?

ବାପା କହିଲେ ତୋ ବୋଉ କଥା ଏବେ କିଛି ବୁଝିଲୁ ? କଥାରେ ଅଛି ପରା ଯାହା ପୁଅକୁ ସାପ କାମୁଡେ, ତା ମା' ପାଳ ଦଉଡି ଦେଖିଲେ ବି ଡରେ । ତୋ ବୋଉ ଡରୁଛି, ସେ ଯେମିତି ତତେ ଧରି ମୋ କର୍ମକ୍ଷେତ୍ର ଆସିଲା ଯେ, କେବେ ଆଉ ମୋ ଗାଁକୁ ଫେରିଲାନି, ଏମିତି କି ତୋ ଜେଜେ ମା' ଶେଷକୃତ୍ୟ ବେଳେ ବି ତୋ ପରୀକ୍ଷା ଲାଗି ଶେଷ ଦର୍ଶନ ଲାଗି ବି ଗଲାନି, ସେ ଡରୁଛି ବହୁ, ନାତି ଥରେ ଗଲେ କାଳେ ତା' ଶେଷ ନିଶ୍ୱାସ ଯାଏଁ ଆଉ ଫେରିବେନି ।

ମୋ ମୁଣ୍ଡର ବଡ ବୋଝ ଯେମିତି ହାଲୁକା ହେଇଗଲା, ବାପା ଛୋଟ ଥିଲେ ଜେଜେ ଚାଲିଯାଇଥିଲେ । ଆଉ ଜେଜେ ମା' ଏକଲା ମଲେ ପଛେ ବୋଉ କେବେ ମତେ ନେଇ ତାଙ୍କ ପାଖେ ଦୁଇ ଦିନ ବି ରହିନି । ତ'ମତେ ରାସ୍ତା ମିଳିଗଲା, ସକାଳେ ବୋଉକୁ ମୁଁ ଆଉ ମାନସୀ ଯାଇ କହିଲୁ ବୋଉ ଚିନ୍ତା କରନି ଆମେ

ହାଇଦ୍ରାବାଦରେ ଜମା ଘର କିଣି ରହିବୁନି । ପ୍ରତି ଖରାଛୁଟି ନିଶ୍ଚେ ଆସିବୁ । ଆଉ ମୁଁ ଚେଷ୍ଟା କରି ଓଡିଶା ପଳେଇ ଆସିବି ଟ୍ରାନ୍ସଫର ନେଇ । ଜମା ଡର ନା' ବୋଉ କି ତୁ ବି ତୋ ନାତିକୁ ଦେଖି ପାରିବୁନି, ବୋଉ ଚୁପ୍ ଆଖିରେ ଢ଼ଳ ଢ଼ଳ ଲୁହ । ଆଉ କିଛି ସମୟ ପରେ ବୋଉ ମାନସୀକୁ ରୋଷେଇ ଘରେ ଡାକି ଦେଖଉଥିଲା ଏଥିରେ ବଡି, ସେ ଡବାରେ ଆମ୍ବୁଲ, ଆଉ ମାନସୀ ବୋଉକୁ କୋଳେଇ ଧରି କହୁଥାଏ ବୋଉ ଆପଣ ପୁଅ ଆଉ ନାତିଙ୍କୁ କେବେ ଝୁରିବାକୁ ଦେବିନି । ମୁଁ ପରା ବାହା ହେଇ ପାଂଚ ବର୍ଷ ଆପଣଙ୍କ ସହ ରହି ବୋହୂ ଆଉ ଝିଅ ଦୁଇଟା ଯାକ ହେଇ ସାରିଛି.....

ମୁଁ ଏ ଦୃଶ୍ୟ ଦେଖି ଶାନ୍ତିରେ ନିଶ୍ୱାସ ମାରି ବୁଲି ପଡିଲା ବେଳକୁ ବାପା ତାଙ୍କ ନାତିକୁ କାଖରେ ଧରି ମୋ ପଛରେ ଠିଆ ହେଇ ସ୍ମିତ ହସ ହସୁଥିଲେ.... ତାଙ୍କ ଆଖି ମତେ କହୁଥିଲା କର୍ତ୍ତବ୍ୟ କରିବା ଲାଗି ବଳ କଷା କସି ନୁହେଁ ଆତ୍ମୀୟତା ଦରକାରରେ ବାବୁ........

■

ସରକାରଙ୍କୁ ଚିଠି

ଆଜି ମାତ୍ର ତିନି ଦିନ ହେବ ମୋର ପୋଷ୍ଟିଙ୍ଗ ରାଇକେଲା ଗାଁ ପୋଷ୍ଟ ଅଫିସ୍‌କୁ । ପୁରୀ ଲୋକ ହଠାତ୍ ଏତେ ଭିତର କନ୍ଧମାଳର ଗାଁ ତ ଏଯାଏଁ ମନ ଲାଗିନଥିଲା ମୋର । ପ୍ରଥମ ପୋଷ୍ଟିଂ ତ ମନା କରିବାର ବାଟ ବି ନଥିଲା ।

ପୋଷ୍ଟ ମାଷ୍ଟର ଆଉ ନୂଆ ଚାକିରି ବୋଲି ମୁଁ ଦିନ ନ' ହେବା ଆଗରୁ ହିଁ ଅଫିସ୍ ପହଞ୍ଚିଯାଉଥିଲି । ସେଇ ପାଖରେ ଗୋଟେ କ୍ୱାର୍ଟର ତ ଚାଲିକି ଅଫିସ୍ ଯାଇହୁଏ । ଏଠିକା ଲୋକଙ୍କ ଭାଷା ଟିକେ ଭିନ୍ନ ଥିଲା ହେଲେ ସେମାନଙ୍କ ଚାହାଣି ଭାରି ନିରିହ ଲାଗୁଥିଲା । ମୋ ଛଡା ଅଫିସ୍‌ରେ ଆଉ ମାତ୍ର ତିନି ଜଣ, ସେମାନେ ବି ସେଇ କନ୍ଧମାଳର । ଜଣେ ଆଉ ବର୍ଷେରେ ରିଟାର୍ଡ ବି ହେବେ, ପିଅନ ହେଲେ ବି ବୟସ ଦୃଷ୍ଟିରୁ ମୁଁ ତାଙ୍କୁ ଯଥାଚିତ ସମ୍ମାନ କରେ ।

ଗୋଟେ କଥା ମନକୁ ଟିକେ ବିଚଳିତ କଲା ପ୍ରତ୍ୟେକ ଦିନ ଅଫିସ୍ ଗଲା ବେଳକୁ ଜଣେ ବୁଢ଼ା, ପ୍ରାୟ ସତୁରୀ ହେବେ ବୋଧେ, ମଇଳା, ଛିଣ୍ଡା ପୋଷାକ, ଆଖିରେ ଆଖିଏ ପ୍ରଶ୍ନ ନେଇ ଅଫିସ୍ ବାରଣ୍ଡାରେ ବସିଥାଏ । ଦୁଇ ଦିନ ମୁଁ ଅଣଦେଖା କଲି ହେଲେ ତୃତୀୟ ଦିନ ପଚାରିଲି ମଉସା କିଛି କାମ ଅଛିକି ? ସେ ଆଗ୍ରହରେ ଉଠି ଆସି କହିଲା ଆଜ୍ଞା ମୋର ଚିଠିଟେ ଆସିବ ବୋଲି ଛଅମାସ ହେଲା ଅପେକ୍ଷା କରିଛି । ହେଲେ ଏ ବାବୁମାନେ ଶୁଣୁ ନାହାନ୍ତି, ରଘୁଆ ଆମ ପିଅନ ଦୌଡି ଆସି କହିଲା ସାର୍ ଆପଣ ଭିତରକୁ ଚାଲନ୍ତୁ, ଏ ବୁଢ଼ା ବାୟାଟା । ହେଲେ ସେ ଲୋକର ଛଳ ଛଳ ଆଖି ମୋତେ ବାଧା ଦେଲା, ମୁଁ କହିଲି ମଉସା ଚିଠି ଆସିଲେ ତମ ଘରେ ଦେଇ ଆସିବେ । ତମେ ଆସିବା ଦରକାର ନାହିଁ । ସେ କହିଲେ ବାବୁ ମୋର ଘର ଠିକଣା ନାହିଁ, ଏ ଅଫିସ୍ ବାଲା କହୁଛନ୍ତି ଚିଠି ଆସିଲେ ପଞ୍ଚାୟତ ଅଫିସ୍‌ରୁ ନେଇଯିବ, ଆଉ ସେଠି ମୁଁ ବାର୍ଦ୍ଧକ୍ୟ ଭତ୍ତା ଲାଗି ଗଲେ ଚିଠି କଥା ପଚାରେ, ସେମାନେ ବି

କୁହନ୍ତି ବାୟା ଟା କି, ଚିଠି ପୋଷ୍ଟ ଅଫିସ୍‌ରେ ଏଠି କଣ ଖୋଜୁଛୁ । ବାବୁ ତ ମୁଁ କ'ଣ...... ଏତିକିରେ ରଘୁଆ ପୁରା କଡା କରି ତାକୁ ତାଗିଦ୍ କରି ମତେ ଭିତରକୁ ନେଇ ଆସିଲା ।

ମୋ ରୁମ୍‌କୁ ଗଲା ପରେ ସେ ବୁଢ଼ାର ଛଳ ଛଳ ଆଖି ଆଉ ଯୋଡ ହସ୍ତ ହିଁ ଦିଶୁଥିଲା । ରଘୁଆକୁ ବେଲ୍ ମାରି ଡାକିଲି, ସେ ଚା କପ୍‌ଟେ ଧରି ଆସିଲା, ପଚାରିଲି ସେ ମଉସା କଉ ଚିଠି ଅପେକ୍ଷାରେ ଅଛି ? ବହୁତ ଗରିବ ବି ଲାଗୁଛି । ରଘୁଆ କହିଲା ବାବୁ ସେ ଗରୀବ ନୁହେଁ ତା' ଭାଗ୍ୟ ଟା ଗରିବ, ଛାଡନ୍ତୁ ଚା' ପିଅନ୍ତୁ । ମୁଁ ପୁଣି ପଚାରିଲି ତ ରଘୁଆ କହିଲା ତା' ପୁଅ ପରା ବମ୍ବେରେ ବଡ ଚାକିରି କରୁଛି । ଆମ ପୋଷ୍ଟ ଅଫିସ୍‌କୁ ହଜାରେ ଟଙ୍କା ପ୍ରତିମାସ ପଠାଏ । ବୁଢ଼ା ଗରୀବ ହେଲେ ବି ଭାରି ସ୍ୱାଭିମାନୀ ଆଜ୍ଞା, ଟଙ୍କାଟେ କାହାକୁ ମାଗିବନି । ଚା' କପ୍‌ଟା ଧରୁ ଧରୁ କାହିଁ ମନ ହେଲା କହିଲି ଚା'ଟା ଦେଇ ଆସ । ଆଉ ତାହାଲେ ସେ ପୁଅ ଚିଠି ଅପେକ୍ଷାରେ.... ନା' ଆଜ୍ଞା ବାୟା ବୁଢ଼ା ସରକାରଙ୍କୁ ଚିଠି ଟେ ଲେଖିଥିଲା । ବାରମ୍ବାର ଆମେ ଫେରେଇଲୁ କି ସରକାର କ'ଣ ତୋ କଥା ନିଜେ ଆସି ବୁଝିବେ ଯେ ଚିଠି ଦଉଛୁ । ଯା ସରପଞ୍ଚକୁ ତୋ କଥା କହ, ହେଲେ ବହୁତ ଥର ଚିଠି ନେଇ ଆସିବାରୁ ଆମେ ଚିଠିଟା ରଖି ଦେଲୁ, ଆଉ ସେଇ ଦିନୁ ବୁଢ଼ା ଅପେକ୍ଷାରେ ଅଛି ସରକାରଙ୍କ ଚିଠି ଆସିବ ।

ରଘୁଆ ଆଉ ମୋ କଥା ନଶୁଣି କହିଲା ଆପଣ ଚା' ପିଅନ୍ତୁ ବାବୁ, ପୁରୀରୁ ଆସିଛନ୍ତି ଏ କନ୍ଧମାଳ ଅଞ୍ଚଳ କାହାକୁ ଏତେ ଦୟା କରନ୍ତୁନି । ମୁଁ ମୋ କାମ ସାରି ଫେରିଲା ବେଳକୁ ଦେଖିଲି ବୁଢ଼ା ସେଠି ନାହିଁ । ପଚାରିବା ଆଗରୁ ରଘୁଆ କହିଲା ବାବୁ ସେ କାଲି ପୁଣି ଆସିବ ଆଉ କାଁ ଭାଁ ଚିଠି ଆସିଲେ ଡାକବାଲା ଗାଁ ଆଡେ ବାହାରିବ କି ପଚାରିବ ମୋ ଚିଠିର ଉତ୍ତର ଆସିଲା କି ? ବାବୁ ତାକୁ ବୋଧେ ଟି.ବି. ହେଇଛି, ଦେଖୁ ନାହାନ୍ତି କେତେ କାଶୁଛି । ମୁଁ ରାତିରେ ବି ସେଇ କଥା ଭାବୁଥିଲି ପୁଅ ତ ବମ୍ବେରେ ତ ସେ ବୁଢ଼ା ମଉସା ସରକାରଙ୍କୁ କାହିଁକି ଚିଠି ଲେଖିଲା ।

ଏମିତିରେ ରାତି ପାହିଲା, ଆଜି ଆଉ ଡେରି ନ କରି ଆଠଟାରୁ ଅଫିସ୍ ଚାଲିଲି, ରଘୁଆ ତ ସେଇ ଅଫିସ୍ ପରିସରରେ ରହୁଛି, ଆଜି ଭଲ ସେ ବୁଢ଼ା ମଉସା କଥା ବୁଝିବି, ମତେ ଦେଖି ରଘୁଆ ତରତର ହେଇ ଅଫିସ୍ ଖୋଲି ଦେଇ ଚୌକିଟେ ପିଣ୍ଡାରେ ପକେଇ କହିଲା ବାବୁ ଏଇଠି ବସନ୍ତୁ, ମୁଁ ଅଫିସ୍‌ଟା ଟିକେ ଝାଡୁ କରିଦିଏଁ । ମୁଁ କହିଲି ରଘୁଆ ସେ ମଉସା ଚିଠିରେ କ'ଣ ଲେଖିଥିଲା ? ବେଖାତିର୍ ଭାବେ ଉତ୍ତର ଦେଲା କିଏ ପଢ଼ିଛି ଆଜ୍ଞା, ବାୟାଟା କ'ଣ ଲେଖିଥିବ କେଜାଣି । ରୁହନ୍ତୁ ଚିଠିଟା

ଏଇଠି ବଡ ବାବୁଙ୍କ ଟେବୁଲ୍ କ୍ଲଥ ତଳେ ରଖିଥିଲି ଦେଖୁଛି ଥିବ କି? ମୋର ଉତ୍ସୁକତା ଆହୁରି ବଢ଼ିଗଲା, ରଘୁଆ ଭିତରକୁ ଯାଇ ହାତରେ ଲଫାପାଟେ ଧରି ଆସିଲା, ଉପରେ ଲେଖା ଯାଇଥିଲା ସରକାର, ଓଡିଶା, ପ୍ରେରକ ରଙ୍କନିଧି ବାଗ୍, ଆଗ୍ରହରେ ଲଫାପା ଚିରି ଚିଠିଟା କାଢ଼ିଲି, ରଘୁଆର ଇଚ୍ଛା ନଥିଲା ଦେଖିବାକୁ ତ ସେ ଅଫିସ୍ ଝାଡୁ କରିବାରେ ଲାଗିଲା । ମୁଁ ଚିଠିଟି ପଢ଼ିବାକୁ ଲାଗିଲି, ମୋ ପ୍ରିୟ ସରକାର, ମୁଁ ରଙ୍କନିଧି ବାଗ ଆପଣଙ୍କ ଓଡିଶାର କନ୍ଧମାଳ ଜିଲ୍ଲା ରାଇକେଲା ଗାଁରେ ରୁହେ । ସରକାର ଆଜ୍ଞା ମୁଁ ବି ଚାକିରି କରୁଥିଲି, ଘର ବଖରେ, ଜମି ମାଣେ ବି ଥିଲା । ମୋ ସ୍ତ୍ରୀ ସୁକାନ୍ତି ମହୁଲ ଗୋଟେଇ ଯାଏ ଆଉ ମୁଁ ଚାକିରିକୁ ଯାଉଥିଲୁ । ଆମର ପୁଅଟିଏ ହେଲା, ତାକୁ ଦୁହେଁ ଆଦରରେ ବଡ କଲୁ, ସେ ଗାଁ ସ୍କୁଲ ଯାଉଥିଲା, ତିନି ଶ୍ରେଣୀ ହେଇଛି ତା' ମା ସୁକ ଅଜଣା ଜ୍ୱରରେ ପଡିଲା, କେତେ ବଇଦ, ଔଷଧ କଲି, ଗୁଣିଆ ପାଖକୁ ବି ଗଲି, ସେ କହିଲା ଜଙ୍ଗଲରୁ ତା ଉପରେ ଭୂତ ଛାଇ ପଡି ଜ୍ୱର ହଉଛି, ଠିକ୍ କରିଦବ । ହେଲେ ସୁକ ବିଛଣା ଧରିଲା ଯେ ଆଉ ଉଠିପାରିଲାନି, ମୋର ବି କାମ ଯିବା ବନ୍ଦ ହେଲା, ଛୁଆ କଥା ଆଉ ତା' ମା' କଥା ବୁଝିବାରେ ସମୟ ଗଲା । ହେଲେ ତା' ମା' ବଞ୍ଚିଲାନି । ମା' ଛେଉଣ୍ଡ ପିଲାଟାକୁ ଏକଲା କେମିତି ଛାଡିବି ବୋଲି ଚାକିରି ଛାଡି, ବିଲ କାମ କଲି । ବିଲରେ ଶୀତ-ଖରାରେ ଖଟି ଖଟି ମୋର କାଶ ହେବାରେ ଲାଗିଲା । ପୁଅକୁ ପାଠ ପଢ଼େଇ ମଣିଷ କରିବି ବୋଲି ଲାଗି ପଡିଲି ଆଜ୍ଞା, ତାକୁ ଦଶ କ୍ଲାସ ପରେ ଏ ଗାଁ ମୁରବିଙ୍କ ପୁଅ ସହ କଟକ ବଡ କଲେଜରେ ପଢ଼ିବାକୁ ଛାଡିଲି । ସହର ଜାଗା ସରକାରୀ କଲେଜ ହେଲେ ବି ପୁଅ ମୋର ପିନ୍ଧିବା, ଖାଇବା, ବହି ପତ୍ର ଆଉ ସେ କ'ଣ ଟିୟୁସନ ବି ହେବ ବୋଲି ମୋ ବିଲ ଖଣ୍ଡକ ବନ୍ଧା ଦେଇ ତା'ର ସବୁ ଦରକାର ପୁରାକଲି । ସେ ତା' ପରେ ଆହୁରି ପଢ଼ିଲା, ବଡ ପାଠକୁ ବଡ ଟଙ୍କା, ତ' ଘର ଖଣ୍ଡକ ବିକିଲି । ପୁଅ ଚାକିରି ପାଇଲା ପରେ ସବୁ ମୁକୁଳେଇ ଦେବି ଭାବିଥିଲି । ହେଲେ ପୁଅ ମୋର ଦିନେ ବି ଗାଁ ଆସିଲାନି, ମୋରି ବିଲରେ ମୂଲ ଲାଗିଲି, ହେଲେ ବି ବିଲ ମୁକୁଳେଇ ପାରିଲିନି । ପୁଅ ବମ୍ବେରୁ ହଜାରେ ଟଙ୍କା ପଠାଏ । ଆପଣଙ୍କ ଏକଟଙ୍କା ବାଲା ପାଞ୍ଚ କେଜି ଚାଉଳ, ବାର୍ଦ୍ଧକ୍ୟ ଭତ୍ତା ପାଞ୍ଚଶହ, ଆଗ ଆଗ ଚଳି ଯାଉଥିଲି । ହେଲେ ଦେହ ଦିନକୁ ଦିନ ବେଶୀ ଖରାପ ହେଲା । ପୁଅଟା ବେଶୀ ଦିନ ମୋ ସହ ଚଳିନି ତ ଏତେ ଖୋଲା କଥା ହେଇ ପାରେନି । ଔଷଧରେ ସବୁ ଟଙ୍କା ସରିବାରେ ଲାଗିଲା । ଏବେ ପାଞ୍ଚ କେଜି ଚାଉଳରୁ ଗୋଟେ କେଜି ବିକି ଲୁଣ କେଜିଏ କିଣେ, ଆଉ ଗୋଟେ କେଜି ଚାଉଳ ଦେଇ ଆଳୁ କେଜିଏ, ବାକି ତିନି କେଜି ଚାଉଳ ଦିନକୁ ମୁଠାଏ ଭାତ

ଫୁଟେଇ ଖାଏ, ଆଳୁ ଗୋଟେ ଗୋଟେ କରି ଦଶବାର ଦିନରେ ସରିଯାଉଛି, ବାକି କୋଡିଏ ଦିନ ତେନ୍ତୁଳି ଚକଟି ଭାତ ମୁଠେ ଖାଉଛି, ବେଳେ ଖାଇ ବେଳେ ପାଣି । ଔଷଧ ପରେ ଘର ମୁକୁଳେଇବା ଲାଗି ସୁଧ ଦେଇ ଦେଇ ଘର ବି ଗଲା । ମୁଁ ଏବେ ଜଙ୍ଗଲ ପାଖେ ଝାଟି ଟେ କରି ରହୁଛି । ଆପଣ ତ ସରକାର.... ସବୁ ନିୟମ, ସବୁ ସୁବିଧା ଆପଣଙ୍କ ହାତରେ, ନିଜ ପୁଅକୁ କେବେ କହିପାରିନି ହେଲେ ଆପଣଙ୍କୁ ଲେଖୁଛି, ଯେଉଁ ମାସ ତିରିଶରୁ ଗୋଟେ ଦିନ ଅଧିକା ହୁଏ ସେଦିନ ଆଉ ଚାଉଳ ମୁଠେ ବି ନଥାଏ । ପୁଅକୁ ଥରେ ଗାଁ ମୁରବୀର ପୁଅ ହାତରେ ଖବର ଦେଇଥିଲି କି ବାପା ତୋର ରାସ୍ତା ଦେଖୁଛି କେବେ ଆସିବୁ ଘର ଜମି ମୁକୁଳେଇବୁ ଆଉ ପେଟ ପୁରା ଦି'ବେଳା ଖାଇବି । ପୁଅର ଚିଠି ଆସିଥିଲା କି ତମେ ତ ଭତ୍ତା ପାଉଛ, ଏକ ଟଙ୍କା ଚାଉଳକୁ ସ୍ୱାସ୍ଥ୍ୟ କାର୍ଡ, ହେଲେ ବମ୍ବେରେ ଚାଉଳ କେଜି ଶହେ, ବଡ ସହରରେ ଚଳିବା ମୁସ୍କିଲ୍, ତମେ ଏକଲା ବୟସ୍କ ମଣିଷ ପାଟି ସୁଆଦ ଖୋଜିଲେ କେମିତି ହବ । ଆଜ୍ଞା ପୁଅକୁ କେମିତି ମାଗିବି, କେମିତି କହିବି ଔଷଧ ଖର୍ଚ୍ଚ କଥା । ତାକୁ ମଣିଷ କରିବାକୁ ବର୍ଷା ଦିନେ ବେଶୀ ମୁଲ ମିଳେ ବୋଲି ମୁଁ ଢୁ ଢୁ ବର୍ଷାରେ ମୁଲ ଲାଗୁଥିଲି, କାଶ ବଢ଼ି ବଢ଼ି ଟି.ବି. ହେଇଗଲା ତ ଗାଁ ଲୋକ ବି ପର କରିଦେଲେ । ଆପଣଙ୍କୁ ଅନୁରୋଧ ଔଷଧ ଦାମ ଗୁଡା କମ୍ କରିଦିଅନ୍ତେନି ? ଆଉ ବାର୍ଦ୍ଧକ୍ୟ ଭତ୍ତାଟା ବଢେଇ ନପାରିଲେ ବନ୍ଦ କରିଦିଅନ୍ତେନି ? ତ ମୋ ପୁଅ ଜାଣନ୍ତା ମୁଁ ତା' ଉପରେ ନିର୍ଭର..... ଏ ଭତ୍ତା ପାଉଛି ବୋଲି ସିନା ସେ ବିଗତ ପନ୍ଦର ବର୍ଷ ହେଲା ଦୁଇ ହଜାରରୁ ହଜାରେ କରିଦେଲା । ମୁଁ ଆଦିବାସୀ ମଣିଷ ଆଜ୍ଞା, ମିଛ ଖଚ କହି ଜାଲ୍ କାଗଜ ପତ୍ର କରି ଆବାସ ଯୋଜନା ... ସ୍ୱାସ୍ଥ୍ୟ ଯୋଜନା..... ସବୁ କରିପାରିବିନି, କି ନିଜକୁ ମାରିବାର ପାପ ବି କରିପାରିବିନି ।

ମୋର ଏ ମିନିତି ରଖିବେ । ଆପଣଙ୍କ ଉତ୍ତର ଅପେକ୍ଷାରେ ରଙ୍କନିଧି ।

ସେ ଚିଠି ପଢୁଥିଲି କି ସବୁ କିଛି ଆଖି ଆଗରେ ଜଳ ଜଳ ଦିଶୁଥିଲା । ସେ ମଉସାର ନିରୀହ ଚାହାଣୀ, ହାତ ଯୋଡି ନିରବ ମିନତି ସବୁ ଦିଶୁଥିଲା । ଆଉ ମୋର ମନେ ପଡିଯାଉଥିଲା ମୋ ବୋଉ, ମୁଁ ବି ତାର ଗୋଟିଏ ପୁଅ । ପୁରୀ ବ୍ରାହ୍ମଣ ଘର ମୋର । ନନା ହାଇସ୍କୁଲ ଟିଚର ଥିଲେ, ନନା ମୋର ହାର୍ଟଆଟାକ୍‌ରେ ଚାଲିଗଲା ବେଳକୁ ମୁଁ ବାର ବର୍ଷର, ବୋଉକୁ ନନାଙ୍କ ସ୍କୁଲରେ ତା' ପାଠ ଦେଖି ପିଅନ ଚାକିରି ମିଳିଥିଲା, ଦଦେଇ-ଦେଠେଇ ମାନେ ସେତେବେଳେ ସିଧା ମନା କରି ଦେଇଥିଲେ କି ବ୍ରାହ୍ମଣ ଘର ବୋହୁ ପିଅନ କାମ କରିବ । ଝାଡୁ ଦବ, ଅଇଁଠା ଗ୍ଲାସ ଧୋଇବ । ନା ଚାକିରି କରିପାରିବନି । ଆଉ ମୋ ପଢ଼ା ଦାୟିତ୍ୱ ସେମାନେ ନେଲେ,

ଖାଇବା-ପିନ୍ଧିବା ଆଉ ରହିବା ବଦଳରେ ବୋଉ ମୋର ସକାଳୁ ରାତି ଯାଏଁ ଘର ଗୋଟାକର କାମ କରେ । ସାଇ ଜାତ ବେଳେ ଘରେ କୁଣିଆ ଭର୍ତ୍ତି ସେତକ ଦିନ ବୋଉ ମୋର ବେଶ୍ ସମ୍ମାନ ପାଏ ଆଉ ଁ ଦେଠେଇଙ୍କ ଠାରୁ ଧନରେ ଡାକ ପାଏ । ଯେମିତି ବଡ ହେଲି ନିଜେ ଟିୟୁସନ କରି ସେଇ ପଇସାରେ ବହି ଖାତା କିଣି ପଢ଼ିଲି । ଏବେ କେନ୍ଦ୍ର ସରକାରୀ ଚାକିରି ପାଇଲି ଯେ ବୋଉ ମୋର ଜଗନ୍ନାଥଙ୍କୁ କେତେ ମୁଣ୍ଡିଆ ମାରିଥିଲା ଆଉ ବୋଉ କହିଥିଲା ପ୍ରଥମ ଦରମାରେ ଶ୍ରୀମନ୍ଦିରରେ ବାନାଟେ ଯାଚିଛି ବୋଲି, ମୁଁ କେମିତି ଗୋଟେ ଏତେ ଦୂର ଆସି ଏ ବୁଢ଼ା ମଉସା ଆଖିର ଆଶା ଭରା ଚାହାଣୀରେ ମୋ ବୋଉର ଆଖି ଦିଶି ଯାଉଥିଲା । ପକେଟ୍‌ରୁ ଫୋନ୍‌ଟା କାଢ଼ି ବୋଉକୁ ଫୋନ୍ କଲି, ବୋଉ ତୁ ରେଡି ହେଇଥା ଏ ଶୁକ୍ରବାର ଯାଉଛି ତତେ ନେଇ ଆସିବି.... ବୋଉ ଜମା ରାଜି ହେଲାନି କାଳେ ପରିବାର ଲୋକ କ'ଣ ଭାବିବେ । ତ ମୁଁ ବୋଉ ମନର ଚାବି କାଠିଟା ପ୍ରୟୋଗ କଲି, ବୋଉ ଚାରି ଦିନ ହେଲା ଖାଇପାରୁନି, ଏ ରଘୁଆ ହାତ ରନ୍ଧା ରୁଚୁନି, ତୁ ନ ଆସିଲେ ନଖାଇ ବେମାର ପଡିବି.... ବାସ୍ ବୋଉ ମୋର ସାଙ୍ଗେ ସାଙ୍ଗେ ରାଣ ଦେଲା ନା'ରେ ବାପା ଆସି ନେଇଯା ମତେ । ସେ ଯିଏ ଯାହା ଭାବିଲେ ଭାବୁ । ସେ ଚିଠିଟା ଯତ୍ନରେ ନେଇ ଡ୍ରରେ ରଖିଲି ।

ଧଳା କାଗଜରେ ସରକାର ସାଜି ରଙ୍କ ବୁଢ଼ା ଲାଗି ଚିଠିଟେ ଲେଖିଲି, ତମ ଚିଠି ପାଇ ସରକାର ଠିକ୍ କରିଛନ୍ତି ପ୍ରତିମାସ ବାର୍ଦ୍ଧକ୍ୟ ଭତ୍ତା ପାଞ୍ଚ ଶହରୁ ଦୁଇ ହଜାର କରାଗଲା । ଏ ଦୁଇ ହଜାର ପୋଷ୍ଟ ଅଫିସ୍‌ରୁ ମିଳିବ, ଆଉ ରାସନ ଯୋଜନାରେ ମାସକର ରାସନ ବି ମିଳିବ । ଖୁସିରେ ଚିଠିଟି ଲଫାପାରେ ପୁରେଇ ଉପରେ ରଙ୍କନିଧି ବାଗ ଲେଖି ଅଠାମାରି ଅଫିସ୍ ବାହାରକୁ ଆସି ବୁଢ଼ା ବସିବା ଜାଗା ଦେଖିଲି, ଆଜି କ'ଣ ବୁଢ଼ା ଆସିନି ? ରଘୁଆ ବି ଆଶ୍ଚର୍ଯ୍ୟ ହେଇ କହିଲା ବାବୁ ଏ ଛଅ ମାସ ବୁଢ଼ା ସୋମବାରରୁ ଶୁକ୍ରବାର ଦିନେ ନ ଆସିବା ମୁଁ ଜାଣିନି, ଆଜି କଣ ଦେଖା ନାହିଁ । ମୁଁ ଚିଠିଟା ଛାତି ପକେଟରେ ପୁରେଇ କାମରେ ଲାଗିଲି, ସନ୍ଧ୍ୟା ଯାଏଁ ବି ବୁଢ଼ାର ଦେଖା ନାହିଁ । ଲଫାପା ଭିତରେ ଦୁଇ ହଜାର ଟଙ୍କା ବି ପୁରେଇଥିଲି । ତା' ପରଦିନ ବି ବୁଢ଼ା ଆସିଲାନି, ତ ରଘୁଆକୁ କହିଲି ଚାଲ ତା' ରହିବା ଜାଗାକୁ ଯିବା, ସରକାର ପରା ତା ଚିଠିର ଉତ୍ତର ଦେଇଛନ୍ତି, ରଘୁଆ ବି ବୁଝିଗଲା ଆଉ ତା ଆଖିରେ ମୋ ଲାଗି ସମ୍ମାନ ସ୍ପଷ୍ଟ ଦିଶୁଥିଲା । ଆମେ ଚାଲିଲୁ ଗାଁ ଶେଷ ମୁଣ୍ଡ ଶାଳ ଜଙ୍ଗଲ ପାଖେ ତିନି ଚାରି ଫୁଟର ଝାଟି ଘରଟେ, ଦୂରରୁ ହାତ ଦେଖେଇ ରଘୁଆ କହିଲା । ମୁଁ ମୋ ମୋବାଇଲ୍‌ଟା ରଘୁକୁ ଭିଡିଓ ମୋଡ କରି ଦେଲିକି ମୁଁ ରଙ୍କ ମଉସାକୁ ତାଙ୍କ ବହୁ

ପ୍ରତୀକ୍ଷିତ ସରକାରଙ୍କ ଉତ୍ତରଟା ଦେଲାବେଳେ ଭିଡିଓ କରିବ । ସେ ନିରସ ଆଖିରେ ଆଜି ଖୁସି ଝଲସିବ ଆଉ ମୋ ବୋଉ ଆସିଲେ ଭିଡିଓଟା ଦେଖେଇବି, ବୋଉ ମୋର କେତେ ଗର୍ବ କରିବ ।

ତାଟି ପାଖରେ ପହଞ୍ଚି ଡାକ ଦେଲା ରଘୁ, ରଙ୍କ ତମ ଚିଠି ଆସିଛି...... ଦୁଇ ତିନି ଥର ଡାକିଲା ପରେ ବି ଉତ୍ତର ନାହିଁ, ରଘୁ ଆହୁରି ଜୋର୍‌ରେ ଡାକିଲା ରଙ୍କ ତମ ସରକାର ଉତ୍ତର ପଠେଇଛନ୍ତି, ପୋଷ୍ଟ ମାଷ୍ଟର ବାବୁ ନିଜେ ଆସିଛନ୍ତି ତମକୁ ଦେବାକୁ, ତଥାପି କିଛି ଉତ୍ତର ନାହିଁ...... ମୁଁ ଆଗକୁ ବଢ଼ି ତା ତାଟିର କବାଟଟା ଠେଲିଦେଲି ଆଉ ରଘୁ ଭିଡିଓଟା ଅନ୍ କରି ତା କୁଡିଆ ଆଡେ ପକେଇଲା, ସେ ମୋବାଇଲ୍ ଲାଇଟ୍‌ରେ ରଙ୍କ ମଉସାର ଖୋଲା ଆଖି ଅପଲକ ଆଖି ଦିଶିଲା..... ଚିଠି ଅପେକ୍ଷାରେ ସେମିତି ଖୋଲା ଆଖିରେ ରଙ୍କ ମଉସା ମରିପଡିଥିଲା, ମୋ ଦେହ ଥରି ଗଲା, ଧିକାର କରୁଥିଲି ଆଉ ଦୁଇ ଦିନ ଆଗରୁ କାହିଁକି ସେ ଆଶା ଭରା ହାତ ଯୋଡି ଠିଆ ହେଇଥିବା ମଣିଷଟାକୁ ବୁଝିପାରିଲିନି..... ରଘୁ ଗାଁ ଲୋକଙ୍କୁ ଡାକିଲା, କିଛି ଆସି ରୁଣ୍ଡ ହେଲେ କିନ୍ତୁ ଟି.ବି. ରୋଗରେ ମରିଛି, ଆମକୁ ବି ରୋଗ ଡେଇଁବ କହି କେହି ତାକୁ ମଶାଣି ନେବାକୁ ରାଜି ହେଲେନି, ମୁଁ ଇଛା କରିବି ବୁଝେଇ ପାରିଲିନି ସେ ଟି.ବି.ରେ ନୁହେଁ ଭୋକ ରୋଗ, ନିଜ ପିଲାର ଅବହେଳା ରୋଗରେ ମରିଛି.... ସରକାରଙ୍କ ଉତ୍ତର ଅପେକ୍ଷାରେ ରାସ୍ତା ଦେଖି ଦେଖି ମରିଛି । ଶେଷରେ ମୁଁ ସେଇ ଲଫାପାରୁ ଦୁଇହଜାର ଟଙ୍କା କାଢ଼ି ଦେଲି, କାଠ, ଘିଅ ଆଣ ଏଇଠି ତା'ର ଶବ ସତ୍କାର କରିବା ।

ମୁଁ କ୍ୱାର୍ଟରକୁ ଫେରି ମୋ ହାତ ଲେଖା ଚିଠିଟି ଟେବୁଲ୍ ଉପରେ ରଖି ବାହାରିଲି ବସ୍‌ଷ୍ଟାଣ୍ଡ ପୁରୀ ଯିବି ବୋଉକୁ ଆଣିବି । ଡେରି ହେବା ଆଗରୁ ମୋ ବୋଉର ଆଖିରେ ଖୁସିର ଚମକ ଦେଖିବି......

ବସ୍‌ରେ ବସି ମୋବାଇଲ୍‌ଟା ଘାଣ୍ଟୁ ଥିଲି, ସେ ରଙ୍କ ମଉସାର ଭିଡିଓଟା ସବା ଉପରେ ହିଁ ଥିଲା, ତା'ର ସେ ଆଶା ଭରା ଚାହାଣୀଟାରେ ହିଁ ଭିଡିଓଟି ସରିଥିଲା.... ସେ ଚାହାଣୀ ମୋ ଆତ୍ମାକୁ ଚିପୁଡି ଦେଇଥିଲା, ବସ୍ ଗଡିଲା ବେଳକୁ ମୁଁ ସେ ଭିଡିଓଟା ଡିଲିଟ୍ କରୁଥିଲି..... ଆଉ ବସ୍ ଝରକା ବାଟେ ଟିକ୍ ଟିକ୍ ଚିରି ଫୋପାଡୁଥିଲି ସରକାରଙ୍କ ଚିଠି ।

■

ଆତ୍ମକଥା

ଓହୋ କି ରକ୍ତ ! ଶେଷରେ ମୋ ଯୋଗୁ ଜଣେ ଚାଷୀର ଗୋଡ କଟି ମାଟିରେ ରକ୍ତ ମିଶିଲା । ଯେଉଁ ଚାଷୀ ତା ଝାଳକୁ ମାଟିରେ ଢ଼ାଳି ଏ ମଣିଷ ଜାତିର ପେଟକୁ ଦାନା ଆଉ ପକେଟକୁ ଦରକାର ଠାରୁ ଅଧିକ ଓଜନିଆ କରିଥାଏ ।

ମୁଁ କ'ଣ ଥିଲି ଆଉ ଆଜି ଏ କଣ ହେଲି ? ଏତେ ବଡ ଶୋ ରୁମ୍‌ରେ ଏ.ସି.ରେ କେଡେ ସୁନ୍ଦର ଚକ୍ ଚକ୍ ହେଇ ଅନ୍ୟମାନଙ୍କୁ ତାଛଲ୍ୟ ଦୃଷ୍ଟିରେ ଦେଖୁଥିଲି । ମତେ ଗଢ଼ିଥିବା ହାତ ସତେକି ବିଶ୍ୱକର୍ମା ବିରାଜି ଥିଲେ । ଏ ସୁନ୍ଦର ଗଢ଼ଣ ଲାଗି ମୋ ମାଲିକ ବି ମତେ ଦେଖେଇ ଦେଖେଇ କେତେ ବିକୃତ ମାନଙ୍କୁ ବିକ୍ରୟ କରିଥିଲା । ଆଉ ମୁଁ ଖୁବ୍ ଗର୍ବରେ ପୁରା ଛଅମାସ ସୋ-ରୁମ୍ ଏସି ଖାଇଲା ପରେ ଜଣେ ବିରାଟ ଧନୀ ଲୋକ ଘରକୁ ବିକ୍ରି ହେଇଯାଇଥିଲି । ସେଠି ବି ମୋର ବେଶ୍ ଖାତିର ହେଲା । ମତେ ଛୁଇଁବା ଆଗରୁ ସେ ବଡ ବାବୁ ଘର ଚାକର ତା ହାତ ଦଶଥର ଗାମୁଛାରେ ପୋଛୁଥିଲା ।

ଏମିତି ଏମିତି ମୋ ଭିତରଟା ଫମ୍ପା ହେଲା ପଛେ ବାହାରୁ ମୁଁ ସେମିତି ସୁନ୍ଦର ଆଉ ଚକ୍-ଚକ୍ । ସେ ବଡ ବାବୁର କୁନି ଝିଅ ମତେ ନେଇ ତା'ର ସୁସଜିତ ରୁମ୍‌ରେ ସାଇତି ରଖିଲା । କେତେ ଭାଗ୍ୟ ମୋର ବୋଲି ଗର୍ବ କରୁଥିଲି । ଦିନେ ବାବୁଆଣୀ ମତେ ବି ଅନ୍ୟ ଶସ୍ତା ଜିନିଷ ଭଳି କବାଡି ବାଲାକୁ ଦେଲା ବେଳେ ଗାଳି ଦଉଥିଲେ କି ମୋ ଯୋଗୁ କୁଆଡେ ତାଙ୍କ ବାବୁ ହିତାହିତ ଜ୍ଞାନ ଭୁଲି ଆଉ ଗୋଟେ ସ୍ତ୍ରୀ ରଖିଛନ୍ତି ।

ଏ.ସି. ସୋ-ରୁମ୍‌ରୁ ବାହାରି ରାଜମହଲ ଆଉ ତା'ପରେ କବାଡି ଖାନା । ସେଠି ବି ମୋର ବେଶ୍ ଚାହିଦା ଥିଲା, କବାଡିଖାନା ମାଲିକ ସବୁ ଜିନିଷ କିଲୋ ଦରରେ ବିକିଲା ବେଳେ ମୋତେ କିନ୍ତୁ ଖାସ୍ ତା ଟେବୁଲ୍ ଉପରେ ରଖି ଗୋଟା ମୁଲ ରଖିଥିଲା । ଆଶା ଠାରୁ ବେଶୀ ଦେଇ ମତେ ଜଣେ ଲୋକ ତା' ଘରକୁ ନେଲେ ।

ସୋ-ରୁମ୍‌ରୁ ବାହାରି ଏବେ ମୁଁ ସେ ଲୋକର ଫ୍ରିଜ୍‌ରେ ଶୋଭା ପାଇଲି । ମତେ ତଥାପି ଭାରି ଭଲ ଲାଗୁଥାଏ ଅନ୍ୟମାନଙ୍କ ତୁଳନାରେ ନିଜର ରୂପକୁ ଦେଖି । ଏ ବାବୁର ପୁଅ ମୋତେ ଜମା ଛାଡୁନଥିଲା । ଗାଁକୁ ଗଲା ବେଳେ ବି ତା' ବାପା-ମାଙ୍କ କଥା ନମାନି ମତେ ସାଙ୍ଗରେ ନେଇଗଲା । ଗାଁ ଘର ପାଖେ କାର୍‌ରୁ ଓହ୍ଲାଇବା ବେଳେ ମୁଁ ତାଙ୍କ ହାତରୁ ତଳେ ପଡି ଦି'ଖଣ୍ଡ । ମତେ ଭାରି କଷ୍ଟ ଲାଗୁଥାଏ । ମୋର ସେ ଖଣ୍ଡ ବିଖଣ୍ଡିତ ସୁନ୍ଦର ଶରୀରଟାକୁ ବାବୁଆଣୀ ଡେରି ନ କରି ଗୋଡରେ ଠେଲି ଠେଲି ଡ୍ରେନ୍‌ରେ ପକେଇଦେଲେ । କହୁଥିଲେ ଭଲ ହେଲା ଭାଙ୍ଗିଗଲା, ଏ ଗୁଡା ଭଦ୍ରଲୋକ ଧରନ୍ତିନି । ସେ ଯେତେ ଦାମୀ ହେଉ କି ସୁନ୍ଦର ଏ ଗୁଡା ଘରଭଙ୍ଗା ଜିନିଷ ।

ତଥାପି ମୋର ଭଙ୍ଗା ଦେହରେ ଖରା ପଡି ହୀରା ଭଳି ଚମକୁଥିଲା । ସେ ଦିନ ବହୁତ ବର୍ଷା ହେଲା, ବର୍ଷାରେ ଡ୍ରେନ୍ ପାଣି ଜୋର୍ ଜୋର୍‌ରେ ବହି ଚାଲିଲା । ମୁଁ ବି ଭାସି ଭାସି ଯାଇ ନଦୀ ପଠା ବିଲରେ ପଡିଲି । ଏଥର ମୁଁ ମଇଳା, କୋଚଟା ହେଇସାରିଥିଲି । ବିଲ ମାଟିରେ ପୋତି ହେଇ ଭାବୁଥିଲି ଏଇ ମାଟିରେ ମିଶିଯାଆନ୍ତି କି ! କାହାକୁ ମୁହଁ ଦେଖେଇବା ଯୋଗ୍ୟ ନୁହେଁ ଆଉ । ବେଶ୍ କିଛି ମାସ ପରେ ଆଜି ମୋ ଦେହରେ ଚାଷୀ ଭାଇଟାର ଗୋଡ କଟି ରକ୍ତର ଧାର । ଆଜି ନିଜକୁ ଧିକାର କରୁଥିଲି, କାହିଁକି ଏ ଜୀବନ ପାଇଲି । ସୋ-ରୁମ୍‌ରେ ଦାମୀ ମଦ ବୋତଲ ବୋଲି ଗର୍ବ ମୋର ଆଉ ନଥିଲା । ରୋମନ୍ଥନ କରୁଥିଲି ମୋର ଯାତ୍ରାର ମୋ ଯୋଗୁ କେମିତି ଘରେ ଅଶାନ୍ତି, କେମିତି କବାଡି ବାଲା ପାଖରୁ ସେ ସାନପୁଅ ହାତକୁ ଗଲି, ଆଉ ମତେ ଧରି ତା'ର ମଦୁଆର ଅଭିନୟରେ ତା' ମା' ଖୁବ୍ ବିରକ୍ତ ହେବା ଆଉ ମୁଁ ତଳେ ପଡି ଭାଙ୍ଗୁ ଭାଙ୍ଗୁ ଗୋଡରେ ଆଡେଇ ଡ୍ରେନ୍‌ରେ ଫିଙ୍ଗିବା, ଆଉ ଆଜି ଏ ଚାଷୀଭାଇର କ୍ଷତ ହେଲି !

ମନସ୍ତାପ କରୁଥିଲି, ନିନ୍ଦୁଥିଲି ମୋ ଭାଗ୍ୟକୁ କି ଯେତେବେଳେ ମୁଁ ପୂର୍ଣ୍ଣ ଥିଲି, ବାହାରୁ ଖୁବ୍ ସୁନ୍ଦର ଥିଲି, ସେତେବେଳେ ବି ମତେ କେହି ଆଦରରେ ଧରି ବୁଲି ନଥିଲେ, ଲୁଚେଇ ଅନ୍ଧାରରେ ମୋ ଠୁ ନିଗାଡି ନିଶା କରି ଘରେ କଳହର କାରଣ ବନିଲି । ମୋ ହାତରେ କିଛି ନଥିଲା, ଯେତେ ଧିକାର କଲେ ବି ମୋ ଭାଗ୍ୟ ବଦଳିବାର ନଥିଲା କି ମୋ ଭିତର ତିବ୍ର ଗନ୍ଧଯୁକ୍ତ ପାନୀୟ ଭରିଲା ବେଳେ କେହି ମୋର ପସନ୍ଦ ଇଛା ପଚାରି ନଥିଲେ । ମୁଁ ତ ଜଡ, ହେଲେ ଏ ଶିକ୍ଷିତ ମଣିଷ, ଏ ଶ୍ରେଷ୍ଠ ଜୀବ କ'ଣ ବୁଝିପାରୁନି ମୁଁ ସିନା ବାହାରୁ ଚିକ୍ ଚିକ୍ କିନ୍ତୁ ସବୁବେଳେ ମୁଁ ପୀଡାଦାୟକ, ମୁଁ କ୍ଷତିକାରକ ବୋଲି...... ଆଜି ପ୍ରଥମ ଥର ମୋ ଗର୍ବ ଚୂର୍ଣ୍ଣ ହେଉଥିଲା ଦାମୀ ମଦ ବୋତଲ ହେବାର......

■

ପରିଚୟ

ନା' ଆଉ ଏ ଜ୍ୱରକୁ ଡରିଲେ ହବନି, ଚାରି ଦିନ ହେଲା ରିକ୍ସା ନେଇ ଯାଇ ପାରିନି । ମାଳତୀ (ମୋ ସ୍ତ୍ରୀ) ଦି ବେଳା ପର ଘର କାମକୁ ଯାଏ ଆଉ ମୁଁ ଏ କଟକ ବାଦାମବାଡିରୁ ଲୋକଙ୍କୁ ନେହୁରା ହେଇ ମୋ ରିକ୍ସାରେ କମ୍ ପଇସା ହେଉ ପଛେ ଯେତେ ଦୂର ହେଲେ ବି ଯାଏ । ଆଜିକାଲିର ଅଟୋ ଆଉ ଥଣ୍ଡା ସୁନ୍ଦର ବସ୍ ସବୁ ମୋ ଭଳି କେତେ ରିକ୍ସା ବାଲାଙ୍କ ପେଟକୁ ଲାତମାରି ସାରିଲାଣି ତଥାପି କିଛି ବାଟ ନାହିଁ । ଦାଦନ ପଳାନ୍ତି ଯେ ହେଲେ ସ୍ତ୍ରୀ ଆଉ ଗୋଟେ ବୋଲି ଝିଅକୁ ଛାଡି ଯାଇ ପାରୁନି । ଆମେ ଅପାଠୁଆ ହେଲେ ପୁଅ-ଝିଅ ଫରକ ନାହିଁ, ଗୋଟେ ଛୁଆ ତାକୁ ଯେମିତି ବି ହେଉ ପାଠ ପଢ଼େଇ ପରିଚୟଟେ ଦେବା ଆଶାରେ ମୁଁ ଆଉ ମାଳସୀ ସବୁ ସୁଖ ଦୁଃଖ ପଛରେ ଛାଡି ଲାଗି ପଡିଛୁ ।

ଝିଅକୁ ଏଇ ସରକାରୀ ସ୍କୁଲରେ ପଢ଼ାଉଛୁ ସେ ବି ମନ ଦେଇ ପଢ଼େ । ମୁଁ ସବୁଦିନ ତାକୁ ରିକ୍ସାରେ ସ୍କୁଲ ଯାଏଁ ଛାଡି ଯାଏ । ଖଣ୍ଡେ ଦୂରରୁ ସେ ମତେ ଅଟକାଇ କୁହେ ବାପା ତମେ ଏଇଠି ଛାଡି ଦିଅ, ମୋ ସାଙ୍ଗ ମାନେ ଯାଉଛନ୍ତି ମୁଁ ତାଙ୍କ ସହ ପଳେଇବି ।

ଏମିତି ଏମିତି ଝିଅ ନବମ ହେଲା, ଆମେ ବାପ-ମା ନୂଆ ପିନ୍ଧିବା କି ଭଲ ଖାଇବା ଭୁଲି ସାରିଥିଲୁ, ବାସ୍ ଝିଅର କିଛି କମ୍ ନ ହେଉ । ଯାହା କହେ ଆମେ ଲାଗି ପଡି ପୁରା କରୁ । ଆମ ବସ୍ତିରେ କାଁ ଭାଁ ଘରେ ଲାଇଟ୍ ତ ସନ୍ଧ୍ୟା ପରେ ମୁଁ ରିକ୍ସାରେ ମୋ ସିତାକୁ ନେଇ ମେନ୍ ରୋଡ ରାସ୍ତା କଡ ଲାଇଟ୍ ତଳକୁ ଯାଏ । ସେଇ ଲାଇଟ୍‌ରେ ସେ ପଢ଼େ ଆଉ ମୁଁ ରିକ୍ସାଟାରେ ବସି ତାକୁ ଦେଖୁଥାଏ । ଠାକୁରଙ୍କୁ ଡାକେ ଝିଅଟା ଗୋଟେ କିଛି ହେଇ ଯାଉ ଆମ ଦୁଃଖ ସରିବ ।

କେବେ କେବେ ସେ ରାସ୍ତାରେ ତା ସ୍କୁଲର ଦିଦି କି ସାର୍ ଦେଖା ହୁଅନ୍ତି

ଝିଅର ପରିଶ୍ରମ ଦେଖି ତା ମୁଣ୍ଡ ଆଉଁଷି ଆଶିର୍ବାଦ କରନ୍ତି, ଆଉ ମୋ ଛାତି କୁଣ୍ଢେ ମୋଟ ହେଇଯାଏ । ଦଇବର ବଡ ବିଚିତ୍ର ବିଧାନ ସୀତାର ମା' କି ଜ୍ୱରରେ ପଡିଲା ଯେ ଗୋଟେ ଦିନରେ ଜୀବନ ଚାଲିଗଲା । ବଡ ଡାକ୍ତରଖାନା ନେଇଥିଲି, କଣ ନିମୋନିଆ କହିଲେ, ଭଲ ଖାଇବା, ଫୁଟା ପାଣି, ହରଲିକ୍ସ କେତେ କଣ ଦେବାକୁ ହେବ ।

ଆମ ସଂଚିତ ଟଙ୍କାରୁ ସେ ସବୁ ଆଣୁଛି ଶୁଣି ମାଳସୀ ମୋ ହାତ ଧରି କହିଥିଲା ନା-ନା ଆମ ଝିଅ ଭବିଷ୍ୟତ ଲାଗି ରଖିଛେ, ସେ ଟଙ୍କାରେ ହାତ ଦବନି, ମୁଁ ଏମିତି ମାଗଣା ଔଷଧ ଖାଇ ଠିକ୍ ହେଇଯିବି । ଆଉ ମୁଁ ସେ ଅବସ୍ଥାରେ ତାକୁ ଡାକ୍ତରଖାନାରେ ଛାଡି ରିକ୍ସା ନେଇ ଚାଲିଗଲି କି କିଛି ପଇସା ହେଲେ ତା' ଲାଗି ଭଲ ଖାଇବା କିଛି ଆଣିବି । ଦିନ ସାରା ପାଣି ଢ଼ୋକେ ଢ଼ୋକେ ପିଇ ରିକ୍ସା ଟାଣି ଚାଲିଲି, ଯେଉଁଠିକି ପଚାଶ ଟଙ୍କା ଭଡା ହେବା କଥା ମୁଁ କୋଡିଏରେ ଗଲି । ଆଉ ଅନ୍ଧାର ହେବାକ୍ଷଣି ହସ୍ପିଟାଲ ଆସିଲି, ଝିଅ ସୀତା ତା' ମା' ପାଖେ ଥିଲା, ହସ୍ପିଟାଲ ବାରଣ୍ଡାରେ ମାଳତୀ ଶୋଇଥିଲା । ଜରିରୁ ସେଓ ଗୋଟେ କାଢ଼ି ସୀତାକୁ ଦେଲି ମା' ଧୋଇ ଆଣ ତୋ ବୋଉକୁ ଖୋଇ ଦେବା । ମାଳତୀ ମଥାରେ ହାତ ବୁଲାଇ ଆଣିଲା ବେଳକୁ ବରଫ ଭଳି ଥଣ୍ଡା, ହଲେଇଲି ସେ ଉଠିଲାନି, ସୀତା କହିଲା ବାପା ଡାକ୍ତର କହିଲେ ବୋଉ ମରିଯାଇଛି ।

ମୋ ଉପରେ ସତେକି ବଜ୍ର ପଡିଗଲା । ଦିନ ସାରା ଖଟି ଖଟି ବି ତା ପାଟିରେ ଭଲ ଖାଦ୍ୟ ଟିକେ ଦେଇପାରିଲିନି । ଜୋର୍‌ରେ କାନ୍ଦିବାକୁ ମନ ହେଉଥିଲେ ବି ସୀତାର ଧୈର୍ଯ୍ୟ ଦେଖି ମୁଁ ଚୁପ୍ ଚାପ୍ ତାକୁ ମଶାଣି ନେବା ଆଡେ ଲାଗିଲି । ସୀତାକୁ କହିଥିଲି ତୁ ବ୍ୟସ୍ତ ହେନା ମା' ମୁଁ ଅଛି ପରା । ସେ ବି ଜମା କାନ୍ଦୁନଥିଲା । ଏଥର ମୋ ଉପରେ ମା-ବାପା ଉଭୟଙ୍କ ଦାୟିତ୍ୱ । ସକାଳୁ ଝିଅକୁ ରୋଷେଇରେ ସାହାଯ୍ୟ କରେ ଆଉ ତାକୁ ସ୍କୁଲ ଛାଡି ମୁଁ ଦିନ ସାରା ସବାରି ଖୋଜେ । ଦିନେ ସନ୍ଧ୍ୟାରେ କୁଡିଆକୁ ଫେରିଲା ବେଳେ ଦେଖିଲି ସୀତା ରୋଡ୍ ଉପରେ ଲାଇଟ୍ ତଳେ ବହି ଖୋଲି ବସିଛି ଆଉ ତା' ପାଖରେ ଗୋଟେ କୋଡିଏ ପଚିଶ ବର୍ଷ ପିଲାଟିଏ ବି ବସିଛି । ମୁଁ ଅଟକି ତା' ଆଡେ ଗଲି, ସୀତାକୁ ପଚାରିଲି ଏ କିଏ କି ମା! ସେ କହିଲା ତମେ ଚାଲ ବାପା ମୁଁ ଆସୁଛି ।

ବେଶ୍ ରାତିକୁ ଝିଅ ଆସିଲା, ମୁଁ ଦିନ ଯାକ ହାଲିଆ ହେଇ ବି ଗଳି ମୁଣ୍ଡ ନଳରୁ ପାଣି ନେଇ ଘରେ ରଖି ରାତି ଲାଗି ଭାତ-ଆଳୁ ସିଝା କରିସାରିଥିଲି । ସୀତା ଆସିଲାକି କହିଲି ଆରେ ମା' ଖାଇବା, ମତେ ଭାରି ଭୋକ । ସେ ମୋ ଲାଗି

ବାଢ଼ିଲା ବେଳେ କହିଲା ବାପା ତମେ ଖାଅ, ସେ ସୁକାନ୍ତ ଭାଇ ଚାଟ୍ ଦେଲେ ତ ମୁଁ ଖାଇଛି । ପଚାରିଲି ସେ କିଏ କି ମା ! ମୋ ଝିଅ କହିଥିଲା ବାପା ମୋର ଦଶମ ହେଲାଣି ପାଠ ବୁଝି ପାରୁନି, ଟିୟୁସନ ତ ତମେ ପଠେଇ ପାରିବନି ସେ ଲିଙ୍କ୍ ରୋଡ ଆରପଟ ବସ୍ତିର ସେ ଭାଇ, ଓକିଲାତି ପଢୁଛନ୍ତି । ଷ୍ଟ୍ରିଟ୍ ଲାଇଟ୍ ତଳେ ପଢ଼ିବା ଦେଖି ନିଜରୁ ମାଗଣାରେ ମତେ ପାଠ ବୁଝେଇ ଦଉଛନ୍ତି । ମୋର କିଛି କହିବାର ନଥିଲା ସତରେ ତ ମୋର ଟିୟୁସନ ଦେବା ଲାଗି ଅର୍ଥ ନଥିଲା, ଯାହା ହେଉ ଭଗବାନଙ୍କ ଦୟା ସେ ରାସ୍ତା ଦେଖାଉଛନ୍ତି ।

ଧୀରେ ଧୀରେ ଛୁଟି ଦିନରେ ସୁକାନ୍ତ ଘରକୁ ବି ଆସି ପଢ଼ାଏ ସୀତାକୁ । ଆଉ ସେ ଦିନ ମାନଙ୍କରେ ରାତି ଖାଇବାରେ ଡାଲି, ପରିବା ତରକାରୀ ବି ଖାଇବାକୁ ମିଳେ, ମୁଁ ପଚାରେ ପଇସା... ? ସେ ସୁକାନ୍ତ ଭାଇ ପରିବା ଦେଇ ଯାଇଛନ୍ତି ବାପା ।

ଏମିତି ମୋ ଝିଅ ପ୍ରଥମ ଶ୍ରେଣୀରେ ଦଶମ ପାସ୍ କଲା । ମତେ କଷ୍ଟ କରିବାକୁ ପଡିଲାନି, ସେ ସୁକାନ୍ତ ରେଭେନ୍ସା କଲେଜର ସୀତାର ନାମ ଲେଖା କରେଇ ଦେଲା । ମୁଁ ଖୁବ୍ ଗର୍ବରେ ମୋ ରିକ୍ସାବାଲା ସାଥୀ, ସଉଦା-ପରିବା ଦୋକାନୀଙ୍କୁ କହେ ଆଉ ବାସ୍ ଅଳ୍ପ ଦିନରେ ତମେ ସବୁ ମୋ ଝିଅ ପରିଚୟରେ ଚିହ୍ନିବ । ମୋ ସ୍ୱପ୍ନ ଯେମିତି ପୁରା ହେବା ମତେ ଦିଶୁଥିଲା ।

ଝିଅଟା କିଛି ଗୋଟେ ବନିଗଲେ, ନଖାଇ-ନପିନ୍ଧି ଯାହା ସଂଚୟ କରିଛି ସେଇଥିରେ ତାକୁ ବାହା ଦେଇ ଦେବି । ଆଉ ମୁଁ ରିକ୍ସା ଚଳେଇବିନି, ମୋ ଝିଅ ସଉଦା ଦୋକାନଟେ କରିଦେବ କହିଛି, ଆରାମରେ ବୁଢ଼ା ବୟସଟା କଟିଯିବ ।

ଯୁକ୍ତ ଦୁଇ ପରୀକ୍ଷା ଫଳ ବାହାରିଲା, ଆଉ ପୁଣି ମୋ ସୀତା ଭଲ ନମ୍ବର ରଖିଥିଲା ବୋଲି ସେଇ କଲେଜରେ ବି.ଏ. ଲାଗି ବି ଆଡମିଶନ ହେଇଗଲା ।

ବଡ କଲେଜ ପୁଣି ବଡ ଶ୍ରେଣୀକୁ ଯିବ । ତା'ର ମନ ଦୁଃଖ ଦେଖି ପଚାରିଥିଲି ମା' ତୁ ଖୁସି ନୁଁ ଯେ ? କହିଲା ବାପା ମୋର ଭଲ ଡ୍ରେସ୍‌ଟେ କି ଜୋତା ହଲେ ନାହିଁ, ସେଇ ଦୁଇଖଣ୍ଡ ଡ୍ରେସ୍ ଆଉ ଏ ପାଞ୍ଚ ଥର ସିଲେଇ ବାଲା ଚପଲରେ କଲେଜ ଦୁଇ ବର୍ଷ ସାରିଲି, କାଲି ବଡ କ୍ଲାସ ଯିବି, ସାଙ୍ଗମାନେ କେହି ମୋ ସହ ମିଶୁ ନାହାନ୍ତି, ମତେ ବି ଲାଜ ଲାଗୁଛି । ପୁରୁଣା ବହି ଆଉ ସୁକାନ୍ତ ଭାଇ ମାଗଣାରେ ପଢ଼େଇ ଦଉଛନ୍ତି ବୋଲି ମୋର ରେଜଲଟ ଭଲ ହଉଛି, ସୁକାନ୍ତ ଭାଇ ନଥିଲେ ମୁଁ ଫେଲ୍ ହଉଥାନ୍ତି । ଏମିତି କହି ରାଗରେ ଘରୁ ବାହାରି ଗଲା । ଆଉ ମୁଁ ରିକ୍ସା ଧରି ଜିଦ୍‌ରେ ଗଲି, ସଂଚିଥିବା ଟଙ୍କାରୁ ପ୍ରଥମ ଥର ଦୁଇଶହ ଟଙ୍କା କାଢ଼ିଲି ଆଉ ସନ୍ଧ୍ୟା ଯାଏ ଖରାରେ ଯେତେ ପାରିଲି ଭଡା କଲି । ଦିନ ସାରାରେ ଟଙ୍କା ଦେଢ଼ଶହ ହେଲା ।

ସେତକ ଧରି ମୋ ଆଖିକୁ ସୁନ୍ଦର ଲାଗୁଥିବା ଡ୍ରେସ୍ ଆଉ ଚପଲ ହଲେ କିଣି ଗଡ ଜୟ କଲା ପରି ଘରକୁ ଫେରିଲି । ମନେ ମନେ ଭାବୁଥିଲି ମୋ ଝିଅ କେତେ ଖୁସି ହେବ ଆଜି । ଘରେ ପହଞ୍ଚିଲା ବେଳକୁ ଡେରି ହେଇ ସାରିଥିଲା ତ ସେ ଶୋଇପଡିଥିଲା, ଡିବି ଆଲୁଅରେ ତା ଡ୍ରେସ୍ ଆଉ ଚପଲ ଦେଖେଇଲି । ସେ ବୋଧେ ନିଦୁଆ ଥିଲା ତ ଠିକ୍ ସେ ଦେଖିପାରିଲାନି । ହଉ ସକାଳେ ଦେଖିବନି କି ! ମୁଁ ତା ହସ ହସ ମୁହଁରେ ମୋ ଶ୍ରମ ସାର୍ଥକର ଅନୁଭୂତି ପାଇବା ଲାଗି ସକାଳର ଅପେକ୍ଷାରେ ଶୋଇ ପଡିଲି ।

ଆଖି ଖୋଲିଲା ବେଳକୁ ସୂର୍ଯ୍ୟ ଆସି ମୁଣ୍ଡ ଉପରେ । ଝିଅ ବି କଲେଜ ପଳେଇଛି । ହେଲେ ଏ କଣ ଡ୍ରେସ ଆଉ ଚପଲ ତ ସେମିତି ଜରିରେ ପଶି ମଶିଣା ଉପରେ ଥୁଆ ହେଇଛି । ତା'ର ପସନ୍ଦ ହେଲାନି କି ? ମନଟା ଖରାପ ହେଇଗଲା । ତଥାପି ହାର ନ ମାନି ଚିନ୍ତା କଲି ଆଜି ଯାହା ରୋଜଗାର ହେବ ତାକୁ ନେଇ ଏ ଡ୍ରେସ୍‌ଟା ବଦଳାଇ ଆଉ ଟିକେ ଦାମୀ ଡ୍ରେସଟେ ଆଣିବି । ସେମିତି ହିଁ କଲି, ଆଉ ସେ କାଳେ ଶୋଇପଡିବ ତ ବେଗା ବେଗି ଫେରିଲି । ମୋ ଝିଅ ରାସ୍ତାକଡ ଲାଇଟ୍ ତଳେ ବସି ପଢୁଥିଲା, ଗୋଟେ ସୁନ୍ଦର ଚପଲଟେ ତା ପାଦରେ ଆଉ ଭଲ ଡ୍ରେସ୍‌ଟେ ବି ପିନ୍ଧିଥିଲା । ପଚାରିଲି ମା' ଏ ସବୁ? ବାପା ସୁକାନ୍ତ ଭାଇ ଦେଇଛନ୍ତି । ତମେ ଯେଉଁ ଫୁଟପାଥ ଜିନିଷ ଆଣିଥିଲ ମୁଁ ପିନ୍ଧିଥିଲେ ସାଙ୍ଗମାନେ ଆହୁରି ଚିଡେଇଥାନ୍ତେ ।

ମୋ ହାତରୁ ଜରିଟା ତଳେ ପଡିଗଲା, ମନେ ମନେ ଭାବୁଥିଲି ଆମେ ମଣିଷ ତ ଫୁଟ୍‌ପାଥ କଡର ତ ପୋଷାକ ଟା କଣ ଆମଠାରୁ ବେଶୀ ଦାମୀ । ଏକା ମୁହାଁ ହେଇ ଘରକୁ ଆସି ଶୋଇ ପଡିଲି ।

ଦିନେ ସକାଳୁ ମାଳତୀର ସବୁ ରାଣ ନିୟମ ଭୁଲି ଜମା ଥିବା ଟଙ୍କା ସବୁ କାଢ଼ି ଗଣିବାକୁ ଲାଗିଲି । ଆଜି ମୋ ଝିଅର ବି.ଏ. ରେଜଲ୍ଟ ବାହାରିବ, ତା' ଲାଗି ଆଜି ବଡ ଦୋକାନରୁ ଭଲ ଶାଢ଼ୀଟେ ଆଣିବି, ଚକ୍ ଚକ୍ କରୁଥିବା ଜୋତା ଆଉ ଚୁଡି, କ୍ଲିପ ଆଣିବି । ଆଜି ପରେ ମୁଁ ଯେ ମୋ ଝିଅ ପରିଚୟରେ ଜଣାହେବି । ଆଉ କଷ୍ଟ କରିବାକୁ ପଡିବନି, ଝିଅ ବି କହିଛି ନା' ତା'ର ପରୀକ୍ଷା ବହୁତ ଭଲ ହେଉଛି, ସେ କଣ ଗୋଟେ ବଡ ପାଠ ପଢ଼ିବ ହେଲେ ନିଜେ ଟିୟୁସନ କରିବ, ମତେ ଆଉ ରିକ୍ସା ଚଳେଇବାକୁ ଦବନି ।

ଠାକୁରଙ୍କୁ ମୁଣ୍ଡିଆଟେ ମାରି ଚାଲିଲି ବଡ ଦୋକାନକୁ, ଏ ଦୋକାନ ନା ଗୋଟେ ରାଜ ମହଲ, ଚାରିଆଡେ ରଂଗବେରଂଗୀ ଶାଢ଼ୀରେ ଆଖି ଝଲସି ଯାଉଥିଲା, ତିନି ହଜାର ବାଲା ଶାଢ଼ୀଟେ ଦେଖାଅ କହିଲି, ସେ ଦୋକାନୀ ଟିକେ ଚାହିଁଲା ମତେ

ଆଉ ଉଛା ନଥିଲା ଭଳି ଦୁଇ ଚାରିଟା ଶାଢ଼ୀ କାଢ଼ିଲା । ତା ଆଗରେ ଟି.ଭି.ଟେ ଚାଲିଥିଲା । ନିୟୁଜରେ ବି.ଏ. ପରୀକ୍ଷା ଫଳ ବାହାରିବା ନିୟୁଜ ଦଉଥିଲା ।

ମୁଁ ଗୋଟେ ଗୋଲାପି କେତେ ଚୁମୁକି ଲାଗିଥିବା ଶାଢ଼ୀଟେ ବାଛିଲି, ନିୟୁଜରେ ଆସୁଥାଏ ରେଭେନ୍ସର ଛାତ୍ରୀ ସୀତା ମହାଲିକ୍ ଓଡିଶାର ଟପର ହେଇଛନ୍ତି, ଜୋବ୍ରା ପାଖ ବସ୍ତିର ଝିଅ ଆଜି ଓଡିଶାର ଗର୍ବ । ମୋ ଆଖିରୁ ଲୁହ ଝରି ଆସିଲା, ଦୋକାନୀକୁ କହିଲି ଏ ମୋ ଝିଅ । ତାରି ଲାଗି ଏ ଶାଢ଼ୀଟା ନଉଛି । ଖୁସିରେ ଦୌଡି ଯାଇ ତା କଲେଜରେ ପହଞ୍ଚି ଯିବି କି ଆଉ ...... ଏ ତ ମୋ ଝିଅ ବି ଟିଭିରେ ଦିଶିଲାଣି, ତାକୁ କେତେ ଟିଭି ବାଲା ଘେରିଯାଇଛନ୍ତି, ପଚାରିଲେ ତାକୁ ଏତେ ବଡ ସଫଳତା କିପରି ପାଇଲେ, ଆମେ ଶୁଣିଛୁ ଆପଣ ଷ୍ଟ୍ରିଟ ଲାଇଟ୍‌ରେ ପଢ଼ନ୍ତି, ଝିଅ ମୋର କହିଲା.... ହେଇ ଏବେ କହିବ ମୋ ବାପାର କଠିନ ପରିଶ୍ରମ ଆଉ ମୋ ମଲା ମା'ର ସ୍ୱପ୍ନ ମୋ ସଫଳତାର କାରଣ ।

ହେଲେ ଏ କ'ଣ ସେ କହିଚାଲିଲା ମୋ କଲେଜର ସାର୍ ମାଡାମ୍ ସାଙ୍ଗମାନେ ଆଉ ସୁକାନ୍ତ ଭାଇଙ୍କ ସାହାଯ୍ୟ ଆଉ ଦିନକୁ ଆଠ ଦଶ ଘଣ୍ଟା ପଢ଼ିବା ଯୋଗ ମୁଁ ଏ ସଫଳତା ପାଇଛି । ପିଲାଦିନୁ ବାପା-ମା ମରିଯାଇଛନ୍ତି ତ ମୁଁ ସାଙ୍ଗମାନଙ୍କ ଠାରୁ ବହି ମାଗି ପଢ଼େ ଆଉ ଛୋଟ ପିଲାଙ୍କୁ ଟିୟୁସନ କରି ସେଇ ଟଙ୍କାରେ ଚଳେ । ସୁକାନ୍ତ ଭାଇ ନଥିଲେ ମୁଁ ଏସବୁ ପାରିନଥାନ୍ତି । ଆଉ ଏବେ ଟିଭିରେ ଝିଅ ପାଖେ ସେ ସୁକାନ୍ତ ଭାଇ..... ।

ଟିଭି ବାଲା ପଚାରିଲେ ଜଣେ ରିକ୍ସା ଚାଳକ ସ୍କୁଲ ନିଅନ୍ତି, ସନ୍ଧ୍ୟାରେ ଷ୍ଟ୍ରିଟ୍ ଲାଇଟ୍ ତଳେ ବି ଜଗି ବସନ୍ତି ସେ କ'ଣ ତମ ବାପା ? ମୁଁ ଦଣ୍ଡେ ନିଶ୍ୱାସ ବନ୍ଦ କରି ଭଲ କରି ଶୁଣିଲି ମୋ ଝିଅ ଖୁବ୍ ଦମ୍ଭରେ କହିଲା ନା ସେ ଆମ ସାହିର ଲୋକ, ମୋ ନିଜର ବୋଲି କେହି ନାହିଁ । ଦୋକାନୀକୁ ପୁରା ତିନି ହଜାର ଦେଇସାରିଥିଲି, ସେ ତାଚ୍ଛଲ୍ୟ କରି କହିଲେ ହଇରେ ତୋ ଝିଅ ପରା, ତୋ ଆଖି ଖରାପ ନା ମୁଣ୍ଡ ଖରାପ । ଏ ଶାଢ଼ୀ ଲାଗି ଟଙ୍କା ଚୋରି କରିଛୁ କି....

ମତେ ଆଉ କିଛି ଶୁଭୁନଥିଲା.... ଆଖିରୁ ଖୁସିର ଲୁହ, ଆତ୍ମାର ଲୁହ ହେଇ ଗଡୁଥିଲା..... ମୋର ପରିଚୟ ମରିଯାଇଥିଲା.... ପରିଚୟ ଅପେକ୍ଷାରେ ମୁଁ ହିଁ ହଜିଗଲି..... ।

ଦଶହରା ଆସୁଛି

କଟକ ସହର ସାରା ଟିକେ ଅନ୍ୟ ଦିନ ଅପେକ୍ଷା ବେଶୀ ଚଳଚଞ୍ଚଳ । ଭିଡରେ ଟ୍ରଲି ଟାଣିବା ମୁସ୍କିଲ, ମନେ ମନେ ଭାବିଲି କୋଉଠି କ'ଣ ରାସ୍ତା ବନ୍ଦ କି ଯେ ଏ ବାଦାମ ବାଡି ଏରିଆ ଏତେ ଭିଡ! ସବୁ ଦିନ ଛତ୍ର ବଜାରରୁ ଏ ବାଦାମ ବାଡି ବିଭିନ୍ନ ହୋଟେଲର ସଉଦା, ପରିବା ବୁହେ, ଡାଲା ଅଟୋରେ ଶୀଘ୍ର ଏବଂ କମ୍ ପଇସାରେ ମିଳୁଛି ବୋଲି ଟ୍ରଲି ରିକ୍ସାର ଚାହିଦା କମ୍ । ତଥାପି କାହା ଗୋଡ ହାତ ଧରି ଦିନରେ ଦୁଇ ତିନିଟା କାମ ପାଇଯାଏ । ଆଜି ଏତେ ଭିଡ ଦିନ ବାର ହେଲାଣି ଶୀଘ୍ର ନ ଫେରିଲେ ଆଉ ଭଡା ମିଳିବନି, ନଜର ପଡିଲା ବଡ ତୋରଣ ଲାଗି ବାଉଁଶ ବନ୍ଧା ଚାଲିଛି ଆଉ ସେଥିଲାଗି ରାସ୍ତା ଜାମ୍ । ହେଲେ ଏ ସେପ୍ଟେମ୍ବର ଅଧାରୁ କ'ଣ ଏ ସବୁ, ଦଶହରା ତ ଅକ୍ଟୋବର ଅଧା ପରେ ପଡେ । ମୋ ଭଳି ଗୋଟେ ଟ୍ରଲି ବାଲାକୁ ପଚାରିଲି କି ପୂଜା ଲାଗି କାମ ଚାଲିଛି କି ଭାଇ? ଦଶହରା ପରା! କ'ଣ ଏବେଠୁ ତୋରଣ? ଆରେ ଏ ବର୍ଷ ପରା ଦଶହରା ଅକ୍ଟୋବର ପ୍ରଥମରୁ ପଡୁଛି ।

ମୋ ଦେହରୁ ଝାଳ ବାହାରି ଗଲା । ଆରବର୍ଷ ଦଶହରାରେ ମୋ ତିନି ଛୁଆଙ୍କୁ କଥା ଦେଇଥିଲି ଏଇଥରଟା ପୁରୁଣା ପିନ୍ଧି, ମୋ ଟ୍ରଲିରେ ବସି ପୂଜା ମେଢ଼ ଦେଖିନିଅ, ଆଉ ତାଙ୍କ ମା' ବି ସେଇ ଉଷୁନା ଭାତରେ ଟିକେ ହଳଦୀ, ଚିନି, ରିଫାଇନ୍ ତେଲ ଦେଇ କହିଥିଲା ମିଠା ଖେଚୁଡିରେ ଚଳେଇ ଥାଅ, ଆର ବର୍ଷ ନୂଆ ଡ୍ରେସ୍ ଆଉ କ୍ଷୀରି ଖେଚୁଡି ନିଶ୍ଚୟ କରିବା । ମୋ ସ୍ତ୍ରୀ ପିଲା ଦିନୁ ପୋଲିଓ, ଝିଅ ପିଲା ପୁଣି ପୋଲିଓ ବୋଲି ଖୁବ୍ ଛୋଟରୁ ତା ବାପା-ମା ଟ୍ରେନ୍‌ରେ ଆଣି ଛାଡି ଯାଇଥିଲେ କଟକ ଷ୍ଟେସନରେ । ଆଉ ଷ୍ଟେସନ ତା' ଘର ସାଜିଥିଲା, ଭିକ ମାଗିବା ତା ବୃତ୍ତି । ମୁଁ ପିଲାଦିନୁ ସିଡିଏ ପାଖ ବଡ ଆପାର୍ଟମେଣ୍ଟ କଡରେ ଗଢ଼ି ଉଠିଥିବା ଜରିପାଲ ଟଣା ବସ୍ତିରେ ରହୁଥିଲି । ବାପା ବି ଟ୍ରଲି ଚଳାଉଥିଲେ, ମା ଆପାର୍ଟମେଣ୍ଟ ଘର ଲୋକ

ଘରେ କାମ କରି ଆମ ପାଞ୍ଚ ଭାଇ ଭଉଣୀଙ୍କୁ ଦାନା କନା ଦଉଥିଲେ । ଟିକେ ବଡ ହେଲୁ କି ବଡ ଭାଇ ବସ୍‌ର ହକର ସାଜିଲା, ତ ଅନ୍ୟ ଭାଇ ଭଉଣୀ ଅଲଗା ଅଲଗା କାମରେ ଲାଗିଲେ । ମୁଁ ସାନ ଥିଲି ତ ବାପାର ଟ୍ରଲିଟା ମତେ ମିଳିଥିଲା, ଟ୍ରଲିରେ ଷ୍ଟେସନରୁ ସାମାନ ଆଣିବା ବେଳେ ମାଳତୀ ଭିକ ମାଗିବା ଦେଖେ, ଗୋଡ ପୋଲିଓ ହେଲେ ବି ଦେଖିବାକୁ ଭଲ ।

ବାପା-ମା ବି ଭଲ ଖାଇବା ଅଭାବରେ ରୋଗ ବେରୋଗରେ ଆରପୁର ଗଲେ । ମୋର ଗଣ୍ଡେ ରାନ୍ଧି ଖାଇବା ଅଡୁଆ ହେଲା, ରାନ୍ଧି ବସିଲେ ସିଆଡେ ଟ୍ରଲି ନବା ବନ୍ଦ । ତ ଦିନେ ମାଳତୀକୁ ପଚାରିଲି ମୋ ସ୍ତ୍ରୀ ହବୁ? ତତେ ଆଉ ଭିକ ମାଗିବାକୁ ପଡିବନି ଆଉ ସେ ବି ସେଇଦିନ ମୋ ଟ୍ରଲିରେ ବସି ମୋ କୁଡିଆ ଘରକୁ ଆସିଥିଲା । ବାହାଘର ମାନେ ଘର କାନ୍ଥରେ ଝୁଲୁଥିବା ଠାକୁର କ୍ୟାଲେଣ୍ଡର ଆଗରେ ସିନ୍ଦୁର ଦେଇଥିଲି । ଦେଖୁ ଦେଖୁ ତିନି ପିଲା ସଂସାର ବଢ଼ିଲା ହେଲେ ରୋଜଗାର କମିଲା । ଛୁଆମାନେ ବି ସ୍କୁଲ ନଯାଇ ଜରି, ବୋତଲ ଗୋଟେଇ କିଛି କିଛି ରୋଜଗାରରେ ଲାଗିଲେ । ନହେଲେ ମୁଁ ଏକଲା କଉ ପାରିଥାନ୍ତି ପାଞ୍ଚ ପ୍ରାଣୀ କୁଟୁମ୍ବ । ଏ ଆପାର୍ଟମେଣ୍ଟ କିଛି ପୂଜା ପର୍ବ ହେଲେ ଆଲୋକରେ ସଜାହୁଏ, ଚାରି ଦିନ ପିଠା ପଣା, ମାଂସ ବାସନା ଭାସେ । ସେଇ ବାସନା ଭିତରେ ଆମର ସେଇ ପଖାଳ, ଆଳୁ ଚକଟା ।

ଆର ବର୍ଷ ଛୁଆଙ୍କୁ କଥା ଦେଇଥିଲି ଦଶହରାକୁ ନୂଆ ଡ୍ରେସ୍ କରି ଦେବି ଆଉ ମାଂସ ଟିକେ ଆଣିବି । ହେଲେ ଆଉ ଦିନ କେଇଟାରେ କେମିତି ଏତେ ଟଙ୍କା କରିବି ? ସେଟା ଭାବି ଦେଇ ମୋ ଟ୍ରଲିଟା ଭିଡ ଭିତରେ ବି ଜୋର୍‌ରେ ଚଲେଇଥିଲି । ମାଳତୀ ବି କଉ ବଡ ଲୋକ ଘର ପୁରୁଣା ଲୁଗାଟେ ଦେଲେ ପିନ୍ଧେ, ଦିନେ ବି ତାକୁ ନୂଆ ଶାଢ଼ୀରେ ଦେଖିନି । ମା’ ମୋ କଥା ବୁଝିବେ! ପିଲାଙ୍କ ମୁହଁରେ ହସ ଫୁଟେଇବାକୁ ଆଉ ମୋ କଥା ରଖିବା ଲାଗି ମୋର ସବୁ ବଳ ଖଟେଇ ଟ୍ରଲି ଟାଣିବାରେ ଲାଗିଲି । ଟଙ୍କାରୁ ଯେମିତି ବି ହେଉ କିଛି କିଛି ସଂଚିଲି । ଦଶହରା ମେଢ଼ ସବୁ ଆକାଶ ଛୁଇଁଲେଣି, ରାସ୍ତା ଘାଟ ଭଳିକି ଭଳି ଲାଇଟ୍, କେଉଁଠି ମା’ ପାଖେ ରୂପାର ଛାଉଣୀ ତ କେଉଁଠି ସୁନା, ମା’ ବି ପାଟ, ପିଠା ମିଠାରେ ସଜ ହେଇ ସାରିଲେଣି, ଆଉ ମୋ ଭଳି ହତଭାଗ୍ୟ ବାପାର ପିଲାମାନେ ମଇଳା, ଛିଣ୍ଡା ପିନ୍ଧି ପୂଜା ପେଣ୍ଡାଲ ଆଗରେ ଭିଡ କରିଛନ୍ତି । ବହୁ କଷ୍ଟରେ ତିନି ଛୁଆଙ୍କ ଲାଗି ଡ୍ରେସ କିଣି ନେଲି କଟକର ସବୁଠାରୁ ଶସ୍ତାରେ ମିଳିପାରିବା ଭଳି ରାସ୍ତା କଡ ଦୋକାନରୁ ହଉ ପଛେ ଛୁଆ ମୋର ଖୁସି ହେବେ । ରାତି ପାହିଲେ ଦଶହରା, ହେଲେ କ୍ଷୀରି

ଖେଚୁଡି, ମାଂସ ମାଛ ଲାଗି ଟଙ୍କା ଯୋଡି ପାରିନଥିଲି । ରାତି ଡେରିରେ ଘରକୁ ଫେରି ପିଲାଙ୍କୁ ଡ୍ରେସ୍ ଦେଇ ମାଳତୀ ମୁହଁକୁ ଚାହିଁଲି, ସେ ବୁଝି ଗଲା ପୁଣି ତାକୁ ପିଲାଙ୍କୁ ହଳଦୀ ଭାତରେ ସନ୍ତୁଷ୍ଟ କରିବାକୁ ହେବ । ସାନଝିଅଟା ପାଖକୁ ଆସି କହିଲା ବାପା ଟିକେ ଶୁଂଘିଲ ସେ ଆପାର୍ଟମେଣ୍ଟ ଆଡୁ କି ବଢ଼ିଆ ବାସ୍ନା ଆସୁଛି । କାଲି ଆମ ଘରୁ ବି ବାସ୍ନା ବହାରିବ ଯେ । ମୁଁ ଟିକେ ଶୁଘିଂଲା ଭଳି ଅଭିନୟ କଲି, କାହିଁ କିଛି ତ ବାସୁନି । ଖାଇବା ଟା କ'ଣ ବଡ, କାଲି ଆମେ ମେଢ଼ ଦେଖିଯିବା । ବଡ ପୁଅ କହିଲା ତା'ମାନେ ଏ ବର୍ଷ ବି ଆମକୁ ସେ ବାସ୍ନା ବାଲା ଖାଇବା ମିଳିବନି ? ଆଉ ରାଗରେ ତିନି ଛୁଆ ପଦାକୁ ବାହାରିଗଲେ ।

ମୋର ବି ସେ ମହ ମହ ବାସ୍ନାରେ ଭୋକ ଲୋଭ ବଢୁଥିଲେ ବି କିଛି କରିବାର ବାଟ ନଥିଲା । ସକାଳୁ ଦଶହରା, ପିଲେ ଉଠିଲେ ତାଙ୍କୁ ନୂଆ ପିନ୍ଧେଇ ପେଟେ ପଖାଳ ଦେଇଦେବୁ ମାଳତୀ ଯେମିତି ବୁଲିଗଲେ ଅଝଟ କରିବେନି କିଛି ଖାଇବାକୁ । ଆଉ ସକାଳୁ ମୁଁ ବାହାରି ଗଲି, ଚଣ୍ଡି ମନ୍ଦିର ପାଖେ କେହି ଭକ୍ତ ଖେଚୁଡି ଠୋଲାରେ ବାଣ୍ଟୁଥିଲେ, ମୁଁ ବି ଲାଇନ୍‌ରେ ଯାଇ ହାତ ବଢ଼ାଇଲି । ସେ ଗୋଟେ ଠୋଲା ଦେଲେ, ଆଉ ଗୋଟେ ଦିଅ କହିଲି ଆଉ ସେ ଦେଲେନି.... ତାକୁ ଟ୍ରଲିରେ ଥିବା ଜରିରେ ଢ଼ାଳି ପୁଣି ଲାଇନ୍‌ରେ ଲାଗିଲି । ଏଥର ସେ ବାବୁ ଆଉ ଦେଲେନି, ଏବେ ନେଲ ପରା କହି ତଡିଲେ । ଆଗକୁ ବଢ଼ି ଗୋଟେ ପୂଜା ପେଣ୍ଡାଲ ପାଖେ ବି ଭୋଗ ଖେଚୁଡି ବଣ୍ଟା ଲାଇନ୍‌ରେ ଠିଆ ହେଲି ଏଠୁ ଗୋଟିଏ ଠୋଲା ହିଁ ମିଳିଲା, ଏମିତି ନିଜେ ଭୋକରେ ରହି ଦିନ ବାରଟା ଭିତରେ ବିଭିନ୍ନ ପୂଜା ପେଣ୍ଡାଲ ପାଖୁ ଖେଚୁଡି ଯୋଗାଡ କରି ବେଶ୍ ଗର୍ବରେ ଘର ମୁହାଁ ହେଲି । ଗୋଟେ ପତ୍ରରେ ସବୁ ଖେଚୁଡି ଢ଼ାଳି ଦେଇ ପିଲାଙ୍କୁ ଡାକିଲି । ଭୋଗ ଖେଚୁଡି ଘିଅ ବାସ୍ନାରେ ମୋ କୁଡିଆ ପୁରି ଉଠିଲା । ପିଲାମାନେ ତିନି ଚାରି ଖେପାରେ ସବୁ ଖେଚୁଡି ଖାଇଦେଲେ, ଆଉ ମୁଁ ମା ଙ୍କୁ ଡାକୁଥିଲି ମୋ ପିଲାମନ ଏତିକିରେ ଖୁସି କରିଦେ ମା', ମୁଁ ଯାଠୁ ଅଧିକା ପାରିବିନି । ହେଲେ ନା ପିଲାମାନେ ତାଙ୍କ ବୋଉକୁ କହିଲେ ପଖାଳ ଥାଉ ବୋଉ ରାତିକି ଫେରିଲା ବେଳକୁ ବାପା ମାଂସ ଆଣିବେ ଆଜି ଲାଗିଲା ସତରେ ଦଶହରା । ମାଳତୀ ମୋତେ ଚାହିଁଥିଲା, ଏଥିରେ ପୁଣି ସାନ କହିଲା ବୋଉ କ୍ଷୀରି କେତେବେଳେ କରିବୁ ଯେ....

ପାଖ ପେଣ୍ଡାଲରୁ ଗୀତ ଶୁଭିଲା, ପିଲେ ସେ ଆଡେ ଦୌଡିଲେ ଆଉ ଆମେ ଦୁହେଁ ନୀରବରେ ଭାବୁଥିଲୁ ଏ ଦଶହରା କାହିଁକି ଆସେ ! ଆମ ଭଳି କେତେ ଭୋକିଲାଙ୍କ ମନରେ ଏଇ ପ୍ରଶ୍ନ ଆସୁଥିବ । ସନ୍ଧ୍ୟା ବେଳକୁ ଚାରିଆଡ ଲାଇଟ୍

ଝଲମଲକୁ ପିଠା ପଣା, ବାସ୍ନା, ମୁଁ ପୁଣି ସବୁଥର ପରି ଟ୍ରଲି ବାହାର କଲି, ପରିବାରକୁ ବସେଇ ଏତେ ବୁଲେଇଲି ଯେ ଫେରିବାକୁ ଡେରି ହେଲା, ଆଉ ସବୁଥର ପରି ଏଥର ବି ବାହାନା ଆରେ ଏତେ ଡେରିରେ କୋଉଠୁ କ୍ଷୀରୀ ଲାଗି ଜିନିଷ ଆଉ ମାଂସ ଆଣିବି । ଏତେ ହାଲିଆ ଯେ ବୋଉ ବି ରାନ୍ଧି ପାରିବନି । ଆର ବର୍ଷ ଦଶହରାକୁ ନିଶ୍ଚେ କରିବା । ଦେଖୁନ କେତେ ଶୀଘ୍ର ଦଶହରା ସବୁବର୍ଷ ଆସୁଛି । ମହ ମହ ଚାରି ଦିଗ ବାସୁଛି, ଝଲମଲ୍ ଲାଇଟ୍‌ରେ ଆଖି ଖୋସୁଛି ଆଉ ମୋ ଭଳି ବାପା ଗୁମୁରି ଗୁମୁରି କାନ୍ଦୁଛି...... ।

■

BLACK EAGLE BOOKS

www.blackeaglebooks.org
info@blackeaglebooks.org

Black Eagle Books, an independent publisher, was founded as
a nonprofit organization in April, 2019. It is our mission to
connect and engage the Indian diaspora and the world at large
with the best of works of world literature published on a
collaborative platform, with special emphasis on
foregrounding Contemporary Classics and New Writing.